Dschinns Böse Geister

Claudia Wädlich

Thriller

edition lichtblick, oldenburg

Eigentlich hätte Rory McKenzie seine tour mit seiner Rockband >The Misfires< noch unendlich gerne fortgeführt, nur um seinem Zuhause fernbleiben zu können.
Denn was seine Jungs nach drei Monaten anstrengender Auftritte Nacht für Nacht sehnsüchtig herbeisehnten, die Familie, London, erzeugte in ihm ein widerwilliges Gefühl von Fremdheit, verbunden mit dem Wunsch nach Flucht und Entzug.
>>Alter<<, stieß ihn sein langjähriger drummer Peter Dorsey an, >>jetzt freu Dich mal ein bisschen. Elaine wird Dir schon nicht den Kopf abreißen. Stress gibts doch in jeder Beziehung. Das ist doch normal nach so vielen Jahren!<<
Rory blinzelte missmutig durch das kleine Fenster des Airbus, der den exotisch klingenden Namen einer asiatischen Fluggesellschaft trug.
Die Morgensonne am Horizont blendete ihn. Erzeugte in ihm nur maßlose Bilder seiner inneren Unruhe. Panik stieg in ihm auf, wenn er an Zuhause dachte.

In den bequemen Sesseln der ersten Klasse des Langstreckenfliegers hatten sie kurz nach ihrem gig Singapur in der Nacht verlassen und setzten in der harten Wirklichkeit eines frühen grauen Morgens auf der heimischen Scholle von Heathrow auf.
Eine unangenehme Vorahnung beschlich Rory während der Passkontrolle und des endlosen Wartens am Laufband der Gepäckausgabe.
>>Sie wird ihn doch wohl abholen?<<
Seine band drehte nach Stunden des Schlafs an Bord erneut auf. Die Jungs spähten aufgeregt durch die ständig aufgehenden Türen zu ihren dort vermuteten, wartenden Angehörigen. Jemand aus ihrer Umgebung musste ausposaunt haben, daß sie um diese Zeit heimkehren würden, denn draußen blockierten Trauben von jubelnden Fans die Ausgänge.
>>Geht es denn auch mal ohne sie ab?<< bemerkte Clive Forsythe, die Bassgitarre, aufgekratzt. >>Jetzt hab` ich aber Feierabend!<<
Er setzte sich mit einer Männlichkeitspose vor die vor Begeisterung kreischenden Teenies in Szene, küßte seine gegenwärtige Flamme und verschwand mit ihr in der Menge.
>>Get your heart under my skin!<< skandierten nun die Fans den berühmtesten song der Misfires in der Eingangshalle.
Rory sang die Lautstärke in den Ohren. Er trug seine Ohrstöpsel nur auf der Bühne. Hier kam er nicht so leicht davon. Hilflos bahnte er sich mit seinen Armen einen Zickzackweg durch aufdringliche Leiber weiblicher Fans, die alle auf einmal nach Autogrammen schrien und hielt verzweifelt Ausschau nach Elaine und seiner Tochter Sarah. Gleichzeitig war er gezwungen, sich pausenlos auf irgendwelchen hingehaltenen Zetteln und Körperteilen zu verewigen. An

ein Durchkommen war hier kaum zu denken. Obwohl >The Misfires< auf eine dreißigjährige Karriere zurückblicken konnten, war die Faszination ihrer großen Hits auf die übernächste Generation übergeschwappt. Zwei Bandmitglieder befanden sich in einem Alter, in dem sich andere bereits um ihre Enkelkinder kümmerten.
Andrew Simms, sein keyboarder, blieb als einziger unerschütterlich an seiner Seite. Andrew lebte allein, widmete sich in seiner knappen Freizeit seinen Jazzkompositionen und trat außerdem mit kleineren Projekten öffentlich in Erscheinung. Auch er hatte Mühe, sich aufrecht zu halten.
>>Sag` mal, hat nicht Elaine heute einen Termin bei Guitar`s World in der Denmarkstreet? Deine Prachtstücke von Gitarren benötigen dringend zarte Pflege!<< grinste er ihn aufmunternd an.
Rory versetzte die Bemerkung einen Stich.
>>Sie wird ihn doch wohl nicht im Stich lassen?<<
Ein unbekannter Mann am Ausgang schien ihn ernsthaft zu mustern. Rory war versucht, ihm die Zunge rauszustrecken, unterließ es aber im rechten Moment. Wer war dieser Mann? Unverwandt schien er ihm nachzustarren... .
Rory schob auf Anhieb seine Ängste beiseite. Dabei half ihm die Ablenkung auf seiner Suche nach einem Taxi in den dunklen Tunnelstraßen des Heathrower Flughafens. Elaines Fernbleiben hatte in seinem Hirn nur Luftschlösser erzeugt. In der Art, dass der sprichwörtliche Londoner Verkehr sie aufgehalten oder sie keinen Parkplatz in der Nähe der Ankunft gefunden hatte.
Nach einigem Hin und Her gelang es ihnen, in den Fond eines typisch englischen Taxis zu springen. Ihren Rattenschwanz von Fans ließen sie enttäuscht

und ernüchtert zurück.

Rory hing augenblicklich wieder seinen schalen Gedanken nach. Elaines bittersüßer Ausdruck im Gesicht, als er ohne sie vor seinem Abflug zum airport gefahren war, hatte Bände gesprochen.

Er kannte jede ihrer Regungen, aber dieses Mal hatte sie ihn buchstäblich überrascht. In ihren Worten hatte ein Zug von Kälte und Abstand mitgeschwungen. Er konnte sich an diese letzte Aussprache nicht mehr erinnern, nur an ihren Widerwillen in ihrer Physiognomie, der ihm so endgültig erschien.

Bei ihren Auftritten rund um den Globus in anonymen, sich gleichenden Hallen kam ihm fortwährend ihr Gesicht in den Sinn, während er mit seinen psychedelischen riffs seine Gitarre traktierte und ins Mikro hauchte.

Sie war es leid mitanzusehen, wie er langsam aber sicher abbaute, seinen Frust über ausbleibende zündende Songideen an ihr ausließ.

Bei jeder Gelegenheit zu explodieren pflegte, wenn sie es wagte, ihn zu erinnern, den Müll rauszutragen oder in der Einkaufsmall ihre Zigaretten nicht zu vergessen. Die sie dann eine nach der anderen genüßlich auf der Terrasse zu rauchen pflegte, während er sich in seinem Studio an seiner Gitarre quälte.

Ihr war nicht entgangen, dass er ausgebrannt war, was eigentlich niemand erfahren durfte, weder seine band, noch die danyrecords, und vor allem nicht sein Publikum.

Seine Tochter Sarah befand sich in der Pubertät, hatte Schulprobleme. Ihr fiel es schwer, über ihren ersten Liebeskummer hinwegzukommen.

Aber Rory schien ihr Familienleben nicht mehr wahrzunehmen, schwänzte die gemeinsamen Mahlzeiten und zog sich immer mehr in sein Studio zurück. Sarah

beschwerte sich nicht mehr über ihren Vater, schaute ihn nur vorwurfsvoll an, wenn sie ihn mal zu Gesicht bekam, knallte aber ihre Zimmertüre vor seinen Augen zu.
Elaine hatte Rory über die Jahre nach außen abgeschirmt. Mangels eigener Interessen war es ihr gleichgültig gewesen, einem Beruf nachzugehen, als sie Rory in den stürmischen Jahren ihrer Jugend in den Achtzigern kennengelernt hatte.
So erschien es ihr ganz natürlich, ihren Mann in seiner Karriere zu unterstützen, um ihrer Langeweile zu entgehen, dem mehr oer wenigen schleppenden Leerlauf ihrer lustlosen Gedanken.
Die Geburt Sarahs hatte sie zusammengeschweißt. Wie selbstverständlich erlebten sie Jahre des Glücks, denn Rory war monogam und stieg nicht mit seinen weiblichen Fans ins Bett, sondern schrieb einen Hit nach dem anderen und erholte sich zuhause von seinem anstrengenden Tourleben mit seiner band.
Doch die monatelangen Tourneen in aller Welt hinterließen Spuren in ihrer Beziehung. Elaine fing an, ihren eigenen Pfaden nachzugehen. Ihre verletzten Gefühle suchten sich ein neues Ventil. So vergingen die Jahre und kaum, dass sie es wahrhaben wollten, hatten sie sich spürbar auseinandergelebt.

Maja Hesterkamp stöhnte, als sie oben auf der Leiter stand und vergeblich versuchte, ihr 2x2 Meter großes Ölgemälde für die kommende Ausstellung zu hängen.
>>Verflixt, kann mir mal einer von Euch fauler Bande behilflich sein?<<
Drei ihrer anwesenden Künstlerfreunde lachten sich scheckig.
>>Pass` auf, liebe Maja, sonst bekommst Du noch

Übergewicht!<< rief ihr Johannes augenzwinkernd zu und verkniff sich ein ups, als es beinahe um sie geschehen war.
>>Na wartet, ich helf` Euch gleich!<< gab sie zur Antwort, >>herumstehen und Maulaffen feilhalten, während sich hier die arbeitende Bevölkerung abschuftet.<<
>>Arbeitende Bevölkerung?<< Monika und Thomas blickten sich gegenseitig überrascht an.
>>Nun mach mal piano, liebe Maja. Willst Du noch`nen Kaffee?<< fragte Thomas sie lachend. >>Die Presse kommt erst in einer Stunde. Dir steht noch genügend Zeit zur Verfügung!<<
Maja blickte in Richtung Teeküche, in der Tobias gerade beschäftigt war, die Kaffeepads in die Maschine einzulegen. Er wirkte ernst und angespannt, bedachte Maja nur mit einem kurzen Seitenblick.
Sie konnte es immer noch nicht fassen, was Tobias ihr keine zwei Stunden zuvor eröffnet hatte. Dass er zu alt sei, die Galerie weiterzuführen und jeden Monat eine neue Ausstellung vorzubereiten. Ja, das wäre ja angesichts der zwölf ständigen Mitglieder der Galerie halt so usus.
Dass er im Begriff sei, seinen Umzug ins Alterheim Abendruh anzugehen und sie sich einen neuen Partner suchen solle. Er könne die Beziehung nicht mehr aufrechterhalten. Er sei einfach nur noch müde und wolle seine Ruhe haben. Natürlich könnten sie Freunde bleiben, hatte er ihr ein wenig mitleidsvoll angetragen.
Maja traf diese Neuigkeit wie ein Paukenschlag. Sie hatte mit Tobias` Entschluss nicht gerechnet und musste sich erst einmal ablenken.
Bilder hängen war da jetzt die richtige Beschäftigungstherapie, um ihre widerstreitenden Gedanken zu ord-

nen.
>>Wie kann er mir das nur antun?<< fragte sie sich bitter. >>Wir sind doch glücklich oder etwa nicht?<<
Vom Boden aus betrachtete sie zufrieden ihr Kunstwerk. Auf einem großen tableau Höhlenmenschen, angedeutet in kurzer, knapp gesetzter Strichtechnik. Wieder war es ihr gelungen, Moderne und paläontologische Symbole zu einer Symbiose zu gestalten. Zumindest war sie künstlerisch noch auf der Höhe, wenngleich sie sich privat fühlte, als habe sich der Boden aufgetan und sie in einen Abgrund gestürzt. Und sie immer noch fiel und fiel ... .
Johannes riss sie aus ihren Gedanken hoch.
>>Sag` mal<<, von hinten mit einer Broschüre vor ihren Augen wedelnd, >>wolltest Du Dich nicht schon immer mal in die Sahara aufmachen und vor Ort die Felsmalereien studieren?<<
Majas überraschter Blick durchbohrte ihn förmlich.
>>Bin durch Zufall über einen Freund in UK auf diesen Touranbieter gestoßen, der sich nicht zu schade ist, auch auf die ausgefallensten Wünsche einer professionellen Künstlerin einzugehen... . Auf den Spuren von Ladislaus Almassy... .<<
>>Ach Du!<< schnitt ihm Maja das Wort ab. >>Musst Du mir immer ironisch kommen?<<
>>Habe vorhin Euer kleines Gespräch halb mitbekommen<<, verfiel Johannes jetzt in einen vertraulich mitleidigen Ton.
>>Wäre doch die Gelegenheit, um mal in aller Ruhe über Dein weiteres Leben nachzudenken und Tobias eventuell seine Entscheidung revidieren zu lassen. Was meinst Du dazu?<<
Majas Miene hellte sich sichtlich auf.
>>Natürlich, das wäre die Lösung! Vielleicht sollten sie beide wirklich erst einmal Abstand voneinander neh-

men<<, versuchte sie sich vorzustellen. Die Aussicht auf baldigen Tapetenwechsel ließ ihr Herz höher schlagen. Ihr Zwiespalt, Tobias zurücklassen zu müssen, schmälerte ihre Freude, als er mit einigen Kaffeetassen schwankend, den Ausstellungsraum betrat und sie unbekümmert anlächelte.

Rory McKenzie saß stumm auf seinem Bett und starrte vor sich hin. Das Haus erschien ihm trostlos. An der Wand tickte eine antiquierte Uhr im Takt seiner Einsamkeit. Sein Fuß wippte automatisch mit. Tränen der Bitterkeit flossen ihm übers Gesicht. Sein getrübter Blick heftete sich an das wiegende Laub der Bäume im Garten. Die Natur lebte ihren eigenen Rhythmus, unabhängig von den Verpflichtungen der Menschen. Und das warme Frühjahr ließ die Blätter sprießen. Nur in ihm schien nichts mehr zu blühen.
Elaines Schränke standen weit offen und gähnten ihn leer an. Wo einst seine wertvollen Gitarren hingen, die er sich im Laufe der Jahre zugelegt hatte, sah man nur noch dunkle Schatten an der Wand. Überhaupt schien das leere Haus ein Ort der Schatten, der Geister der Vergangenheit zu sein. Wo einstmals sein Familienleben stattgefunden hatte, das er für selbstverständlich hielt. Zu seiner zweiten Haut geworden war, in die er nach langen Tourneen schlüpfen konnte. Sein Kraftort, an den er sich zurückziehen konnte, wann immer ihn die Musik auslaugte. Der ihm ermöglicht hatte, seine wunderbaren songs zu schreiben. Nun kam ihm dieser Ort wie ein verlorene Insel des Glücks vor.
Und seine kleine Sarah? Wie schnell sie gewachsen war, fast schon eine junge Dame. Sie hatte ihre Siebensachen mitgenommen. Wie Skelette wirkten auf ihn die zurückgelassenen Möbelstücke ihres Jugend-

zimmers.
Warum hatte er nie Zeit gefunden, sich mehr um sie zu kümmern? Immer drängte sich ein Termin der band vor, wenn er Sarah zu ihren Aktivitäten fahren wollte. Sie quittierte es mit einem enttäuschten Gesicht und permanenten Schweigen.
>>Zahl` es ihm doch mal heim!<< hatte er einmal ein Gespräch mit Sarahs Freund belauscht und sich nichts anmerken lassen, als beide Sarahs Zimmer verließen.
Nun war es zu spät.
Es gab kein Zurück. Tief in seinem Innern wusste er es. Vor diesem Tag hatte er sich immer gefürchtet.
Sein Schmerz über Elaines endgültigen Entschluß lähmte ihn, ließ ihn keinen klaren Gedanken mehr fassen. So saß er Stunden, starrte in den Garten, nahm die Schreie der Krähen wahr, der Elstern. Sah den ziehenden Wolkenschiffen nach, überhörte die Anrufe auf seinem handy, die eingehenden Faxnachrichten und das Klingeln an seiner Haustüre.
Als das Trommeln und Schellen immer lauter wurde, schien sein inneres Ohr ein wenig auf das Sturmgewitter zu reagieren. Er saß noch immer im Auge seines familiären hurricaine and konnte nur mühsam reagieren.
Nachdem er lahm die Türe zu öffnen begann, stürmte Peter Dorsey herein.
>>Sag` mal, was ist denn mit Dir los? Deine band und die danyrecords versuchen Dich seit Stunden zu erreichen, Du...!<<
Abrupt stoppte er seinen Redeschwall, als er Rorys tränenverschmiertes Gesicht bemerkte. Binnen einer Sekunde begriff er die Lage, Rory musste ihm nichts mehr mitteilen.
>>Oh Mann<<, bedauerte er ihn aufrichtig. >>Das ist aber ein gekonnter Schlag in die Magengrube!<<

Rory schwieg, ließ sich mit halber Kraft auf einem Stuhl nieder.
>>Was willst Du denn jetzt unternehmen?<< drang er hilflos in ihn ein.
>>Na, was wohl!<< reagierte Rory ärgerlich. >>Weiß ich doch auch nicht! Möchte mal wissen, was sie mit meinen wertvollen Gitarren anstellen will. Die kann sie doch nicht einfach zu Geld machen. Sie fällt auf, wenn sie Jimi Hendrix` Gitarre auf dem freien Markt anbieten läßt. Das macht doch keinen Sinn!<<
Peter Dorseys Miene nahm das geknickte Aussehen seines bandleader an.
>>Aber verletzen kann sie Dich mit ihrer Wegnahme<<, gab Peter zu bedenken. >>Vielleicht solltest Du Dir einfach mal eine Auszeit nehmen, um Deinen Kummer zu vergessen<<, schlug er ihm vor.
>>Wie denn?<< entgegnete Rory bissig. >>Wir sind mittendrin in der Aufnahme unseres neuen Albums. Außerdem muss ich noch mindestens drei weitere songs schreiben. Julia hat mir schon vierundzwanzig neue lyrics zugeschickt, inspirierende in alle Richtungen gehende Texte, und ich eiere hier immer noch mit meiner Komposition herum. Die keys habe ich schon, aber die Spuren für Gitarre, bass und drums krieg` ich nicht auf die Reihe. Und jetzt dies. Das darf doch alles nicht wahr sein!<< schrie er auf.
Peter trommelte mit seinen Fingern auf dem Tisch herum, an den er sich gerade gesetzt hatte. Er überlegte hin und her. Wie gerne würde er seinem Freund aus der Patsche helfen, aber auch er hatte auf Anhieb keine Lösung parat.
So schwiegen sich beide eine Zeit lang aus. Peter schaute auf die Uhr und dachte an das gig, das heute abend stattfinden sollte.
Er liebte percussions, und ausgerechnet heute wür-

de sein langjähriger Freund Mohammed Avesir aus seinem Album >Antilopes leaps< exzessiven groove hinlegen, zudem noch vor großer >audience< in einer bekannten Londoner Clubszene.
>>Oh yeah!<<
Schon bei dem Gedanken sprang er selbst innerlich durch die Savanne.
Rory fand Peters Trommeln auf der Tischplatte wenig anregend.
>>Kannst Du damit nicht mal aufhören?<< herrschte er ihn missgelaunt an.
>>Sorry<<, entgegnete Peter kleinlaut. Konnte sich aber ein leichtes Grinsen nicht verkneifen.
Rory übersah Peters wechselndes Mienenspiel. Er war gewohnt, dass sein drummer seine inneren Rhythmen in seinen Gesichtsausdruck zu übertragen pflegte. In Peters ausdruckstarker Physiognomie konnte er jede Regung lesen. Für ihn war er ein offenes Buch.
>>Nun rück` schon heraus, wo Du heute abend hingehst<<, versuchte Rory einen versöhnlichen Ton anzuschlagen.
Peters Gesicht hellte sich wieder auf.
>>Zu Mohammed Avesir in den african percussion club<<, erwähnte er voller Vorfreude. >>Willst Du mitkommen?<<
Rory zögerte.
>>Ich stelle Dich ihm vor<<, versuchte Peter ihm den Mund wässrig zu machen. >>Du weißt doch, dass er aus dem nördlichen Tchad stammt. Aus einer Gegend mit vielen Felsmalereien, ähnlich denen um den Gilf Kebir.<<
Bei Rory schien etwas zu klingeln. Der Gilf Kebir! Diese drei Worte hatten für ihn etwas Magisches. Sie klangen nach der Weite der Wüste, nach Hitze, nach Wadis, Klippen, schroffen Felsen und Höhlen. Ganz

zu schweigen von den fantastischen Malereien, den Zeugnissen der Hirten aus dem Abstand unermesslicher, versunkener Zeiten, ihrer verschwundenen Herden..., die ihn da erwarteten.... Sie klangen einfach nur nach unendlichem Horizont....
Peter hatte es geschafft, ihn zu elektrisieren.
>>Ich komme mit<<, entgegnete er ihm knapp. Eine halbe Stunde später quälten sie sich Stoßstange an Stoßstange durch Londons berühmt berüchtigter rush hour.
Mohammed Avesir ließ seine afrikanische Perkussionsrhythmik in gewaltigen drums mit emotionsgeladenen Klangerruptionen eines sehr bekannten Pianisten zu enthusiastischen Höhen anwachsen. Die Welle der Begeisterung seitens seiner Fans kannte kaum noch Grenzen. Zwanzig Minuten lang wollten der lautstarke Beifall, die Pfiffe und Rufe nicht abebben.
Rory war wie vom Donner gerührt, als ein Mann auf ihn zutrat und ihn ansprach. Es war jene mysteriöse Gestalt, die ihn am heutigen Morgen in Heathrow gemustert hatte. Er stellte sich zunächst als ein Bewunderer seiner band vor, kam aber sehr schnell auf den Punkt seines Anliegens zu sprechen. Er organisiere, von ihm höchst persönlich, kompetent geführte Touren durch die Sahara und habe von Peter Dorsey gehört, dass sich Rory für die Wüste interessiere. Da er noch auf der Suche nach zwei weiteren Interessenten sei, um die Mindestanzahl für eine tour zu erreichen, habe er spontan an ihn gedacht. Peter lächelte nur süffisant dazu.
Rory traute seinen Ohren nicht. Schaute Peter fragend an. Wieso trat dieser Mann ausgerechnet zu diesem Zeitpunkt an ihn heran, als sein Leben im Begriff war, den Bach hinunterzugehen?
Edward (Eddy) Hyde versuchte nach allen Regeln

der public relations seinen potentiellen Kunden davon zu überzeugen, sich unbedingt seiner tour anzuschließen. Sie würde ihn zwei Wochen durch vier Länder führen.
Ausgangspunkt ihrer Expedition sei Kairo in Ägypten. Mit mehreren landcruisers gedachten sie über den Fayoum das Wadi Rian und das Wadi Heitan mit seinen Funden an fossilen Knochen des Erdzeitalters anzusteuern und nach Baharija zur Weißen Wüste zu fahren.... .
Der weitere Verlauf würde sie dann über das New Valley mit den Oasen Bahariya, Farafra und Dachla führen. Durch das Große Sandmeer zum Gilf Kebir Plateau und weiter südlich zum Dschebel Uweinat mit weiteren Felsmalereien.
Ergo würde die Expedition das Dreiländerdreieck von Ägypten, Libyen und den Sudan ansteuern. Auf ihrer Route planten sie zum Abschluss einen uralten Karawanenweg über die El Kharga Oase in Richtung Nag Hammadi, Ägypten, zu queren.
Eine Komfortreise sei das nicht, dozierte Eddy Hyde. Rory müsse schon einiges an Kondition aufweisen, wovon in seinem Fall auszugehen sei.
Aufs Haare waschen habe er auch einige Tage zu verzichten, waschen nur bedingt, und beim Kochen draußen auf einem Holzfeuer mitzuhelfen und gegebenenfalls im Sand steckengebliebene Fahrzeuge anzuschieben und beim Zeltaufbau behilflich zu sein. In den Oasen ständen ihm natürlich wieder Hotels der einfachen Klasse zur Verfügung.
Dafür sei das Erlebnis Wüste allerdings mit nichts an Großartigkeit in der Natur zu vergleichen. Ebenso die Betrachtung der Felsmalereien im Gilf Kebir und im Dschebel Uweinat. Die über Jahrmillionen veränderten Zeiträume und Klimazonen der Sahara seien haut-

nah zu erleben. Eine einmalige Erfahrung, die jeden Expeditionsteilnehmer in ihren Bann schlagen würde. Denn die Region weiter nördlich, des ehemals großen, nun aber weitestgehend ausgetrockneten Tchadsees, sei eine der bizzarsten Landschaften in der Jahrmillionen umfassenden Menschheitsgeschichte.
Abseits der Zivilisation wären sie natürlich nur über GPS und Satellitentelefon mit der Außenwelt verbunden. Er müsse sich darauf einstellen, zwei Wochen lang ohne band, Familie und musiclabel auszukommen.
Rory hatte den Ausführungen andächtig gelauscht und mußte zugeben, dass er beeindruckt war. Die Aussicht, den heißen Sand unter seinen Sohlen zu spüren, den weiten Horizont zu ahnen und zudem sein permanent gestresstes Hirn durch die unendliche Leere der Wüste entlasten zu können, hatte für ihn etwas zutiefst Reizvolles und Magisches, dessen er sich nur schwerlich entziehen konnte.
Dennoch misstraute er diesem Mann. Irgendetwas schien mit ihm nicht zu stimmen. Peter Dorsey trug in dieser Angelegenheit seine Unschuldsmiene zur Schau. Eine innere Stimme warnte Rory, sich leichtfertig hier und heute zu entschließen. Mittlerweile steuerte nach der Pause erneut die Perkussionsrhythmik auf einen Höhepunkt zu. Rory klangen die Ohren.
Die drums wurden immer härter gesetzt, schienen mit starker Wucht auf ihn einzuwirken, ihn zu hypnotisieren. Vor seinen Augen flimmerte Afrika wie die Fata Morgana einer reizvollen, tanzenden Frau unter tausend Schleiern. Ein Trugbild, das in dem Moment vor seinen Augen platzte, als ihm Elaine wieder in den Sinn kam.
Ernüchtert entgegnete er seinem Gesprächspartner, er wolle sich das Ganze nochmal durch den Kopf ge-

hen lassen. Jetzt und hier könne er noch keine Entscheidung treffen und entschuldigte sich in Richtung Herrentoilette.
Rory schreckte einige Junkies hoch, stieß die Türe mit voller Wucht auf und eilte zum nächsten Waschbecken, wo er seinen Kopf unter einen Strahl kaltes Wasser hielt. Er mußte erst einmal wieder zu Sinnen kommen. Was an diesem Tag auf ihn eingestürmt war, überstieg das Maß seiner Kräfte.
Der Tourveranstalter war verschwunden, als Rory in den Saal zurückkehrte. Mittlerweile war das gig beendet und Mohammed Avesir unterhielt sich angeregt mit seinem alten Kumpanen und Kollegen Peter Dorsey.
>>Sag` mal Peter, kennst Du diesen Herrn?<< unterbrach Rory abrupt ihr Gespräch.
Peter reagierte auf seine wütende Anfrage nicht, stellte ihm stattdessen erst einmal Mohammed Avesir vor, der lange geflochtene Haare trug und ihn unverwandt anstrahlte.
>>Freut mich, Dich mal persönlich kennenzulernen, Mann<<, lächelte Mohammed, und Rory erwiderte seinen festen Händedruck.
>>Habe gehört, Du willst in meine Heimat, Alter? Yeah, das find` ich aber höchst abgefahren!<<
Mohammed pfiff dabei anerkennend durch die Zähne.
>>Wenn ich Dir dabei behilflich sein kann, Rory, immer gerne.<<
Rory bedankte sich freundlich bei Mohammed und wandte sich sichtlich verärgert an seinen drummer.
>>Peter, was soll das? Ich habe noch nicht ja gesagt. Wieso glaubt hier jeder, ich solle jetzt London verlassen, da ich gerade erst gelandet bin und hier einige Dinge zu klären habe. Ich weiß nicht, wo Elaine ist. Vielleicht geradewegs zu ihrer Mutter nach Aberdeen. Und ob sich meine Tochter ebenfalls auf den

Weg nach Schottland befindet oder sich bei diesem x-beliebigen Freund aufhält, kann mir auch niemand sagen. Ich tappe nur noch im Dunkeln, und Ihr entscheidet einfach über meinen Kopf hinweg. Ich frage Dich noch einmal, Peter. Was soll das, wollt Ihr mich loswerden?<<

Peter starrte auf seine Zehenspitzen, während er die Tirade seines bandleader über sich ergehen ließ. Sein muskulöser Körper verspannte sich zusehends. Mit einer abwehrenden Handbewegung konterte er in eisigem Ton:

>>Wenn Du immer noch nicht verstanden hast, dass wir, Deine band, uns Sorgen um Deinen Zustand machen und alles daran setzen, dass Du wieder zu Deiner alten Form zurückfindest, dann tust Du mir aufrichtig leid. Zu vermuten, dass wir Dich loswerden wollen, ist ja wohl das Letzte. Und jetzt lasse mich mit meinem Freund Mohammed den Abend genießen. Vielleicht ist es für uns alle besser, wenn Du jetzt allein nach Hause fährst und Dich meldest, wenn es Dir wieder besser geht!<<

Er kehrte ihm den Rücken und prostete Mohammed mit seinem Bierglas zu.

Rory war wie vor den Kopf geschlagen, drehte sich ohne ein Wort des Abschieds um und tauchte erst einmal für Tage unter.

Elaine rekelte sich zufrieden in dem Bett ihres lover. Wie lange sie schon die Aufmerksamkeit eines Mannes vermisst hatte, konnte sie sich nicht entsinnen.

Mit unglaublicher Zartheit tastete er ihre Wirbelsäule ab, spielte auf der Klaviatur ihrer Lust das ganze Spektrum seiner Leidenschaft, ließ sie einen tiefen Blick in seine Gefühlswelt werfen und von seinem muskulösen

Körper kosten. Sie trank von seinem heißen Blut, ließ ihn tiefer und tiefer in ihr Sein eindringen, schob ihre Bedenken beiseite. Gewissensbisse plagten sie nicht mehr.
Ihr neuer Zustand war wie eine Befreiung und nicht mehr jener stete latente Selbstmord, den sie in den Jahren des Niedergangs ihrer Liebe zu Rory empfunden hatte. Ihre unermessliche aufgestaute Wut, die seelischen Grausamkeiten, die ihr ihr Nochehemann zugefügt hatte, wurden von dem befriedigenden Erlebnis dieser Nacht beiseite gewischt. Innerlich hatte sie ihre Ehe bereits endgültig abgeschlossen.
>>Und?<< fragte sie ihn leise, >>fliegt er nach Afrika?<<
>>Er wird, Elaine, da bin ich mir sicher. Es bleibt ihm wohl auch nichts anderes übrig. Entschuldige mich bitte, ich muss noch einmal an meine drums. Mir ist gerade was eingefallen.<<

Die vernissage war eine Katastrophe. Tobias hatte mit Maja kaum ein Wort gewechselt, widmete sich ausschließlich seinen geladenen Gästen. Mit einem Sektglas in der Hand stand Maja allein am Fenster und sah draußen den Wind die Blätter aufrollen, heulend in den Windfang der Galerie fahren und die Schirme der vorübereilenden Passanten in der Fußgängerpassage im Handumdrehen umknicken. Passender hätte man ihren Gefühlszustand nicht beschreiben können.
Kaum einer betrachtete die gehängten Gemälde in der unteren und oberen Ebene.
In Trauben sah man einige Eiferer zusammenstehen, die sich am Büffet dillektierten und versuchten, sich gegenseitig die Aufmerksamkeit abzujagen. Sich den Anstrich eines allwissenden Experten gaben, spezia-

lisiert auf die eigene Entdeckung noch unbekannter trendsetter. Der Rest erzählte seinen anwesenden Bekannten von der Familie, den Kindern und ihren einhergehenden Sorgen.
Wie Falschgeld versonnen und in sich gekehrt, wanderte Johannes mit einem Glas in der Hand von einer Ecke zur anderen und langweilte sich. Als er Maja ins Grüne starren sah, steuerte er entschlossen auf sie zu.
>>Nicht das Gelbe vom Ei heute<<, versuchte er sie aufzumuntern. >>Anscheinend spielen wir heute das Wohnzimmer anderer Leute. Habe bis jetzt noch keine Interessenten für meine Bilder.<<
Als der einzige Kunstfotograf unter den Mitgliedern der Galerie konnte er Majas Frust nachempfinden.
>>Dir ergehts auch nicht besser als mir?<< kommentierte sie bitter und nahm einen großen Schluck aus ihrem Glas. Draußen regnete und stürmte es weiterhin cats and dogs.
>>Wird Zeit zu gehen<<, meinte sie.
>>Höchste Zeit<<, fügte er hinzu. Beider Blicke trafen sich kurz.
>>Soll ich mit Dir fliegen?<< fragte er sie leise, die Augen auf das lehmbraune Parkett geheftet.
>>Nein, Johannes, lieber nicht. Ich muss wirklich mal Abstand von der Galerie gewinnen, von allem. Das ist nicht böse gemeint. Du verstehst, was ich meine?<<
Sie schaute ihn flehentlich an.
>>Ja sicher<<, erwiderte er kurz, aber es klang nicht überzeugend. >>Ich bin Dir nicht böse.<<
Mit hängenden Schultern drehte er sich wieder den Gästen zu.
Maja war in Gedanken schon weit weg. Für übermorgen war ihr Flug angesetzt.

Eddy Hyde scharrte sein bunt zusammengewürfeltes Grüppchen aus Briten, zwei Italienern und einer Deutschen in der belebten Eingangshalle des International Terminal von Kairo um sich, nachdem er sie einzeln, dank seines hochgehobenen Schildes, aus den verschiedenen Ausgängen der Gepäckausgabe herangewunken hatte.

Die Maschine aus Rom war als vorletzte gelandet. Die Boeing der Egypt Air aus Düsseldorf via München traf anschließend ein. Seine wartende Schar britischer Schafe, die mit ihm aus London schon vor Stunden eingeflogen war, hatte sich an einem Stand mit kühlen Getränken schadlos gehalten, um noch einmal zivilisatorische Genüsse zu sich nehmen zu können, bevor die Wüste ihre Standfestigkeit in Sachen Kargheit und Verzicht herausfordern würde.

Gelassen schlenderten groß gewachsene, freundlich lächelnde Araberinnen an ihnen vorbei, die weitestgehend den Terminal vor ihrem Heimflug zurück in die Golfstaaten bevölkerten. In lebhafter Konversation miteinander verbunden, promenierten sie, mit ihren Kindern an der Hand, die zahlreichen Ladenpassagen entlang.

Rory McKenzie fand es reizvoll, sich ihre außergewöhnliche Schönheit unter ihren farbigen Schleiern vorzustellen. Ihm waren auf seinen Welttourneen schon die verschiedensten couleurs an weiblicher Schönheit in aller Welt begegnet, aber die hochgewachsenen, arabischen Frauen, die wie models wirkten, begeisterten selbst reisende Europäerinnen, die neidlos zugaben, von soviel noblesse, beauty und Eleganz geblendet zu sein.

Nun wurde es aber höchste Zeit für Eddys Gruppe, den Bus in Richtung Giseh zu besteigen und sich eine Stunde lang von Heliopolis Flughafen durch den zä-

hen und hupenden Kairoer Verkehr zu quälen.
Nach einer Übernachtung in einem kleineren Hotel auf der Pyramidenstraße sollte es am nächsten Morgen frühzeitig im aufgetankten Geländewagen Richtung Süden in den Fayoum gehen, vorbei an den Pyramiden von Abusir, Meidum und Illahun.
Maja Hesterkamp hatte lang` am Gepäckband auf ihre verschiedenen Rucksäcke warten müssen. Nun zählte sie verzweifelt nach, ob auch alle drei von dem Fahrer und seinem Helfer in den Bauch des Busses ordentlich verstaut wurden.
Das war das erste Mal, dass Rory amüsiert hinter seiner Sonnenbrille die grazile blonde Frau aus Germany wahrnahm, während er sein Kaugummi im Mund rotieren ließ.
Ihre Höhlenmenschen waren ihm ein Begriff. Wer sich mit dem Thema Felsmalereien in der Sahara beschäftigte, musste zwangsläufig auf ihre außergewöhnliche Kunst stoßen. Er hatte aber nicht vor, sie das wissen zu lassen.
>>Hauptsache Ordnung, sonst geht doch Eure Welt unter<<, kommentierte er mit scharfzüngigem Sarkasmus ihre Anweisungen an den Gepäckträger.
Maja betrachtete ihn konsterniert. Musterte ihn durch ihre dunkle Sonnenbrille von oben bis unten. Irgendwie kam er ihr bekannt vor.
>>Was Sie nicht sagen!<< erwiderte sie knapp.
Daraufhin drehte sie ihm demonstrativ den Rücken zu.
Im Bus nach einem Platz Ausschau haltend, fragte er lächelnd, ob es erlaubt sei, sich neben sie zu setzen.
Maja zuckte bloß mit den Schultern und versenkte sich in ihre zerknitterte Lektüre, die sie aus ihrer prall gefüllten Handtasche gezogen hatte. Rory grinste sie über beide Backen breit an.
>>Was lesen Sie denn da?<< fragte er sie ungeniert.

>>Nichts, was für Sie von Interesse sein könnte<<, entgegnete sie kühl.
>>Darf man trotzdem erfahren, um was es sich handelt?<< ließ er sich nicht abspeisen. Maja richtete sich kerzengerade auf.
>>Sie lassen wohl nie locker<<, und schaute ihm herausfordernd in die Augen.
>>Bin eben ein neugieriger Mensch<<, gab er ihr amüsiert zur Antwort. >>Oder ist das bei Ihnen in Germany auch verboten?<<
Maja grinste zu so viel Impertinenz.
>>Sie sind auch nicht gerade der Diplomat in Ihrer Majestät`s Diensten, habe ich recht oder?<<
>>Nein, brauche ich auch nicht zu sein<<, erwiderte er. >>Ich hab` Ferien<<, fügte er noch gähnend hinzu.
>>Entspreche auch nicht irgend so einem Beamtentyp. Nun alles klar für Sie?<<
Und versuchte, ein Nickerchen vorzutäuschen.
Maja schüttelte nur den Kopf.
>>Was sind Sie dann? Reisender in Sachen britischer Charme?<<
>>So was Ähnliches<<, gab er ihr wiederum gähnend zur Antwort. >>Ich bin Rockmusiker.<<
>>Aha, eine bekannte Größe?<< fragte sie jetzt neugierig, ließ sich nicht anmerken, daß sie ihn erkannt hatte.
>>Wenn der Name der Rockband >The Misfires< bis zu Ihrem Kaff vorgedrungen ist? Ich bin der frontman und Gitarrist Rory McKenzie. Angenehm.<<
>>Maja Hesterkamp, bildende Künstlerin, guten Tag.<<
Ihr Ton wurde eindringlicher.
>>Kaff? Haben sie gerade meine Heimatstadt Oberhausen mit Kaff bezeichnet? Sie hat 212.000 Einwohner. Auch wenn mir Ihre band bekannt ist, so haben

Sie noch lange nicht das Recht, meine Stadt als Kaff zu bezeichnen!<<
>>Doch, das kann ich, habe letztes Jahr dort getourt. War abends nicht viel los in dieser City, Madam. Lauter Misfits!<<
Maja war wie vom Donner gerührt.
>>Sie waren nur einmal dort und erlauben sich schon ein Urteil?<<
Er grinste sie breit an.
>>Ihr Weg hat sie wohl kaum in unsere Galerie geführt, die zu den Bedeutendsten im nahen Umkreis zählt<<, verfiel sie jetzt in einen dozierenden Ton. >>Dank vieler herausragender Künstler, die Mitglied sind. Zum Beispiel Johannes Maro, der ein international bekannter artfotographer ist, falls Sie seine Kunst zu schätzen wissen.
Und meine Wenigkeit dürfte auch in ihrem Inselreich nicht gerade unbekannt sein, oder leben Sie nicht sogar zeitweise am Arsch der Welt? So dass mein Kunstschaffen Ihrer Aufmerksamkeit entgangen sein dürfte? Habe gehört, Sie besitzen so eine Hütte im Pazifik. Oder war es in der Antarktis? Wenn man den Gazetten Glauben schenken kann.<<
Rory kam aus dem Staunen nicht mehr heraus, ließ ihren Wortschwall über sich ergehen und amüsierte sich köstlich.
>>Die hat es aber in sich<<, dachte er, >>genau mein Typ und auch noch kratzbürstig!<<
Eddy Hyde, der neben dem Busfahrer Platz genommen hatte, missfiel die kontroverse Konversation der beiden.
>>Mrs. Hesterkamp und Mr. McKenzie<<, wandte er sich über das Mikrofon an sie, >>ich bitte Sie inständig, Ihren Disput zu beenden.<<
Rory zuckte mit den Schultern.

>>Wir streiten uns doch nicht!<< erwiderten Maja und Rory fast gleichzeitig.
Und waren sich zum ersten Mal einig.

Im Hotel angekommen, bewegte Rory den operator, ihm eine Leitung zu Allen Harris aufzubauen, zu seinem Vertrauensmann in der Musikindustrie. Es ging um wichtige Details zu seinem neuen Album. Außerdem hatte die Gerüchteküche über Elaines Auszug Ausmaße in den Gazetten angenommen, die seinem image zum Schaden gereichen könnte. Mit Allen wollte er sich kurz über den Fall beraten. Da beide loyal als langjährige Freunde zueinander standen, erhoffte er sich von ihm ungeschminkten Rat. Nach kurzem Hin und Her meldete sich Allen am anderen Ende der Leitung. Seine Stimme klang besorgt.
>>Leider kann ich von hier aus nicht feststellen, wer die Presse mit Informationen über Dich versorgt. Da setzt jemand anscheinend bewusst darauf an, Deinen guten Ruf zu demontieren. Hast Du vielleicht eine Ahnung, wer das sein könnte? Ich hoffe ja nicht, dass Elaine selbst...?<<
Rory war geschockt.
>>Kann ich mir nicht vorstellen, dass sie so weit geht, aber da sie auch meine wertvollen Gitarren mitgehen ließ, bin ich verunsichert. Hatte gehofft, Du könntest mir Näheres sagen.<<
>>Hör` mir mal gut zu<<, drang Allen auf Rory ein, >>jetzt mach` Dir mal keine allzu große Sorgen und entspann Dich auf Deiner tour durch die Sahara. Ich veranlasse mal meine Leute, sich diskret umzuhören. Dann melde ich mich wieder, okay?
Machs gut Alter! Genieß Deinen trip!<<

Die Straße in Richtung Fayoum schien kein Ende zu

nehmen. Entlang eines Bewässerungskanals voller Wasserhyazinthen auf der einen und dem Wüstenabbruch auf der anderen Seite, sah Rory durch den Schleier seiner halb geöffneten Augen nach und nach Pyramiden auftauchen und gemächlich vorüberziehen. Abusir, Sakkara, Dahschur.... .
Wie natürlich wirkende Hügel auf einer Mondlandschaft, eigenartig und fremd, im Kontrast zum fetten Grün des tiefer gelegenen Fruchtlandes. Auf steilen Erhebungen thronen die steinernen Hinterlassenlandschaften der Alten Ägypter auf geschichteten Sandplateaus wie Inseln in der Wüste.
Mit drei Toyota landcruisers war die kleine Gruppe am frühen Morgen gestartet. Eddy hatte erst Sorge, Maja neben Rory McKenzie in einen Wagen mit dem Fahrer zu setzen, aber beide reagierten nicht aufeinander. Es schien Waffenstillstand zu herrschen.
Eine Konversation kam nicht in Gang, Rory starrte unentwegt aus dem Fenster.
>>Hier wogte einmal vor Jahrmillionen ein Ozean<<, begann Maja mit dem erneuten Versuch einer Sympathieoffensive. >>Die Abbruchkanten bildeten das frühere Ufer dieses Meeres.<<
Rory versuchte, sich die Vergangenheit dieser Landschaft vorzustellen.
>>Faszinierend, diese gähnenden Zeitabbrüche. Und da nehmen ausgerechnet Sie unser kleines Leben in unserem heutigen Jahrhundert so wichtig. Ein kleines Sandkorn im Getriebe der Welt, mehr sind wir doch nicht<<, bemerkte er noch mit einem betont kritischen Blick in Richtung Maja, bevor ihn wieder die Lethargie und der zurückgelassene Kummer einholten.
Maja schaute ihn nur genervt und zugleich überrascht an. Wollte ihm hastig etwas entgegnen, aber das Wort blieb ihr im Halse stecken. Nach seinem gestrigen

selbstbewussten Auftritt am Flughafen schien seine Fassade zu bröckeln, und sichtbar wurde die Verletzlichkeit eines internationalen Starmusikers, der neben ihr zusammengesunken im Toyota saß. Angesichts dieser Wendung erfasste sie beinahe Mitleid für ihn.
>>Na, dann betrachten Sie mal weiter die vielen Sandkörner<<, murmelte sie, während sie sich wieder ihrer Lektüre widmete.
Rory überhörte ihre Bemerkung. Sein Blick schweifte weit über ein surreal wirkendes Gemälde, in dem sich vor ihren Blicken moderne Bauerngehöfte, bückende Fellachen beim Abernten ihrer dicht bestandenen Felder und Esel vor altertümlichen Bollerwagen mit hochgewachsenen Männern in langen Galabijas mit weißen, gewundenen Kopftüchern abwechselten.
Eine überraschende Wirklichkeit tat sich da auf, von der er in Europa und selbst auf seinen Tourneen nichts ahnte. Denn in Asien war die band duch ihre security von der einheimischen Bevölkerung abgeschottet.
Hier lief mit brutaler Direktheit in Echtzeit ein 3-D - Film vor ihren staunenden Augen ab. Eine vergessene Welt der Archaik, des täglichen Broterwerbes und des Überlebenskampfs im Gleichschritt mit der Natur. Seine Gedanken umkreisten Allen Harris Worte.
>>Mach` Dir mal keine allzu große Sorgen... .<<
>>Shit<<, dachte Rory, denn das fürsorgliche und abwiegelnde Gehabe seiner Freunde und Kollegen ging ihm eindeutig gegen den Strich. Irgendetwas schien sich hinter seinem Rücken zusammen zu brauen. Es war unfassbar. Er kam einfach nicht dahinter.
Nach endlos erscheinender Fahrt erreichte der Landcruisertross den Birket Karun - See. Endlich konnte die kleine Gruppe das einfache Hotel ansteuern. Die passende Gelegenheit zu relaxen, sich auszustrecken und dabei innerlich anzukommen.

Derweil verschwamm der abendliche Horizont über den grünlich schimmernden Wassern des Sees zu einem impressionistisch wirkenden Gemälde. Nicht die kleinsten Wölkchen trübten die ruhige Stimmung der glatten Oberfläche des Birket Karunsees mit seinen endlosen Himmeln.

Nach der langen Überlandfahrt - vorbei an urtümlichen Wasserrädern und Gespannen mit Wasserbüffeln - wirkte die rustikal anmutende Szenerie auf Rory und Maja überaus entspannend, weckte in ihnen zumindest eine Art kleiner Vorfreude auf die kommenden Tage in der Wüste, wenngleich keiner dem anderen seine eigene Stimmungslage offenbarte.

Ohne ihn eines Blickes zu würdigen, begab sich Maja mit ihrem Rucksack auf ihr gebuchtes Einzelzimmer.

Bei den kommenden Übernachtungen im Zelt würde sie sich eines mit einem Mann teilen müssen. Hoffentlich nicht mit diesem Rory.

>>Arroganter Fatzke<<, dachte sie angeekelt. >>Flegel!<<

Aber sowohl Rory als auch Maja waren noch von den Strapazen der Anreise gezeichnet, befanden sich beide noch in einer Art Zwischenzustand, der sie aggressiv stimmte. Sie waren seelisch der gewohnten Umgebung ihrer Heimatländer entrissen. Nur langsam gewöhnten sie sich an die Fremdheit, die ihnen ihre ersten tagesfrischen Eindrücke hinterließen, von einem durchaus faszinierenden Land mit seinen fruchtbaren Feldern und seinen Bauern, deren Lebensrhythmus sich so tiefgreifend von dem ihrigen unterschied.

Dieser Kontrast eines harten Daseins hatte dennoch etwas Paradiesisches an sich, wie auf den Reliefs alter Pharaonengräber zu entdecken war. Der von Fruchtbarkeit nur so strotzende Grünstreifen war aber von der Wüste umzingelt. Die drohende Verwüstung

schien wie eine Metapher für Vergänglichkeit und Tod über diesem Idyll zu hängen.
Rory träumte in der Nacht von Sandmassen, die ihn zu ersticken drohten. Eine tickende Sanduhr ließ feinste Partikel auf ihn herabrieseln, bis er vollständig bedeckt war und um sich schlug. Schweißgebadet wachte er mitten in der Nacht auf. Von mehreren Seiten ertönten aus den extrem übersteuerten Cassettenrekordern die Rufe der Muezzins. >>Allahu Akbaaaaaaarrrr!<<
Rorys Kopf dröhnte. Er tastete in der Dunkelheit nach seiner Armbanduhr und seufzte.
>>Erst drei Uhr in der Frühe!<<
Er setzte sich aufrecht auf sein einfaches Bett und versuchte, einen klaren Gedanken zu fassen, aber die lautstarken Gesänge marterten sein Hirn, als belagerten seine Sinne dunkle Frequenzen des funks seiner >Misfires< aus hohen Verstärkern.
Er erschrak, als das handy die ersten Töne seines Welthits von sich gab. Allen war dran.
>>Mitten in der Nacht rufst Du mich an?<< begann Rory mit schlaferfüllter Stimme. Wieder überkam ihn ein merkwürdiges Gefühl.
>>Ja, da staunst Du Alter, komme gerade von einer Party nach dem gig von Tony Hanson. Wir haben uns verquatscht. Wollte Dir kurz mitteilen, sei vorsichtig, was Deine Frau angeht. Mehr sag` ich nicht dazu.<<
Rory erstarrte. Hörte noch das Klicken in der Leitung. Allen hatte aufgelegt.
Im Haus war es ruhig. Rory horchte in die Nacht. Maja schien zu schlafen. Wie gerne wäre er jetzt bei ihr. Ihre Gesellschaft im landcruiser hatte ihn von seiner übergroßen Belastung abgelenkt. Sie waren sich zwar bisher noch nicht näher in ihrer Konversation gekommen. Das verbot sich von selbst. Rory war noch nicht bereit, ihr zu zeigen, daß ihm bereits ihre ausdrucksstarke Mi-

mik, ihre zurückhaltende nachdenkliche Art, unter die Haut ging. Ein solches Gefühl hatte er an sich schon lange nicht mehr wahrgenommen. In seiner Situation kam ihm das überhaupt nicht zupass.
Überhaupt Gefühle. Ihm schien es, als habe er jahrelang in einem funktionstüchtigen Wachschlaf ausgeharrt und es nicht einmal bemerkt. Maja faszinierte ihn, was ihn zutiefst beunruhigte. Wann zuletzt hatte er das von einer Frau behaupten können? Die >Misfires<, und er besonders, waren ständig vom anbetenden weiblichen Geschlecht umringt. Das hatte ihn blind gemacht, interessante Frauen überhaupt noch einmal für sich zu entdecken.
Maja stand für eine andere faszinierende Seite der Kunst, für die Höhlenmalerei, die ihn in den wenigen Mußestunden seines Musikerlebens interessierte. Sie hatte ihm auf der Fahrt zwar nicht das Land Ägypten erklärt, auch nicht die archaisch streng wirkenden Hinterlassenschaften der Pharaonen in der Wüste oder das einfache Leben der Ägypter in der Gegenwart. Aber ihre Anwesenheit hatte für ihn etwas Tröstliches, so dass er sich seinen Gedanken unbeschwerter hingeben konnte, den Gedanken an die Wüste, immer wieder an die Wüste, dieser so stark überlichteten Topographie.
Als ihr Flieger nach Stunden über dem Mittelmeer die Sahara erreicht hatte, kam er sich wie die großen Entdecker unbekannter Landstriche vor. Sein Herz pochte. Wo man durch das schmale Bordfenster hinblickte, da gab es nur Steine, Steine, Steine.
Zu Stein gewordene Wadis, jene trocken gefallenen Wüstentäler, und die Sandwüste zu beiden Seiten des blauen Bandes des Nils.
Unter ihm schlängelte sich der legendäre afrikanische Fluss, der sich tief in die Landschaft eingegraben hat-

te. Einem Papyrusstengel gleichend, zwischen zwei Wüsten gelegen, zum Kopf einer Blütenform hinfließend, die das Delta bildet. Wo einst Savannen den Tieren genügend Gras zum Leben boten, dehnten sich jetzt ausgedörrte, vom Gluthauch der unbarmherzig strahlenden Sonne traktierte Wüstenlandschaften aller couleurs. Die Dimension des Todes tat sich hier auf, die das Leben negierte, seinen Stillstand markierte.

Seiner Meinung nach sein eigener Tod. Nachtgedanken umkreisten nun sein Dasein. Er befand sich in einer nie gekannten Krise.

Die verrinnende Zeit war eindimensional. Alles, was in seinem Leben strahlte, verblasste, blieb zurück, um in neuen Wirklichkeiten abseits seiner Person zu erblühen.

Rory versuchte sich zu erinnern, wann die schleichende Verwüstung zum ersten Mal in sein Leben Einzug gehalten hatte. Ihre Sandzungen unerbittlich in sein Dasein drangen. Es hatte etwas von einem schleichenden Prozess, den er geflissentlich übersehen wollte.

Während sich die drei Toyotas über Pisten dem Wadi Heitan näherten, des für heute anvisierten Tals der Wale, mit urzeitlichen Fossilien aus dem Erdmittelalter Eozän, das vor zwei Millionen Jahren von dem Urmittelmeer Thetys bedeckt gewesen war und nun riesige Walknochen preisgab, entfernte sich die Wagenkolonne nun stetig, seit Stunden, von der Fruchtbarkeit der riesigen Oase des Fayoums.

Tiefer und tiefer drangen sie in die weiten Gebiete der Sahara vor. Nur noch vereinzelt von Akazien umstanden, bot sich ihrem Blick keine Blüte mehr, nirgends ein Fruchtstreifen und noch weniger Zivilisation.

Es sei denn, alle wechselnden Jahrzehnte schenkten

wolkenbruchartige Ergüsse dem Samen unter den schützenden Sand - und Geröllschichten und verdorrt wirkenden Pflanzen an der Oberfläche, neues Leben.
Stille betonte die Leere, Windböen beherrschten mit großer Gewalt den Klang der Leere.
Auch seine songs kamen ohne Inspiration von außen nicht mehr zustande, so schien es Rory. Das Verhängnis nahm nun seinen Lauf. Wohin würde es ihn führen?
Er rekapitulierte die letzten Jahre, sah seinen Abstieg kommen, aber eine Erklärung für sein Abrutschen konnte er nicht finden.
Ratlos starrte er zu den Wüstenbergen hinauf, zu diesen hoch geschichteten Sedimenten unendlicher Zeiträume, mit ihren Entwicklungsstadien und ihrer konservierten Geschichte.
Maja betrachtete ihn hin und wieder von der Seite, fragte sich, warum er mit verlorenem Blick stundenlang zum Fenster hinausstarrte.
Der erste Besichtigungspunkt, das Wadi Rian mit seinen Wasserfällen, schien ihn kaum zu interessieren.
Er war mit seinen Gedanken weit weg.
Sie wagte nicht, ihn nach seiner Befindlichkeit zu fragen. In seine tieferen Geheimnisse einzudringen, die zusehends ihr Interesse weckten. Dazu war die imaginäre Mauer zwischen ihnen noch zu hoch. Seine schroffe Art hatte sie eingeschüchtert. So saß sie eher schweigsam neben ihm und unterhielt sich ab und zu mit ihrem Fahrer Negdi, der mit fröhlichen Lauten in die heiteren arabischen Klänge aus dem blechern klingenden Autoradio einstimmte und Maja mit netten Komplimenten überhäufte.
Ihr blieb nichts anderes übrig, als sich in Gedanken zu Tobias zu flüchten. Ihr gemeinsames Leben hatte hier nie existiert.

Ihn würde die Wüste nur von seinem bequemen Fernsehsessel aus interessieren. Oder in Form eines Bildbandes.
Tobias` Abwesenheit erzeugte in ihr sich stetig aufbauende, massive Verlustängste. Von allen Seiten schienen die ariden Wüstentäler ihre negativen Gedanken auf sie zurückzuwerfen und zu verstärken.
Als habe er Majas Ängste in ihrem Gesicht widerspiegeln sehen, dozierte Negdi, ihr Fahrer, in den Rückspiegel:
>>Hüte Dich vor den Dschinns, sie überfallen Dich plötzlich und machen Dich verrückt. Meine Familie meidet die Wüste<<, fügte er noch hinzu und grinste sie mit seinem überaus breiten Lächeln an, das sein Pferdegebiss entblößte.
>>Es gibt doch gute und auch sehr böse Dschinns<<, entgegnete Maya.
>>Stimmt<<, bestätigte Negdi, >>der Islam kennt beide, aber hüte Dich vor den Bösen, sie können Dich elendig zugrunde richten!<<

Am Abend erreichte die Kolonne einen von hohen Felsen umgebenen, geschützten Platz, an dem sie entschieden, die Nacht zu verbringen.
Negdi und seine Kollegen gingen sogleich an die Arbeit, ein Küchenzelt und eine Feuerstelle unter freiem Himmel zu errichten. Eddy widmete sich der Verteilung der Zelte an die Gäste.
Er entschuldigte sich bei Rory, dass er ihm keinen Mann für sein Zelt zuweisen könnte. Sowohl die Briten als auch die Italiener waren als Pärchen angereist und belegten ein Zelt. Nur Rory und Maja blieben noch als einzige Einzelreisende übrig. Und Eddy hatte nur ein Zelt übrig, in diesem besonderen Ausnahmefall eines, daß sie sich teilen mussten.

Maja und Rory konnten ihre Enttäuschung kaum verbergen. Rory fühlte sich von Eddy hintergangen. Das war nicht Teil ihrer Abmachung gewesen.
>>Sie hören von mir noch nach der Reise!<< blaffte er ihn wütend an und malte sich die Summe des Schadensersatzes aus, die sein Anwalt von Eddy im schlimmsten Falle einklagen würde. Nun musste sich Rory mit Maja für die Dauer des trip vertragen lernen. Es sei denn, sie wollten sich von vornherein ihre Wüstenexpedition verderben.
Rory bot Maja an, es sich im Zelt bequem zu machen. Er wolle nachsehen, ob sein handy noch funktioniere. Nach mehrmaligen Versuchen gab er es auf. Kein Netz.
Eddy schüttelte den Kopf, er verfüge über ein Satellitentelefon, aber nur in dringendsten Notfällen dürfe er die Gäste telefonieren lassen.
Rory grollte, gab sein Begehr aber erst nach kurzer Zeit auf und machte es sich auf einem flachen Felsen bequem. Sein Zorn verrauchte schnell, als er sich den Kopfhörer seines MP 3 - Player aufsetzte und sich seinen neuen gespeicherten songs widmete.
Negdi und seine Helfer hatten mittlerweile das Abendessen aus der Dose zubereitet, und die kleine Gemeinschaft nahm - jeder für sich schweigend - die erste warme Mahlzeit des Tages in der kurzen abendlichen Dämmerung ein. Glutrot sank die Sonne hinter den Horizont. Eine unangenehme Kühle verdrängte die Hitze des ersten Wüstentages und ließ die Gäste am Lagerfeuer frösteln.
Sami und Achmed, die Fahrer der britischen und italienischen Expeditionsmitglieder, breiteten ihre Decken Richtung Mekka aus, um sich ins Gebet zu vertiefen.
Negdi hatte heißen Tee mit Minze zubereitet und teilte zusätzlich noch Zucker aus. Maja und Emmanuel aus

Italien prosteten sich nach dem Essen in Ermangelung von Wein und Bier gegenseitig zu. Die heitere Runde freute sich auf ihren Vortrag über die Felsmalereien des Gilf Kebir, den sie >in English< vorbereitet hatte. Nur Rory hatte sich abseits gehalten. Ihm war nicht feierlich zumute. Seine Stimmung war auf dem Nullpunkt angelangt.

>>Was tue ich hier?<< fragte er sich. Er hatte immer noch nicht in Erfahrung bringen können, wo sich seine Frau und seine Tochter aufhielten und bedauerte es jetzt, sich von Peter Dorsey zu diesem spontanen trip überredet gelassen zu haben.

>>Wenn sie jetzt vielleicht doch noch zu mir zurückkehren will, dann wird sie das Haus leer vorfinden. Vielleicht habe ich in meiner Enttäuschung überreagiert<<, dachte er zutiefst reuevoll. Vielleicht war es ja ein Fehler, so Hals über Kopf von London abzureisen.

>>Sie muss ja sowieso wochenlang auf mich verzichten, wenn ich auf tour bin<<, fiel ihm noch zusätzlich ein. >>Was bin ich doch ein Esel!<<

Rory schwankte zwischen seiner Unsicherheit und dem Wissen hin und her, dass ihr Entschluss wohl endgültig war und er sich nur noch was vormachte.

Aber zwischen der gebotenen Vernunft und seinen Gefühlen klafften Welten. Nur widerwillig wollte er realisieren, wie es wirklich um ihre Ehe stand. Dass es da keinerlei Hoffnung mehr für ihn gab.

Emmanuel von der italienischen Gruppe winkte Rory heran, er solle sich doch zu ihnen gesellen. Maja würde gleich mit ihrem interessanten Vortrag beginnen.

>>Na gut<<, lenkte Rory ein und ließ sich neben der mittlerweile eingeschworenen Gemeinschaft am Lagerfeuer nieder.

Ein eisklarer Sternenhimmel bevölkerte die ägyptische

Wüstennacht, als Maja ihrem kleinen Publikum vom Wadi Sura erzählte.
Von der Höhle der Schwimmer, mit Zeichnungen aus feuchteren Tagen der Sahara, als Mensch und Tier die nun ausgetrockneten Täler der Sahara bewohnten und zahlreiche Seen noch vorhanden waren. Von Straußenvögeln, Giraffen, Rindern war die Rede. Von Menschen, die tatsächlich zu schwimmen schienen. Von Hirten und kopflosen Stieren als die magischen Symbole dreier wichtigen Stationen im Leben eines jeden Menschen: Geburt, Fruchtbarkeit und Tod.
Gebannt lauschte Rory den Schilderungen Majas, ihrer entschlossenen, aber mit leisem und ruhigem diktum vortragenden Stimme.
Ein Grübchen befand sich neben ihrem Kinn. Ihre dunklen, warmen Augen glänzten in der Runde, die an ihren Lippen hing. Das waren die ersten Details, die Rory an ihr wahrnahm. Eine Schönheit, die sich ihm erst auf den zweiten Blick erschloss, durch ihre ureigene Ausstrahlung noch unterstrichen wurde. Sie war keine seiner anbetenden weiblichen Fans, sondern eine Frau im fortgeschrittenen Alter. Die Stationen ihrer Biographie schienen wie auf einer Landkarte in ihre Gesichtszüge eingraviert zu sein.
Schlichtweg offenbarte sich ihm die Aura einer großen geheimnisvollen Persönlichkeit, aber einer zugleich bescheiden auftretenden Künstlerin, die ihn zutiefst beeindruckte.
Unsicher blickte er zu ihr auf. Über ihrem Kopf erhob sich das blinkende Sternenmeer in einer tief dunklen blauschwarzen Nacht, mystisch wie ein riesiger Sarkophag, der sich über das Firmament wölbte. Während die kleine Gruppe, fröstelnd und dicht zusammengedrängt, auf dem Boden eines ehemaligen Ozeans hockte. Auf dem Friedhof der Zeit.

In Rorys Nächten belebte sich der Kosmos der Vergangenheit.
Gazellen, Giraffen und Straußenvögel sprangen durch die Savanne. Darunter kopflose Tiere, die Menschen verschlangen.
Wie in Majas Vortrag über tosende Wellen des Urmittelmeeres Thetys, das Heimstatt bizarrer Gestalten ausgestorbener Tiere war. Und immer wieder erschien ihm Maja, mit erhobenem Finger, dozierend. Über die riesige Schwanzflosse eines Wals, die klatschend auf die Wasser des verschwundenen Ozeans schlug.
In diese Orchestrierung seiner wilden Träume mischten sich Elaine und Sarah wie ein Fremdkörper beim friedlichen Nachmittagsplausch vor dem heimischen Kamin.
Sie wurden im selben Augenblick von den Ritualen der Hirten in Höhlen unterbrochen, als die ersten Künstler in der Geschichte mit sicherer Hand ihre gedanklichen Vorstellungen über die Umwelt an den Felswänden auftrugen, in der sie lebten.
Ihre Geheimnisse von Leben und Tod erhöhten die Geschwindigkeit ihrer abgelaufenen Wirklichkeiten vor seinen >rapid eyes<, in der Gefangennahme seines Traumes, dass ihm schlecht wurde.
Rory wachte jedes Mal schweißgebadet auf dem Höhepunkt seines träumerischen Spuks auf und konnte kaum noch atmen.
Maja schlief mit ruhiger Unschuldsmiene ungestört weiter, gab keinen Laut von sich. Meist drehte er sich anschließend aus dem Zelt, nicht ohne seine Schuhe auf mögliche Übernachtungsgäste wie Skorpione untersucht zu haben.
Der Morgen empfing ihn mit fröstelnder Kälte. Flammend stieg der Sonnengott am Horizont aus seinen Nachtstunden empor, um sich warm zu laufen, bis er

mit unerbittlicher Härte die Wüste überlichtete und den Glutofen befeuerte. Die nahen Berge wurden zu Träumen und die Träume zu Himmeln, mit denen sich die montone Stille der Landschaft paarte.
So reihte sich Tag an Tag im Konvoi, auf ihrer stundenlangen Fahrt durch Geröll und Sand.
In der Weißen Wüste legten sie einen Halt bei den erodierten Pilzformen ein. Ein Spaziergang wie auf dem Mond. Fremdartige Gebilde, einem Science fiction - Film entnommen. So sonderbar, als unterstrichen sie Rorys Gefühlszustand.
Es folgten nach und nach die Oasen Baharija, Farafra und Dachla, mit ihren saftigen Obstgärten und Geflügelhaltungen der Fellachen.
Die Gruppe spazierte an Ruinen aus pharaonischer, griechischer und römischer Zeit vorbei.
Gleichzeitig führte ihr Weg zu beigefarbenen Lehmbauten im nordafrikanisch - arabischen Stil der Gegenwart. Sie standen in einem merkwürdigen Kontrast zu den altertümlichen Hinterlassenschaften, begleitet von den täglich und nächtlich ertönenden Gesänge der Muezzine, den Ritualen der >salat< - dem Gebet der Muslime - und Scharen großer Vögel am Himmel, die Kuppeln und Dächer dieser verwunschen anmutenden Orte überflogen. Bei weiteren Ausflügen per pedes durch die Gassen Dachlas bestaunten die Expeditionsteilnehmer die Exotik palmenüberdachter, bemalter Häuser, badeten anschließend mit Wonne in den heißen Quellen von circa 26 Grad Celsius.
Die steten Anzeichen des Verfalls dieser Ortschaften hefteten sich an ihre Fersen, trotzten den fetten Ständen an Obst- und Gemüsekulturen.
Die intensive Kultivierung, im Rahmen des New Valley Project, und die Bewässerung durch fossile Wasser des verschwundenen Urozeans Thetys aus kilometer-

großer Tiefe, erfolgte durch eigens angesiedelte Nubier.
Überall stieß die Gruppe auf zerbröselnde Ruinen im Siedlungsbild mit übergroßer Vergangenheit. An den Rändern von leckenden Sanddünen bedroht, die sie wie eine Kobra mit aufgerissenem Maul im jahrzehntelangen Würgegriff verschlangen.
Erging es Zarzura ähnlich, der geheimnisvollen Stadt in der Wüste, die Ladislaus Almassy gesucht und nicht gefunden hatte?
War sie unter den Sandmassen verschwunden oder hatte sie das Mahlwerk der Jahrhunderte unter sich begraben? Hatte es sie nie gegeben? War sie eine bloße Fata Morgana in den Erzählungen der Alten?
Maja schien es, als stemme sich hier die Natur gegen jeden menschlichen Versuch, die Zivilisation aufrecht zu erhalten.
Dabei schien das ehrgeizige New Valley Project, die drei Oasen mit Hilfe der Nutzung urzeitlicher fossiler Gewässer auszudehnen, eine wirklich gute Sache zu sein. Um den Anbau von Zitrusfrüchten, Datteln, Oliven und anderem, angesichts der riesigen Bevölkerungsexplosion Ägyptens, zu steigern. Wenngleich auch die Versalzung ein großes Problem darstellt.
Maja kam in den Sinn, dass hier noch ein wesentlich anderes Problem das ausschlaggebende Moment sein könnte... .
Nur was, das wollte sich ihr bisher nicht erschließen und sollte sie noch lange beschäftigen... .

Über holprige Pisten eroberten sich nun die landcruisers ihren Weg durch die große Sandwüste. Die Temperaturen stiegen ins Unermessliche und trieben Rory und Maja den Schweiß ins Gesicht. Ihre Münder hingen pausenlos an den mitgeführten Wasserflaschen der Marke baraka. Die lauwarme Brühe war fast ungenießbar, aber der übergroße Durst trieb es ständig in sie hinein.

Immer wieder blieben die Toyotas in einer Sandverwehung stecken, und beide sprangen mit einem Metall zum Unterlegen der Reifen aus dem Wagen. Negdi gab die Kommandos und ruckweise Gas, um den steckengebliebenen Wagen wieder heraus zu fahren. Die Wagenkolonne wartete nicht auf sie. Es blieb wenig Zeit, sie wieder einzuholen.

Abends saßen Rory und Maja völlig erledigt am Lagerfeuer, machten sich bei den Vorbereitungen zu den Mahlzeiten nützlich oder vertrieben sich mit Lesen die Zeit. Rory fingerte an seinem MP 3 - Player.

In ihm gärte es noch immer, aber Eddy blieb stur. Keine Privatgespräche an seinem Satellitentelefon. Er hatte ihm vorher eingeschärft, dass das Telefon für sie überlebenswichtig sei und ihn keine noch so vorgeschobene Sorge um Daheimgebliebene erweichen könne, seinen Standpunkt aufzugeben.

So blieb Rory nichts anderes übrig, als kleinere Spaziergänge in die nähere Umgebung ihres Rastplatzes zu unternehmen, um sich abzureagieren. An diesem Abend sah er ein kleines Felsmassiv vor sich, das ihn reizte. Das sich als Schutz vor dem Wind für die Nacht eignete, weshalb sie auch dort ihre Zelte aufgeschlagen hatten.

In ein paar Schritten hatte er den Anlauf zu dem Hügel geschafft und war nach einer Viertelstunde oben auf der Kuppe angelangt.

Von hier aus öffnete sich ihm ein atemberaubender Blick über das Sandmeer in Richtung Süden. Wo er hinblickte, nur Sanddünen und Leere, die ihn anschwiegen. Regungslos verharrte er vor diesem grandiosen Anblick. Nach einer weiteren Viertelstunde be-

schloss er, auch noch die andere Seite in Augenschein zu nehmen, um Richtung Nordwesten die Weite der Wüste zu atmen. Wiederum erstreckten sich vor ihm große Sanddünen in eleganten Kurven, die auf - und abschwangen.
Dann sah er den schwarzen Punkt am Horizont auf dem Scheitelpunkt einer Düne langsam auf sich zukommen, der immer größer wurde... .
Mehrere Fahrzeuge schoben sich über die einzig vorhandene Piste.
Rory war versucht, sich zu zeigen und der Kolonne zuzuwinken, als er plötzlich in seiner Bewegung verharrte. Denn zu seinem Schrecken bemerkte er offensichtlich bewaffnete Männer in offenen Lastern stehen, die zu seiner Überraschung einen fremdartigen Eindruck auf ihn machten. Er hätte in dieser Gegend eher einheimische Ägypter, beziehungsweise dunkelhäutige Nubier mit Turbanen erwartet. Aber die er da wahrnahm, waren Männer, die er als Jemeniten oder Pashtunen einstufte, die lange Bärte trugen. Sie waren bis an die Zähne bewaffnet. Ein Laster schien ein ganzes Arsenal an Waffen zu transportieren. Er konnte den Waffentyp nicht erkennen, aber mutmaßte, daß es wohl kalashnikoffs waren.
Sie fuhren nun die Strecke Richtung Norden, die er mit seiner Gruppe vor wenigen Stunden entlanggefahren war.
Wohin wollten diese furchterregenden Gestalten? Rory überkam eine Gänsehaut, sein Magen rutschte ihm in die Hose. Vielleicht weiter nach Libyen? Und von wo aus waren diese Fremden gestartet?
Erst als der Horizont seine mysteriöse Fracht wieder verschluckt hatte, wagte Rory den Abstieg.
Die Sonne war im Rückzug begriffen, und die Nacht würde mit der Plötzlichkeit eines Fallbeils hereinfallen,

wenn er sich nicht beeilte, zum Lagerfeuer zurückzukehren. Mit einem Fuß stieß er sich an einem spitzen Stein und wäre beinahe ausgerutscht.
>>Ah!<< schrie er auf und betastete seine Zehen. Humpelnd bewegte er sich abwärts und erreichte seine Gruppe gerade noch rechtzeitig vor dem völligen Einbruch der Dunkelheit. Sie hatten bereits mit dem Abendessen begonnen.
Negdi und seine Kollegen formten einen arabischen Hit auf ihren Lippen. Ihre Gäste stimmten in den fröhlichen Gesang rhythmisch klatschend ein. Die Frauen der Expedition ließen ein fröhliches Lallen auf ihren Lippen ertönen. Negdi und die Seinen reagierten enthusiastisch auf die Anfeuerung und kamen mit immer leidenschaftlicheren arabischen Schnulzen rüber.
Maja sah in Rorys entsetztes Gesicht, als er sich neben ihr niederließ und keuchte. Er konnte immer noch nicht glauben, was er da beobachtet hatte und misstraute seinen eigenen Sinnen. Aber das Bild dieser bewaffneten Söldner hatte sich ihm tief eingeprägt. Hilflos blickte er zu Maja hoch. Schweigend streichelte sie sein Gesicht. Nach einer Weile fasste er sich ein Herz und ging hinüber zu Eddy, der Maja und Rory schon eine Weile beobachtete. Erstattete ihm leise Bericht in sein linkes Ohr. Eddy zog alarmiert die Augenbrauen hoch und bedeutete Rory zu schweigen. Negdi und sein Helfertross sollten Rorys Unruhe nicht mitbekommen. Sie entfernten sich beide auf Eddys Zeichen hin vom Lagerfeuer und begaben sich in Eddys Zelt.
>>Nun erzählen Sie mir bitte ausführlich und der Reihe nach, was Sie gesehen haben oder glauben gesehen zu haben!<<
Rory schilderte noch einmal den Hergang des Geschehens. Wieder zog Eddy alarmiert die Augenbrau-

en hoch.
>>Wissen Sie, was Sie da sagen?<< fragte er ihn eindringlich.
>>Wenn die uns entdeckt hätten, dann wäre es wahrscheinlich um uns geschehen! Die können keine Zeugen gebrauchen. Die Wüste ist voller zwielichtiger Gestalten, da müssen wir aufpassen!<<
>>Das erzählen Sie mir jetzt erst?<< reagierte Rory wütend, der nicht auf dem laufenden war, was die Umbrüche in Nordafrika anging.
>>Wenn ich das vorher gewusst hätte, hätten Sie die Reise ohne mich antreten können. Warum haben Sie in London diese offensichtliche Gefahr nicht einmal erwähnt?<<
>>Ich wusste es selbst nicht, und bisher habe ich so etwas mit meinen Exkursionsgruppen noch nie erlebt. Das ist mir auch neu.<<
>>Aber sie wissen doch, dass es in Libyen einen Bürgerkrieg gab und die westliche Presse nur spärliches nach Gaddafis Tod über dieses Land berichtete.<<
Eddy schien angesichts der neuen Lage ratlos. Er zuckte nur mit den Schultern.
>>Hätte, wäre, wenn..., das nützt uns jetzt auch nichts mehr. Ich werde jetzt mit dem GPS unseren Standort checken und dann über das Satellitentelefon den Vorfall meiner Agentur melden. Mehr kann ich jetzt nicht tun. Bitte behalten Sie Ihre Beobachtung erst einmal für sich. Wir wollen die übrigen Teilnehmer nicht unnötig beunruhigen und ihnen die Reise verderben. Keinerlei Wort zu Maja, haben wir uns verstanden?<<
Rory nickte zögerlich, hatte das Bedürfnis, sich mit ihr über sein Erlebnis auszutauschen. Vielleicht wusste sie intuitiv mehr mit der Situation anzufangen.
Er setzte sich langsam zu ihr ans Lagerfeuer und sah sie unverwandt an. Maja erwiderte seinen Blick und

fühlte seine Hand in die ihre gleiten. Als sie ansetzte, ihn zu fragen, legte er seinen Finger auf ihren Mund. Sie verstand. Beide lauschten noch den Liedern, die Negdi und seine Kollegen anstimmten und begaben sich dann schleunigst zur Nachtruhe in ihr Zelt.
Rory setzte die Kopfhörer seines MP 3 - Player auf und tat so, als wolle er nur noch seine music abspielen, aber er beugte sich über ihren Kopf und teilte ihr die Neuigkeit im Flüsterton mit. Draußen war es merkwürdig still geworden. Die übrigen Expeditionsteilnehmer hatten sich mittlerweile ebenfalls in ihre Zelte begeben.
Maja fragte ihn, was er nun zu tun gedenke. Ihr brach der kalte Schweiß aus, wenn sie an die Gefahr dachte, die von diesen bewaffneten Fremden ausging.
>>Werden sie hoffentlich nicht wiederkehren?<< bedrängte sie ihn ängstlich. >>Was ist, wenn sie uns entdecken?<<
>>Das kann ich Dir nicht beantworten<<, versuchte Rory sie zu beruhigen. >>Zeugen können sie womöglich nicht gebrauchen.<<
>>Na, Du machst mir aber Mut<<, wollte sie ihn anherrschen, als er plötzlich verzweifelt seinen Mund auf den ihren presste. Für Maja kam diese Überrumpelung so überraschend, das sie nur noch ein erstauntes Glucksen von sich gab. Jede Art von Abwehr schien vergessen, umso drängender und leidenschaftlicher wurde sein Kuss, so dass sich ihr Mund öffnete und seine Zunge heiß und wild die ihre suchte.
Augenblicklich vergaß sie jene fremden Söldner, die gefährlich nahe ihren Rastplatz passiert hatten und gab sich ihrem neuen Glücksgefühl hin.
Rory war wie von Sinnen. Weil die Spannung zwischen ihnen abfiel oder sie die Antwort auf seine Sorgen war oder was auch immer.

Er zermarterte sich nicht länger sein Hirn, tauchte nur noch in diese schöne Frau ein, in den schwachen Duft ihrer Haut, in die Regionen ihrer Hügel und Ebenen, die ihn mit positiver Energie reflektierten.
>Close to oasis.<
Im Liebesakt schweifte er zum neuen Songtext von Julia.
Beide näherten sich nun ihrem Höhepunkt. Keuchend glitt Rory über Maja, die Düne ihrer Lust schwoll an, wuchs in Wellen zu riesigen Dimensionen, kippte. Beide ließen sich fallen. Stumm verharrten sie ineinander, bis ihr sein Gewicht zu schwer wurde. Er war schon eingeschlafen, als sie ihn zur Seite rollte.
Nur die Nacht teilte ihr Geheimnis, und Eddy, der gerade ihre Position über GPS festgestellt hatte und nun mit seiner Agentur via Satellit verbunden war. Es knackte in der Leitung, jemand schien mitzuhören.
Eddy lieferte unaufgeregt seinen Bericht über das beunruhigende Vorkommnis ab, auch den Standort, den er über GPS ermittelt hatte... .
Sein Gespächspartner war einerseits geschockt, andererseits verwundert über Eddys laxe Art, mit der Gefahr umzugehen. Bevor Eddy den Hörer wieder auflegte, hörte er ein Rumoren in der Leitung. Merkwürdig. Er griente... .
>>Wart`s nur ab, Rory<<, war sein letzter Gedanke, bevor er sich schlafen legte... .
Eine bleiche Mondsichel hing am Firmament über ihrem kleinen Zeltlager, in dem es jetzt vollkommen still geworden war. Der Satellit im Weltraum sandte zur Zeit keine Bilder von der Sahara an die Erdstation. Sie ruhte im tiefen Schatten ihrer Nacht. Nur ihre tierischen Bewohner waren jetzt auf der Jagd, nach Fressbarem.

Auf ihrer Fahrt am frühen Morgen zum Gilf Kebir Massiv quälten sich die landcruiser mit ihrer menschlichen Fracht duch die Sanddünen der >Great Sand Sea<.
Rory und Maja keuchten in der Hitze beim Anschieben ihres Fahrzeugs, das nun zum dritten Mal stecken geblieben war. Maja verfluchte den Sand, der dank des ständig wehenden Windes in ihre Poren eindrang und ihre Augen trotz schützender Sonnengläser zum Tränen brachte.
Beide schufteten wie die Wilden, beseelt von erwachten Gefühlen füreinander.
Das gestrige alarmierende Erlebnis schien von den Aktivitäten des Tages in weite Ferne gerückt, je mehr sie sich von ihrem gestrigen Zeltplatz entfernten.
Rory verschwendete keinen Gedanken mehr an die Gefahr, in der sie geschwebt hatten. Im Gegenteil. Auf seinen Lippen formte sich die tragende Melodie eines neuen songs. Seine Liebesnacht mit Maja hatte ihn dazu inspiriert. Er sprudelte vor Ideen, notierte sie umgehend fleißig, nur um keine Note auszulassen, >dada bimbimdadadu<, und machte sich bereits Gedanken zu den Akkorden, wenn die Fahrt dann schließlich weiterging.
Die Sonne hatte auf ihrer Bahn noch nicht ihren Höhepunkt erreicht. Die Kolonne war bereits um vier Uhr früh gestartet, um möglichst viel Wegstrecke vor dem drohenden Feuerofen am Mittag zurückzulegen. Um zwölf Uhr hielten sie Rast, um ausgiebig zu trinken und ein Nickerchen einzulegen, denn jede Bewegung in der Hitze des Tages kostete sie unglaublich viel Energie.
Negdi, Sami und Achmed führten ihre Bewegungen nahezu in Zeitlupe aus. Die Hektik in Europa und den USA wäre hier kontraproduktiv. Langsamkeit führte hier zum Ziel, Schnelligkeit nur zum Tod. Der Himmel

über der Wüste glänzte durch seine Überlichtung in allen Weißschattierungen.

Maja starrte unentwegt hinauf, wenn die Sonne mal gerade nicht in ihr Blickfeld gerückt war und sie zu Tode blendete. Sie trug ihr weißes Battisttuch als Schutz gegen die Feuerglut, das sie einmal in Dendera in Mittelägypten erworben hatte. Es wirkte hitzeausgleichend, weil es nicht mit einer Chemiekeule behandelt worden war. Rory hatte sich sein marokkanisches Tuch um seinen Kopf gewickelt, das er von einem gig in Tanger mitgebracht hatte. Durch die mehrfache Drehung erzeugte es eine angenehme Kühle auf dem Kopf.

>>Der Himmel<<, dachte Maja, >>ist doch eine optische Täuschung, insbesondere das Blau des Himmels.<<

Denn dahinter dehnt sich der Weltraum, der bei Tage nicht zu sehen war.

>>Was ist noch wirklich?<< fragte sie sich, >>da doch vieles nur Illusion ist, als ein bloßes trompe l`oeil vor unseren Augen erscheint.<<

Auch ihr Glück, im siebten Himmel zu sein?

Sie hatte mit Tobias einmal das Glück festhalten wollen, das sie über so viele Jahre getragen hatte. Aber auch diesen großen Himmel hatte sie verlassen müssen. Was erwartete sie nun mit Rory, war es nur ein one night stand gewesen oder würde daraus eine Beziehung erwachsen? Sie wusste sich darauf noch keine Antwort zu geben. Genoss vielmehr den Augenblick mit ihm, den sie so lange schon vermisst hatte. Wie sehr, das war ihr nach dieser Nacht klargeworden.

Rory holte sein schlimmes Erlebnis wieder ein, als sie mitten in der Wüste auf die Hinterlassenschaften des Zweiten Weltkrieges stießen.

Die eight bells, in den Boden eingelassene Benzinka-

nister, markierten den Landeplatz eines britischen Flugplatzes. Überall, wohin man auch fuhr, stieß man zwangsläufig auf Politik. Rory war es leid. Konnte man denn nicht mal in Ruhe seinen Urlaub verleben, musste es immer solche Ereignisse wie diese in der Menschheitsgeschichte geben? Wann würden diese Kriege endlich aufhören?
Da genoss er schon eher Abu Ballas, das antike Krugdepot mit seinen tausend Scherben. Ihr nächstes angesteuertes Ziel. Faszinierend, wie die alten Ägypter vor Jahrtausenden ihre Wüstenquerung organisiert hatten.
Dennoch retteten ihn diese friedlichen Krüge nicht vor seinen tristen Gedanken. Etwas schien nicht zu stimmen, irgendetwas war Quell` ständiger Unruhe in ihm. Maja ergriff seine Hand, um beruhigend auf ihn einzuwirken, aber Rorys Züge verzehrten sich schmerzvoll. Er hatte ihr von dem Niedergang seiner Ehe erzählt. Aber Maja bemerkte, dass die Ereignisse in London nicht der ausschlaggebende Grund für seine Verstimmung waren. Auch sie erwachte morgens voller Ängste. Träumte des Nachts von der plötzlichen Rückkehr der Söldner.
Beide ertappten sich wieder und wieder bei ihrer sichernden Ausschau über das Terrain, wenn sie den Toyota verließen. Das anfängliche Urlaubsgefühl war wie weggeblasen. Für die Mud Lions - in Gestalt von Löwengesichtern ausgeschlagene Yardangs aus gehärtetem Sand - hatten beide wenig übrig. Ihre Unruhe wuchs und nahm überhand.
Eddy sah sich genötigt, beiden mal eine Standpauke zu halten.
>>Macht mir meine Gruppe nicht verrückt! Es haben sich schon Einige über Euch beschwert. Was sollen die Ängste? Ich habe meine Agentur informiert, die hat

sich sofort an die örtliche Polizei gewandt. Wir erhalten bald bewaffneten Polizeischutz. Sie sind schon auf dem Weg zu uns, also regt Euch endlich ab<<, flüsterte er eindringlich.
Rory und Maja musterten ihn zweifelnd.
>>Warum haben Sie das nicht von Anfang an veranlasst?<< drang Rory tiefer in ihn ein. >>Soviel ich weiß, ist das Standard in Ägypten. Und ich muss Ihnen nicht sagen, das ich als Prominenter besonders gefährdet bin. Auf meinen Tourneen ist meine band von vielen Sicherheitsleuten umringt, und hier darf ich mir Sorgen machen, ob ich den nächsten Tag überlebe.
Was ist, wenn die uns hier irgendwo auflauern? Können Sie dann noch für unsere Sicherheit garantieren? Und was wollen zwei, drei Polizisten gegen diese Schwerbewaffneten ausrichten? Soll es etwa noch zu einem Feuergefecht kommen? Soll es noch Tote geben, ist es das, was Sie wollen?<<
Rory war außer sich. Eddy schaute während Rorys Redeschwall zu Boden und erwiderte nichts.
>>Ich habe Sie gewarnt!<< fügte Eddy als Letztes hinzu und ließ beide stehen.

Die Fahrt zum Wadi Sura mit seiner Höhle der Schwimmer auf dem Gilf Kebir Plateau verlief ohne Zwischenfälle. Die Gruppe war voller Erwartung am frühen Morgen gestartet. Das enge Wadi lag im Licht der aufgehenden Sonne.
So mussten sich die Jungsteinzeitler gefühlt haben, als sie sich diesem in der Tat geheimnisvollen Ort zwischen hohen Felswänden genähert hatten. Die Formationen strahlten die Aura einer religiösen Kultstätte aus. Oder handelte es sich doch eher um reine Naturformationen, von denen sich die künstlerische Fantasie jener frühen Hirten inspiriert hatte, um sich hier zu

verewigen?
Maja fiel die Szene aus dem Film >The English Patient< ein.
Als Almassy seine tote Geliebte Katherine Clifton aus der Höhle trug, und sie ein letztes Mal in eine Maschine setzte, die er von den Deutschen für englische Karten erhalten hatte... .
Die Höhle der Monster mit kopflosen Tieren, die Menschen verschlangen, rührten Rory und sie besonders an... .
Als sie wieder ans Licht traten, ergoss sich der Sonnengott mit übermächtiger Kraft über die kleine Gruppe. Geblendet machten sie sich auf den Weg zur Fogginihöhle mit weiteren und noch schöneren Zeichnungen.
Gegen Mittag brachen sie zum Roten Tal über den Aquabapass auf, das wegen seiner roten Färbung der Felsen berühmt ist. In Richtung Süden zum Dschebel el Uweinat.
Das war das letzte Mal, dass die Toyota landcruisers gesehen wurden... .

Die BBC unterbrach ihr Programm, um eine Eilmeldung herauszugeben:
>>Aus Ägypten erreicht uns die Nachricht, daß eine Gruppe von Touristen am Gilf Kebir Plateau entführt worden ist.
Unter den Reisenden befindert sich der britische Rockstar Rory McKenzie von der band >The Misfires< und die bekannte deutsche Malerin Maja Hesterkamp. Mit einer Gruppe aus Briten und Italienern waren sie unterwegs. Auf dem Weg zum Dschebel el Uweinat im Dreiländereck Libyen, Ägypten und dem Sudan.
Nach vorläufiger Einschätzung der ägyptischen Polizei handelt es sich um bewaffnete Stammesangehöri-

ge, die für die Entführung verantwortlich sind. London hat sich vertraulich über unseren Außenminister an die ägyptische Regierung gewandt.
Präsident El Sisi hat jede Hilfe im Falle der Entführten zugesagt. Es wird mit der baldigen Bekanntgabe einer Summe zur Befreiung der Entführten gerechnet.<<

Elaine war wie vor den Kopf geschlagen. Rory entführt? Zitternd griff sie zum Telefonhörer und rief Peter Dorsey an.
>>Hast Du die Abendnachrichten gesehen, Peter?<< schrie sie ins Telefon. >>Sie haben Rory entführt!!!<<
Peter Dorsey hatte alle Hände zu tun, um die schluchzende Elaine zu beruhigen. Sarah stürzte ins Zimmer.
>>Mom, sag`, dass das nicht wahr ist ! Dad entführt? Oh nein!!!<<
Sarah heulte.
>>Siehst Du Peter, wir hätten ihm das nicht antun dürfen. Jetzt sind wir schuld daran, dass er in diese gefährliche Wüste gefahren ist!<<
>>Nun beruhige Dich doch erst einmal, Elaine<<, versuchte Peter, sie zu trösten.
Er hatte bei ihr nicht mit einem solchen Gefühlsausbruch gerechnet.
>>Wir müssen Ruhe bewahren! Sie tun alles, um ihn da heil wieder rauszuholen!<<
Doch Elaine schien untröstlich.
>>Und wenn sie ihn umbringen? Dann sind wir doch schuld. Großer Gott, was haben wir getan?<<
>>Wir lieben uns, Elaine. Uns trifft keine Schuld. Es ist einfach nur geschehen. Beruhige Dich. Soll` ich zu Dir kommen?<<
Elaine nickte. Ein schüchternes ja ertönte bei Peter am anderen Ende der Leitung. Er war schon auf dem Weg.

In Oberhausen hatte bereits am Abend die Nachricht von dem Verschwinden Majas Johannes und Tobias erreicht. Die Polizei war in der Galerie erschienen und hatte ihnen den Stand der Dinge mitgeteilt. In den Fernsehsendern und Radiostationen war die Nachricht schon auf Platz eins gerutscht.
Es wurde viel über den Hergang spekuliert, aber sowohl britische, italienische und deutsche Medien waren sich einig, dass es sich hier um eine Entführung durch einen ortsansässigen bewaffneten Stamm handeln müsse, der bald mit Lösegeldforderungen an den ägyptischen Staat und die Regierungen der Heimatländer der Touristen herantreten würde.
En detail wurde geschildert, dass andere Expeditionen im Gebiet die Gruppe aus den Augen verloren hätten. Und dass Edward Hyde, der Leiter der Expedition, sich auch nicht bei seiner Agentur zum üblichen Rapport über das Satellitentelefon gemeldet hatte.
Am nächsten Morgen trafen sich die Bandmitglieder zur Pressekonferenz. Nach einem endlosen Blitzlichtgewitter hob Andrew Sims, der keyboarder, stockend an, ein paar Worte hinsichtlich der Entführung zu finden. Clive, Peter und er schauten dabei betroffen zu Boden.
Die Fragen der versammelten Journalisten prasselten von allen Seiten auf sie ein, was sie noch mehr blockierte.
Es wurde von ihnen erwartet, Stellung gegen die Entführer zu beziehen, etwas zu der Gefährlichkeit von Expeditionen in dem Dreiländerdreieck zu bemerken, aber sie waren dazu nicht in der Lage. Am Schluss wandte sich Andrew in einem persönlichen Appell an die Entführer, Rory und die anderen gut zu behandeln, damit sie wohlbehalten zu ihren Familien zurückkehren könnten. Der sonst so fröhliche Clive starrte bleich

vor sich hin. Nur Peter Dorsey, der drummer, verzog angesichts des Medienspektakels keinerlei Miene.
Zoom nach Oberhausen, zur Galerie Dingsda. Ü - Wagen waren in der fußläufigen Zone vorgefahren. Trauben von herumstehenden Journalisten sprachen wahllos in Mikrofone. Überall sah man Kameramänner mit dem Aufbau ihres equipment beschäftigt.
Drinnen saßen die Künstler betroffen auf ihren Stühlen. Das Geschehen streifte sie mit großer Irrealität, so dass Johannes nur langsam Worte fand:
>>Gut, dass Ihr es einrichten konntet, heute morgen hier zu erscheinen. Ich danke Euch. Mir fehlen allerdings die Worte, das auszudrücken, was ich gerade empfinde. Wir sind alle in Gedanken bei Maja, jeder für sich allein. Mein Schock sitzt tief. Möchte mir jetzt besser nicht ausmalen, wie es ihr ergeht. Wir sind uns wohl alle einig, daß wir zutiefst hoffen, daß sie unverletzt zu uns zurückkehrt.<<
Tobias saß schweigend und in sich versunken auf seinem Stuhl. Er trug eine Sonnenbrille. Seine Gesichtszüge signalisierten ihnen großen, inneren Schmerz. Tränen liefen ihm über das Gesicht. Zwei Mitglieder der Galerie drückten ihn schweigend zum Trost.
>>Wir sind uns auch einig, dass wir zur Zeit keine Stellung zur Entführung unserer lieben Maja beziehen. Dazu ist es noch zu früh, und wie ich meine, reichen die Informationen noch nicht aus, um Wesentliches sagen zu können. Auch wissen wir nicht, ob Maja dort, wo sie sich befindet, überhaupt in der Lage ist, uns zuzuhören. Deshalb denke ich, dass ich jetzt draußen mit einem knappen Kommentar vor die Presse treten werde ... .<<
Sprachs und schloss die Galerietüre auf. In Windeseile schlossen die Reporter in einem Halbrund zu ihm auf und warfen ihm Fragen und Suggestionen zu. Jo-

hannes ließ den Redeschwall über sich ergehen und wartete eine Pause ab.
Dann erhob er mit zitternder Stimme das Wort:
>>Liebe Maja, wo immer Du Dich jetzt befindest - wir - Deine Künstlerfreunde von der Galerie Dingsda, hoffen, dass es Dir gutgeht und dass Du bald zu uns unversehrt zurückkehren kannst. Wir sind in Gedanken bei Dir und Deiner Gruppe.
Möge Euch Gott in Eurer Not beschützen!<<
Er brach ab, Tränen liefen ihm übers Gesicht, als er wieder die Galerie betrat. Die Pressemeute verharrte in ergriffenem Schweigen. Nur das Blitzlichtgewitter zahlloser Fotokameras war nicht zu überhören.

In diesem Moment flüsterte es in den Netzwerken von hektischen Aktivitäten, wandten sich die Kanäle der Diplomatie an die Schaltstellen der Macht, rotierten Satelliten im Weltraum. Doch niemand konnte in Erfahrung bringen, wo sich die Gruppe befand. Als lege die Wüste ihren Sandschleier über das Geschehen.
Am darauffolgenden Abend wurde das Fernsehpublikum pünktlich zu den Abendnachrichten mit einer weiteren Hiobsbotschaft überrascht:
Bewaffnete Terroristen stürmten die Hotellounge in Khartoum / Sudan und feuerten wahllos in die Menge anwesender Gäste.
Zu Tode kamen keine Touristen, sondern Geschäftsleute. Die Medien gaben an, daß es sich um ein Kommando Walid el Kasir handle, eine Unterorganisation der al Quaida. Sudanesische Eliteeinheiten töteten die Angreifer recht schnell. Circa sechzig Personen kamen zu Tode, über weitere zwanzig wurden schwer verletzt in die umliegenden Krankenhäuser gebracht.

Rory und Maja saßen aneinandergekettet, und auf-

grund ihrer Augenbinden, völlig orientierungslos in einem Verschlag. Es kam ihnen vor, als seien sie wochenlang auf einem rumpelnden Laster über irgendwelche Pisten gefahren worden. Sie wussten nicht, wo sie sich befanden, ob in Libyen oder noch in Ägypten. Aber an eins konnten sie sich noch erinnern: Wie plötzlich hinter dem Pass Laster standen. Und ehe sie sich versahen, von bärtigen Männern aus den Toyotas gezerrt wurden.
Von Männern mit langen Pferdegesichtern, die keine Ägypter und auch keine Nubier waren. Sie hielten ihnen Gewehre unter das Kinn. Dann warf man sie auf den Boden und fesselte jeden Einzelnen von ihnen. Anschließend band ihnen einer der Söldner Augenbinden um. Dann trieb man sie in kurzen, abgehackten Kommandos auf die Laster, und los ging die wilde Fahrt über holprige Pisten.
Tag und Nacht fuhren sie, zweimal am Tag wurde angehalten, und sie durften zum Austreten raus. Zu essen gab es nur Fladenbrot und ab und zu Wasser. Maja und Rory schwitzten und litten unter ihrer trockenen Kehle. Als Emmanuel sich weigerte, der Aufforderung einer der Männer nachzukommen, bekam er einen Schlag mit dem Gewehrkolben auf seinen Kopf. Rorys Ängste waren also nicht unbegründet gewesen. Als er beim Austreten Eddy Hyde zu Gesicht bekam, blickte der schweigend zu Boden. Rory funkelte ihn wütend an.
>>Sie haben denen mit ihrem Anruf über Satellit und GPS unseren Standort verraten. Die brauchten nur zurückzukehren. Wie konnten Sie so dumm sein?<< herrschte er ihn an. Einer der Söldner gab Rory einen Stoß und schrie ihn auf arabisch an. Aber Rory ließ sich nicht beeindrucken.
>>Wenn ich hier lebendig rauskomme<<, rief er wie

wild, >>dann können Sie sich auf was gefasst machen! Das schwöre ich Ihnen! Ich werde Ihr Versagen öffentlich machen!<<
Weitere Söldner kamen und schubsten Rory von Eddy weg. Hinüber zu Maja und ketteten ihn an sie fest. Zum Schluss spuckte ihm noch einer Männer ins Gesicht.
Die Stunden und Tage zogen sich bleiern dahin. Seiner band in London, aber auch Elaine und Sarah im weit entfernten Großbritannien, erschienen die Stunden des Wartens endlos zu sein. Majas Galeriefreunde konnten die Ungewissheit kaum noch ertragen. Tobias fing das Rauchen an. Johannes hielt sich neuerdings am cognac fest.
Die internationale Presse wiederholte von Zeit zu Zeit ihre stereotype Einschätzung hinsichtlich bestimmter Stammesangehöriger, die sich mit der Entführung von Rorys und Majas Gruppe eine goldene Nase verdienen wollten. Den Namen dieses Stammes nannten sie nicht. Es gab keine konkreten Hinweise, nur vage Andeutungen. Sowohl die band als auch die Galeriefreunde beließ man im Dunkeln. Von Seiten des Auswärtigen Amtes und des britischen Außenministeriums kam nur Stillschweigen.

Rory verharrte regungslos. Nur sein Hirn arbeitete von Zeit zu Zeit auf Hochtouren. Wenn die mangelnde Nahrung einmal keine starken Müdigkeitserscheinungen in ihm hervorrief und er sich fühlte, als habe er einen Dauerkater. Maja schlief im Sitzen, sie wurde von Tag zu Tag schwächer. Rory machte sich Sorgen um ihren Gesundheitszustand, aber alle Versuche, die Wachmannschaft dazu zu bewegen, ihr Stärkung zu verschaffen, schlugen fehl.
Rory versuchte in den wenigen Minuten, in denen ihn die Terroristen von seinen Augenbinden befreiten, die

nähere Umgebung in Augenschein zu nehmen und auf Geräusche, Topographie und die Söldner zu achten, sich ihre Physiognomien genau einzuprägen. Ihre wenigen Worte zu entschlüsseln. Er war aber der arabischen Sprache nicht mächtig, so dass dieser Ansatz ein schieres Unterfangen blieb.
Ihm fiel auf, daß die Wüste um sie herum versteppter schien. Sie mussten sich also in der Nähe einer Oase befinden.
Aber wo gab es eine solche Landschaft?
Tiefergehende Kenntnisse der Geographie bezüglich der Sahara hatte er zu Schulzeiten nicht angestrebt, was er jetzt aufrichtig bedauerte.
Aber irgendwie kam ihm die Umgebung afrikanisch vor. So wie man sich Afrika als Außenstehender vorstellt, mit dornigen Büschen, verdorrtem Gras und wüstenähnlichen Abschnitten. Fehlten eigentlich nur noch die Tafelberge.
Aber die Felsformationen ähnelten denen, die sie auf ihrer Expedition gesehen hatten. Wohin hatte man sie verschleppt? Libyen konnte das nicht sein. Die Kufra Oasen ähnelten vom Landschaftsbild her eher den Oasen Ägyptens. Es gab auf seine Frage eigentlich nur eine Antwort. Sie befanden sich im Süden. Offensichtlich hatte man sie dorthin verschleppt.
Rorys Kopf begann zu hämmern. Die nächste Frage zermarterte ihm buchstäblich das Hirn. Stundenlang wägte er zwischen dem Nord - Tschad, der Heimat Mohammed Aversirs, und dem Sudan ab. Was den Sudan anging, konnten sie sich nur in Darfur befinden.
Rory ging die einzelnen Wüstenpisten durch, die ihm oberflächlich bekannt waren.
Eine führte vom Dschebel Uweinat Richtung Norden Kufra Oasen, um dann bei El - Dschof in Richtung Südwesten nach Borku, zwischen dem Tibesti - und

dem Ennedimassiv, zu verlaufen. Er konnte sich erinnern, im internet beide Massive gesehen zu haben, da es dort weitere interessante Felsmalereien gab. Die hiesige Landschaft ähnelte in keinster Weise den topographischen Verhältnissen des Nord - Tchads.
Also konnten sie sich nur in Darfur befinden.
>>So weit weg?<<
Er kam ins Grübeln. Von dem Mord an der unschuldigen Bevölkerung durch bewaffnete Kamelreiter hatte er gehört. Doch was suchten diese Söldner hier im Sudan? Er entsann sich mal gerade der Feindschaft zwischen Ägypten und dem Sudan.
>>Aber weshalb waren ihre Kidnapper mit ihnen ausgerechnet nach Darfur gefahren?<<
Wieder konnte er sich darauf keinen Reim machen.

So gingen Tage und Wochen, ohne dass von der entführten Gruppe ein Lebenszeichen zu hören war. Rorys band hatte sich mittlerweile entschlossen, Kontakt zur Galerie Dingsda in Oberhausen aufzunehmen.
Johannes und Tobias wussten sich auch keinen Rat, was sie noch anstrengen sollten, um zu erfahren, was Beiden wirklich zugestoßen war. Sie misstrauten den Beteuerungen und Beruhigungen seitens der Presse, die sich nicht bewahrheitet hatten und stattdessen ihre Nachrichten nur noch in immer spärlichen Abständen erfolgten. Kurz, die Medien begannen, das Thema zu vernachlässigen. Unter den Zurückgebliebenen machte sich Hoffnungslosigkeit breit.
Tobias war drauf und dran, nach Ägypten zu fliegen, um Maja zu suchen. Aber Johannes riet ihm dringend von seinem Vorhaben ab. Von den Behörden kam die eindringliche Warnung, er solle abwarten, sein Plan sei zu gefährlich.
Wo wolle er denn ansetzen? Wo die Gruppe in der

riesigen Sahara suchen gehen?
In Rorys band übernahm Peter Dorsey das Zepter, vorübergehend, wie er vorgab. Denn trotz der lähmenden Ungewissheit um ihren frontman Rory war die Fertigstellung des neuen Albums von >The Misfires< zu einer äußerst dringlichen Chefsache geworden.
Allen Harris hatte auf Vertragserfüllung seitens der danyrecords bestanden. Und Peter kurz an den Fristablauf erinnert. Ultimative deadline wäre kommende Woche.
Peter schüttelte zur Überraschung aller eine Reihe frischer songs aus dem Ärmel. Julias Texte passten sich seinen Rhythmen enorm gut an.
Und als Leadsänger konnte Ian Bellmore fungieren, der schon immer in den Startlöchern gestanden hatte, um sein Talent unter Beweis zu stellen. Seine kräftige Rockstimme verfügte über das nötige Flair, um es mit Rory aufzunehmen. Peter schien überaus zufrieden zu sein.
Elaine begann sich zu wundern, wie schnell Rory für seine band ersetzbar schien. Ihr behagte das wenig. Gleichzeitig saß ihr Groll tief, denn sie mutmaßte, dass die deutsche Malerin Maja Hesterkamp und Rory ein Paar geworden waren. Elaine kannte Rorys Geschmack, denn von dieser Maja mit ihren modernen Höhlenbildern hatte er fortwährend geschwärmt. Und nun die beiden zusammen in beengter Gefangenschaft... .
Elaine brauchte sich nicht viel auszumalen; sie war sich sicher, dass da etwas zwischen Rory und Maja lief. Sie spürte, wie sich ihr Inneres im Zorn aufbäumte. Ihre Sorge um Rorys Überleben fachte ihre nie gekannte Eifersucht an.
>>Na warte, bis Du nach Hause kommst!<< dachte sie bitter.

Die Tage in Gefangenschaft zogen sich für die Gruppe zähflüssig dahin. Aneinandergekettet und mit Augenbinden versehen, hockten sie apathisch auf dem Boden eines Verschlages. Nur hin und wieder waren die abgehackten Laute ihrer Bewacher zu hören, neben den Geräuschen des ewig gehenden Wüstenwindes.
Aber eines Morgens wurde Rory aufmerksam. Durch den Adrenalinschub waren seine animalischen Sinne geschärft. Er konnte besser hören und nahm jede kleinste Änderung in dem Verhalten seiner Bewacher wahr. Er hatte das Gefühl, eine englischsprachige Stimme gehört zu haben. Mit amerikanischen Akzent, aus dem Süden der USA. Vielleicht texanisch? Oder eher aus Florida?
>>Woher willst Du das wissen?<< flüsterte Maja ihm zu.
>>Den Unterschied kenne ich<<, erwiderte er leise. Er strengte sich an, noch mehr wahrzunehmen, aber der böig auffrischende Wind schluckte jedes Gesprächsgeräusch. Vielleicht hatte er sich auch geirrt, und er wurde langsam wahnsinnig und hörte Gespenster. Dschinns. Vielleicht flüsterten Dschinns Halluzinationen in sein ausgetrocknetes Hirn.
>>Texaner bei Söldnern und Terroristen? Was sollen ausgerechnet sie damit zu tun haben?<<
Er hatte keinerlei Vorstellung mehr, fühlte sich nur noch ausgedörrt und müde. Er wagte auch nicht, seine Bewacher zu fragen. Die hätten ihm wahrscheinlich wütend einen Stoß versetzt oder schlimmeres. Was hatten sie als Muslime ausgerechnet mit dem Feind Amerika zu tun?
Nach ein paar weiteren Tagen kam Bewegung in ihr Lager. Rory hörte schwere Lastwagen vorfahren. Ihre Bewacher schienen in großer Hektik zu sein, warfen

sich ständig Zurufe zu. Rory lauschte angestrengt. Maja stöhnte leise. Im Schlaf gab sie in letzter Zeit leise Klagelaute von sich.
Plötzlich wurde ihr Verschlag aufgerissen, und schon rissen sie kräftig zugreifende Hände hoch, und strenge Kommandos trieben sie an, zu laufen und die Laster zu besteigen. Rory rief Emmanuel fragend zu, ob alle in der italienischen Gruppe wohlauf seien.
Emmanuels Antwort ging in dem Lärm der startenden Motoren unter, aber Rory nahm plötzlich wieder diese amerikanische Stimme wahr. Es war eindeutig. Es schien ein Mann zu sein, der etwas >in English< zu ihren Bewachern sagte. So sehr er sich auch anstrengte, die Konversation erstarb so schnell, wie er sie vernommen hatte.
Rory war völlig erstarrt. Was hatte ein Amerikaner hier in der Wüste von Darfur zu suchen? Noch dazu mit Söldnern, die sie gekidnappt hatten.
Er versuchte jetzt klar zu denken, während sie flach kauernd auf den Lastern voranschaukelten. Rory rekapitulierte die letzten Tage und versuchte sich jedes noch so kleine Ereignis ins Gedächtnis zurückzurufen. Sein Kopf dröhnte und wollte ihn im Stich lassen. Er erinnerte sich nur an Wortfetzen, vor allem an die seines drummer Peter Dorsey:
>>Nimm Dir mal eine Auszeit. Du musst entspannen! Auszeit. Auszeit. Auszeit...!<<
Peter, Eddy Hyde, Allen Harris.
>>Genieß` Deinen trip...<<
Jener mysteriöse Eddy Hyde, der ihm am Flughafen aufgefallen war, aus dem er nicht schlau wurde. Wie Eddy im african percussion club aufgetaucht war, um ihm diese lausige Expedition aufzudrängen... .
Auf Initiative seines drummer? Was lief da ab? Hatten sie was mit ihrer Entführung zu tun?

Eddys leichtsinniges Telefonat via Satellit, die GPS - Ortung. War das Absicht gewesen, um die Terroristen auf ihre Spur zu führen? Aber Eddy war ja selbst Gefangener und wurde auch nicht besser als Rory und Maja behandelt. Wie hing das alles zusammen? Für Rory ergab das keinen Sinn.

Und dann dieser ominöse Amerikaner? Was hatte er damit zu tun? Wer war er überhaupt? Rory hatte das Gefühl, dass man ihn loswerden wollte.....

Wenn das zutreffen würde, weshalb waren dann Maja, die britische und italienische Gruppe ebenso entführt worden?

Nur dass es nicht auffiel, dass sie beide gemeint waren?

Das konnte nicht stimmen. Dahinter musste etwas Größeres stecken. Aber was?

Und Peter? Was hatte sein drummer mit der Sache zu tun? Wieso war er ebenso an seinem Verschwinden interessiert?

Rory mutmaßte, angesichts der zeitweise auftretenden Spannungen in seiner band, daß Peter gerne seine Stelle als bandleader eingenommen hätte. Aber irgendwie passte das alles nicht zusammen. Dann wäre ein Autounfall für ihn problemloser gewesen, um ihn aus dem Weg zu räumen, und so viele kriminelle Energie traute er ihm nun einmal nicht zu. Er glaubte ihn schließlich zu kennen. Sein vermeintliches Doppelleben wäre ihm dann doch irgendwann aufgefallen. Und wie hätte das Peter hinter seinem Rücken organisieren sollen? Seiner Meinung nach konnte er nichts mit Terroristen zu tun haben. Das wäre für ihn doch mehr als eine Nummer zu groß. Blieb` ihm also nichts anderes, übrig als abzuwarten, um Licht ins Dunkel ihrer Gefangenschaft zu bringen.

Die Fahrt über endlose Wüstenpisten setzte sich fort. Nach vielen Tagen, Rory hatte das Zählen aufgegeben, schienen sie eine ausgebaute Straße erreicht zu haben. Das unangenehme Rumpeln hatte aufgehört. Eddys Gruppe spürte alle Knochen einzeln. Maja biss sich vor Schmerz auf die Lippen. Rory versuchte, seine Schulter ein wenig an sie zu lehnen, um sie zu trösten. Dankbar schenkte sie ihm ein paar stammelnde Worte der Zuneigung.
Rory sog ihre zarte Liebesbekundung wie ein Verdurstender ein. Ohne sie hätte er die Entführung nicht ertragen. Wie sehr er sie brauchte, und wie tief bereits seine Liebe zu ihr gediehen war, fühlte er nun mit lang` nicht mehr gekannter Intensität. Maja hatte in ihm eine Tür geöffnet, die er für immer verschlossen geglaubt hatte.
>>Komisch<<, dachte er, >>der Mensch muss erst Mangel spüren, um eine solche Liebe schätzen zu lernen. Uns geht es doch in unserem Zuhause in UK viel zu gut!<<
Die Erfolge seiner band, die materiellen Privilegien, hatten so etwas wie einen Stillstand an Bedürfnissen in ihm hervorgerufen. Seine Ehe war ihm zur Selbstverständlichkeit geworden. Er hatte sich nicht mehr angestrengt, um Elaine mit kleinen Zeichen seiner Liebe zu überhäufen.
Ganz im Gegenteil. Er hatte sie eher als Mülleimer für seine Sorgen und Nöte benutzt.
Über Elaines Freundin, die angsterfüllte und sehnsüchtige Liebesbriefe mit einem US - Officer austauschte, den sie in Schottland kennengelernt hatte und der nun in Afghanistan im Kampfeinsatz war, hatte er seinen beißenden Sarkassmus ausgeschüttet. Dass sie beide ihre Vorfreude auf ihr baldiges Zusammentreffen schriftlich auskosteten, konnte er damals nicht nach-

vollziehen.
Aber unter seinen jetzigen Umständen in der Wüste verstand er plötzlich, daß der amerikanische Officer und Elaines Freundin unter ihrer Todesangst und dem Umstand litten, voneinander getrennt zu sein.
Deshalb zelebrierten sie ihre gegenseitigen Gefühle intensiv über handy, mails und facebook und durchlebten eine Gefühlstiefe, die ihm bisher verschlossen gewesen war. Wissend, dass jeder Tag ihr letzter, gemeinsamer sein könnte.

Abrupt kamen die Laster zum Stillstand.
Rory und Maja hörten ihre Bewacher aufgeregt herumschreien. Plötzlich fielen Schüsse. Rory nahm Maschinengewehrsalven wahr, die in Abständen ruckartig abgefeuert wurden. Instinktiv rollte sich die gefangene Gruppe zusammen. Quälende Sekunden der Todesangst lösten in ihnen Schockzustände aus. Gelähmt kauerten sie auf dem Boden der Laster. Ihre Bewacher schossen volles Rohr aus ihren kalashnikoffs. Doch plötzlich erstarben von allen Seiten die Salven. Totenstille breitete sich aus.
Nach weiteren bangen Sekunden der Angst hörten Rory und Maja, dass Männer die Laster bestiegen und anfingen, ihre Augenbinden zu lösen und ihnen die schmerzenden Fesseln abzunehmen. Eddys Gruppe blickte erstaunt in die Gesichter von Uniformierten der ägyptischen Armee in Wüstentarnkleidung.
>>Are you fine?<< fragte ein officer, eine Sorgenfalte in die Stirn ziehend.
>>It`s all over now!<< bekräftigte er.
Rory versuchte, noch einen Blick nach draußen zu werfen. Er sah einige reglose Körper unter Decken liegen. Darunter zirkulierten dünne Rinnsale an Blut. Alle Terroristen schienen tot zu sein. Plötzlich hörte

er einen Schrei. Die italienische Gruppe beugte sich über einen der ihren. Rory sah den Arm von Emmanuel schlaff auf dem Boden liegen, daneben ein kleines rotes Rinnsal.
>>Nein!<< schrie er. Vergeblich versuchte er sich aufzurichten.
Blanker Schmerz durchfuhr seine Glieder. Er humpelte zu den Italienern, die einen Kreis um ihren Toten gebildet hatten. Sie hielten die Arme über ihre Schultern, beugten sich zu einem stillen Gebet über den toten Emmanuel.

Krater in der Landschaft, zu Stein gewordene, staubtrockene Wadis zogen langsam unter ihnen entlang, als Rory und Maja im Flieger nach London saßen.
Niemand sprach, jeder war in seine eigenen Gedanken versunken. Die Maschine stieg und stieg, bis sie in der Ferne die Abendsonne in glutroten Streifen versinken sahen. Die Nacht fiel wie ein Fallbeil herein und übernahm das Regiment.
In Heathrow warteten zu ihrer Überraschung keine Medienvertreter. Sie wurden von uniformierten Männern durch einen Hinterausgang nach draußen geschleust. Der Geheimdienst wünschte sie noch zu sprechen. Aber zunächst einmal wurden sie zur Erholung für eine Nacht nach Hause geschickt. Mit der Maßgabe, mit niemanden über die Ereignisse zu sprechen. Die Polizei fuhr jeden Einzelnen zu seinem Wohnhaus und versprach für die Nacht Wachschutz.
Rory bot Maja an, ihn zu seinem leeren Haus zu begleiten, da sie nicht so recht wusste, wo sie übernachten solle. Anscheinend war ihre Galerie nicht frühzeitig genug von ihrer Freilassung informiert worden. Eddy Hyde sah zu, schleunigst ein anderes Fahrzeug der Polizei zu besteigen, nicht ohne von Rory mit einem

missbilligenden Kommentar bedacht zu werden.
>>Wir sprechen uns noch!<< rief er ihm hinterher.
Eddy richtete im Fond des Wagens seinen Blick stur geradeaus.
Rory hatte Maja erst einmal ein Bad eingelassen und sich um ihre Wunden an den Gelenken gekümmert. Erst dann versorgte er seine Wunden. Die Wochen und Tage ihrer Geiselhaft hatten tiefe Spuren an ihren Körpern hinterlassen. Blaue Flecken waren noch das wenigste. Man hatte ihnen am Flughafen stationären Aufenthalt in einer Privatklinik angeboten, aber beide hatten dankend abgelehnt.
Nun hockten sie in Rorys Küche und schwiegen sich zu einem heißen Tee aus. Elaines Küchenuhr an der Wand tickte in die Stille hinein. Beide starrten vor sich hin. Nach unendlichen Minuten des Anschweigens räusperte sich Rory.
>>Darling, ich möchte, dass wir für den Rest unseres Lebens zusammenziehen. Bitte bleibe bei mir. Wir können ja Deinen Umzug später planen. Ich kann jetzt nicht mehr ohne Dich sein. Ich liebe Dich so sehr.<<
In Rorys Stimme klang Verzweiflung mit.
>>Ich liebe Dich doch auch<<, versuchte Maja ihn leise zu überzeugen.
>>Wir haben so viel gemeinsam durchgestanden, ich würde Dich jetzt schmerzlich vermissen, wenn ich nach Oberhausen zurückkehren würde. Morgen müssen wir noch dieses Verhör über uns ergehen lassen. Bitte halt` mich fest, ich bin so fertig!<<
Rory fürchtete Majas Zusammenbruch. Sie wirkte blass und schmal, war nur noch ein Hauch dessen, was er in Kairo an selbstbewusster Malerin an ihr wahrgenommen hatte. Aber das spielte jetzt keine Rolle mehr. Sie liebten sich zu sehr. Waren gemeinsam durchs Feuer gegangen. Nichts trübte mehr ihr

Zusammengehörigkeitsgefühl. Eine Stunde lang hielten sie sich an den Händen. Dann suchten beide erschöpft Rorys Gästezimmer auf. Maja schlief die ganze Nacht in Rorys Arm. Litt unter schweren Träumen, die sie durchrüttelten. Rory strich ihr übers Haar und küsste sie. Maja sah ihm in die Augen und beruhigte sich wieder. Ihr schweres Trauma bereitete ihr immer größere Beschwerden.

Solange Rory sich bemühte, für sie da zu sein und sie aufzufangen, musste er sich nicht um seine eigenen niedergedrückten Gefühle kümmern. Er hatte noch eine Aufgabe. Seinen Zusammenbruch wollte er, so lange wie möglich, hinausschieben. Seine innere Wut, sein Stolz, erlaubten ihm nicht, Gefühle der Ohnmacht zuzulassen.

Eigentlich typisch für Terroropfer, hatte er einmal gelesen. Er war wie geladen. Hatte üble Lust, jemanden zu verprügeln. Den ganzen Schmutz des Erlittenen an jemanden auszulassen. Dazu hoffte er, am nächsten Tag Gelegenheit zu haben, als sie der Geheimdienst ihrer Majestät abholen ließ.

Man ließ sie die Ereignisse von Anfang an erzählen, jeden Einzelnen gesondert, in einem der dazu karg eingerichteten anonymen Büroräume.

Der Beamte stellte keine Fragen. Eine Schriftführerin tippte Rorys Rapport eifrig in ihr Laptop. Am Schluss bedankte er sich bei ihm und entließ ihn mit der Bemerkung, sich für weitere Nachforschungen bereit zu halten. Das war alles. Kaum hatten sie sich versehen, standen sie schon wieder auf der Straße und hielten nach einem Taxi Ausschau.

Rory ging auf Eddy Hyde los. Maja versuchte ihn aufzuhalten.

>>Rory, bitte! Das führt doch zu nichts! Er ist doch auch ein Opfer!<<

Eddy Hyde zog sich die Jacke zurecht, aus der ihn Rory beinahe geboxt hätte.
>>Als ob ich irgendetwas mit der Sache zu tun hätte<< keuchte er wütend.
>>Ich bin doch nicht lebensmüde. Außerdem riskiere ich meine Reiseagentur. Habe jetzt schon genug Einbrüche. Die Leute wollen nicht mehr in die Wüste fahren, nachdem diese Geiselnahme nur so durch die Medien gezogen worden ist. Bin bald ruiniert, und daran soll ich die Schuld tragen? Oh Mann, Sie haben sie doch wohl nicht alle!<<
Zornig riss er die Taxitüre auf und wies den Fahrer an, ihn schleunigst in die Battery Road zu fahren, er habe da einem wichtigen Termin nachzukommen.

In Oberhausen setzten Johannes und Tobias die Mitglieder ihrer Galerie voller Freude über die gute Nachricht in Kenntnis.
Beide planten umgehend Richtung London zu starten, um Maja abzuholen. Aber das Auswärtige Amt bestand darauf, dass Maja erst dem britischen Geheimdienst über ihre Geiselhaft Bericht zu erstatten hätte. Sie sollten sich noch ein wenig in Geduld üben.
Indessen erfolgte die zweite Befragung Rorys durch den MI 6. Der Beamte wollte Details zu der mysteriösen Stimme des angeblichen Texaners hören, die Rory wahrgenommen hatte. Aber er blieb bei seiner kurzen Darstellung von gestern. Mehr konnte er dazu nicht sagen.
Der graue Untersuchungsbeamte, ein einsilbiger knochentrockener Mann Ende fünfzig, glaubte ihm nicht, versuchte ihm ohne irgendeine Regung im Gesicht klarzumachen, dass er sich irren würde. Aber er rief nur Rorys Unmut und Widerwillen hervor.
>>Nein!<< warf ihm Rory an den Kopf, >>ich irre mich

nicht! Ich kenne ganz eindeutig die Unterschiede. Bin auf meinen Tourneen ständig in Florida, Texas und Arizona. Der Akzent ist mir bekannt.<<

Der Beamte wollte das Thema nicht vertiefen, stellte noch einige Detailfragen zu dem Geschehen. Und dieses Mal konnte Rory ihm genaue Auskunft erteilen. Die Sache >Eddy Hyde< wollte Rory auch noch anschlagen, aber der Beamte unterbrach ihn mit einer Handbewegung und erhob sich zufrieden. Bevor er ihn jedoch entließ, hakte er kurz nach.

>>Sie können mir das ja schriftlich nachreichen, was ihn angeht<<, beantwortete er in ruhigem Ton Rorys fragenden Gesichtsausdruck. >>Das hat keine Eile.<<
Maja wartete bereits draußen auf ihn.

>>Und?<< fragte sie neugierig. >>Was hat er zu Deinem ominösen Amerikaner gesagt?<<

>>Was schon, er hat mir natürlich nicht geglaubt. Die stecken doch mit den Amis unter einer Decke. Was nicht sein darf, kann deshalb auch nicht sein.<<
Maja schaute ihn zweifelnd an.

>>Nun weißt Du also auch schon, dass die Amis dahinterstecken. Woher nimmst Du denn diese Gewissheit? Was ist, wenn dieser ominöse Amerikaner rein zufällig auf unsere Entführer gestoßen ist? Und sie ihm bloß was vorgemacht haben?<<

>>Sag` mal, bist Du so naiv oder glaubst Du das wirklich?<< brauste Rory auf. >>Da stimmt doch was nicht. Werde mal gleich ins internet gehen und recherchieren. Frage mich auch, was ein Amerikaner in Darfur zu suchen hat.<<

>>Du bist Dir sicher, dass wir nach Darfur entführt worden sind?<<
Maja schaute ihn überrascht an.

>>Hast Du das etwa dem Geheimdienstler gesteckt? Wenn das nicht stimmt, dann haben wir nachher noch

Schwierigkeiten am Hals. Glaube mal nicht, dass sich das die Amerikaner von Dir gefallen lassen. Du willst doch noch weiterhin mit Deiner band in den USA auftreten. Denk` mal daran!<<
>>Wußte gar nicht, dass Du so angepasst denken kannst, liebe Maja. Hatte Dich eigentlich eher als kleine Revoluzzerin eingestuft.<<
>>Ich denke nicht angepasst. Mache mir nur echte Sorgen, wenn Du Unrecht haben solltest. Aber in einem Punkt hast Du recht. Vielleicht sollten wir wirklich versuchen, auf eigene Faust zu ermitteln. Bisher macht hier weder die Presse noch die Regierung Anstalten, uns aufzuklären oder zu helfen. Wenn ich lese, welche angeblichen Täter die Medien den Lesern vorgeführt haben, dann wird mir übel.
Stämme, die Lösegeld erpressen wollen... . Welch ein Schwachsinn! Nach deren Desinformation saßen wir irgendwo am Gilf Kebir fest. Nicht zu fassen, dieser Unsinn.
Und wie ich mein Land kenne, ziehen die noch mehr den Schwanz ein. Wäre ein echtes Wunder, wenn es sich anders verhalten würde. Möchte mal wissen, ob Deutschland mal wieder Lösegeld an die al Quaida gezahlt hat, im Gegensatz zu UK und der USA. Mein Land zahlt doch seit Langem jedes Jahr in Millionenhöhe. Die Terrororganisation wird davon munter weitere Anschläge und Entführungen finanzieren können, was sie sicherlich auch tun werden.<<
Beide setzten sich in Rorys Haus sofort an den Computer. Bevor Maja mit Johannes telefonierte und ihm versicherte, dass es ihr einigermaßen gutgehe, dachte sie an ihre eigenen Beobachtungen während ihrer Entführung zurück. Sie hatte Rory gegenüber unerwähnt gelassen, dass sie vor Jahren einmal im Sudan gewesen war... .

Grund ihrer Reise waren die nubischen Ausgrabungen gewesen, die sie ebenfalls fasziniert hatten. Früchte dieser Reise waren ein abstrakter Zyklus von Zeichnungen gewesen, die sie unmittelbar danach erstellt hatte. Eine bizarre Kombination aus sudanesischer Landschaft und erodierten Kalksteinformen der Hinterlassenschaften der alten nubischen Herrscher.
Als sie gefesselt in dem Verschlag ausharren mussten, hatte sie lange darüber nachdenken können, weshalb ihr in den wenigen Minuten, da man ihr die Augenbinde abnahm, die umliegende Landschaft vertraut vorkam. Sie hatte gegenüber dem Geheimdienstler eine detaillierte Angabe über ihren Entführungsort machen können. Sie fragte sich, ob der MI 6 diese verwerten würde. Der Gedanke daran befriedigte sie ungemein. Sie war kein Racheengel. Sie glich nur eine Ungerechtigkeit aus, stellte wieder eine Balance her. Zufrieden widmete sie sich nun wieder ihrem Gespräch mit Johannes.
Ihren tiefsitzenden Schockzustand erwähnte sie nicht. Johannes solle sich nicht allzu große Sorgen machen. Tobias hatte sie nur kurz gesprochen. Ihr Austausch blieb oberflächlich. Ihre Beziehung zu Rory erwähnte sie nicht. Sie wollte Tobias nicht noch einen weiteren Schock zumuten. Wenn er ihr auch vorher gesagt hatte, sie solle sich doch einen anderen Partner suchen. Aber ihre Entführung hatte seine Gefühle für sie erneut entfacht. Aus seinen mitfühlenden Worten klang es heraus. Doch Maja war sich sicher, daß sie zu Tobias nicht zurückkehren werde. Ihre Beziehung zu Rory war durch das gemeinsame Überleben der Geiselhaft zu einer tiefen Bindung gelangt, die sie sich beide nie zuvor in dieser Dimension hatten vorstellen können. Das einschneidende Erlebnis schweißte sie wie Pech und Schwefel zusammen.

Auch Rory kam es nicht mehr in den Sinn, zu Elaine zurückzukehren. Ohne Maja, das hatte er während seiner Geiselhaft schmerzlich erfahren, konnte er nicht mehr leben. Nie zuvor in seinem Leben war er sich seiner Entscheidung so sicher gewesen. Sein Herz, seine Sinne und seine Vernunft kannten jetzt nur noch eine Sprache: Maja, Maja, Maja.

Rorys Recherchen im internet brachten ihn auf eine Idee. Seinen alten Kumpel William Hutton aus Schulzeiten zu kontaktieren, der für die Ölgesellschaft >Oil Profit Incorperated< arbeitet, die ihren Hauptsitz in Texas hat.
>>Hi Bill!<< lachte er in sein handy hinein, als er endlich über mehrere Umwege an William weitergeleitet worden war.
>>Hi Rory!<< freute sich William aufrichtig. >>Sag` mal Alter, was macht die band?
War bei Eurem gig in Austin leider nicht abkömmlich. Zuviel Papierkram, weißt Du? Nelly hätte Euch gerne auftreten sehen. Immer wieder schön, Euch mal wieder aus UK begrüßen zu dürfen. Was kann ich für Dich tun?<<
>>Hast Du von unserer Entführung gehört?<< wunderte sich Rory.
>>Nein, Ihr seid entführt worden? Habe ich gar nicht mitbekommen, arbeite hier Tag und Nacht. Komme nicht mehr dazu, den Fernseher anzustellen. Und Nelly ist mit ihrer Charityorganisation ebenfalls vollständig ausgelastet. Aber berichte mal! Das hört sich ja grauenvoll an!<<
William klang überaus besorgt, lauschte Rorys kurzem Bericht über das Geschehen.
>>Nicht zu fassen!<< schrie er in den Hörer. >>Und ich dachte, der Sudan sei jetzt endlich sicher vor die-

sen Terrorbanden!<<
>>Weshalb?<< fragte Rory ungläubig.
>>Na, weil wir seit der Teilung des Sudans unsere Ölförderung im Südsudan sichern können. Oil Profit Incorporated kann sich seither dort seinen Geschäftsinteressen ohne Störungen widmen.<<
Rory war platt.
>>Ich hab` aber von bürgerkriegsähnlichen Zuständen im Sudan gelesen. Wie passt das zusammen?<<
>>Wir werden von der Konkurrenz massiv unter Druck gesetzt<<, gab William zu bedenken.
>>Sudan ist ein Haifischbecken. Da tummeln sich Frankreich, Indien, China, Malaysia, Deutschland und natürlich wir. Und dazwischen die Sudanesen. Schwarze Bevölkerung im Süden, überwiegend christlich. Und der arabische Teil, islamisch im Norden um Khartoum. Ölinteressengebiet der Asiaten. Ich sage Dir, das ist das pure Chaos!<<
>>Wieso glaubst Du dann, dass seit der Trennung des Südsudans in Darfur Ruhe herrscht ? Und keine islamistischen Banden mehr dort ihr Unwesen treiben?<<
>>Weil es nach unserer Information so ist<<, wendete William ein. >>Zumindest, was unsere Ölinteressen angeht.<<
>>Wenn ich Dich so reden höre, dann könnte man meinen, Ihr steckt dahinter, denn ich kann diesen Ami nicht einordnen, der zu unseren Bewachern sprach.<<
Kurzes Schweigen am anderen Ende der Leitung.
>>Bist Du Dir auch ganz sicher, dass es sich um einen Amerikaner handelt?<< gab William erneut zu bedenken.
>>Aber ja doch, mein Bester! Wer soll er denn sonst gewesen sein, mit seinem eindeutigen Akzent?<<
>>Das kann ich Dir nicht beantworten<<, meinte William, sichtlich nachdenklich geworden.

\>>Wir haben den jedenfalls nicht zu den Terroristen geschickt. Wird schwer sein, das herauszufinden. Aber glaub` mir, meine Gesellschaft hat mit Deiner Entführung nichts zu tun. Im Gegenteil. Wir wollen in die danyrecords investieren. Könnte gut fürs amerikanische Geschäft sein. Und Dein drummer legt ja zur Zeit ganz außergewöhnliche Songs vor. Könnte ein riesiger deal für uns alle werden.<<
Rory war nur noch sprachlos.
\>>Mein drummer hat was?<<
\>>Na, Du weißt nichts davon? Hast Du ihn seit Deiner Befreiung nicht wieder gesprochen? Ehrlich, das erstaunt mich jetzt aber. Entschuldige mich bitte, dringender Anruf auf Leitung zwei. Ich wünsche Dir zumindest erst einmal gute Erholung von diesen schweren Ereignissen! Und grüß Elaine von Nelly und mir ganz herzlich. Bye Rory!<<
\>>Was hat er gesagt?<<
Maja konnte ihre Neugierde nicht länger zurückhalten.
\>>Ich glaub`, ich bin in Absurdistan<<, erwiderte er leise. Sein Blick schweifte voller Leere über den Garten.
Maja schaute ihn fragend an.
\>>Wie meinst Du das?<<
\>>Ich muss da mal ganz fix eine Sache mit Peter klären. Und mit Allen Harris. Beide sind mir noch eine Erklärung schuldig. Bin in ein paar Stunden wieder zurück. Mach` es Dir hier solange bequem. Wenn Dir etwas fehlt, ruf`` mich einfach über handy an. Bis später!<<
\>>Aber willst Du mir nicht erst erzählen, was William zur Entführung bemerkt hat?<<
Doch Rory war schon zur Tür raus, und Maja hörte nur noch, wie sein Landrover das Grundstück verließ.

Zwei Stunden stop and go - Fahrt durch den zähflüssigen Londoner Verkehr, und Rory stand vor der Haustüre seines drummer Peter Dorsey. Den Türklopfer betätigte er, als wolle er das schwere Stück aus massiven Holz einschlagen.
Peter kam ihm zuvor. Überrumpelt blieb er wie angewurzelt auf der Türschwelle stehen. Nach ein paar Sekunden abgrundtiefen Schweigens zwischen ihnen fand Peter wieder zu seiner Sprache zurück.
>>Na Rory, wenn das mal keine Überraschung ist.<<
>>Da staunst Du, nicht wahr?<<
Rory umrundete Peter und stand bereits in seinem Wohnzimmer.
>>Du hast nicht unbedingt mit meiner Rückkehr gerechnet?<< ging er sogleich in medias res.
Peter schwieg, schaute verlegen zu Boden.
>>Was soll das? Willst Du mich provozieren?<<
>>Nein, ich will nur eine ehrliche Antwort von Dir. Warum Du klammheimlich die band übernimmst, während ich entführt in Afrika hocke, was Dir anscheinend gut zupass kam und jetzt auch noch eigene songs an die danyrecords verscherbelst, mich als Leadsänger so einfach austauschst und auch noch so nebenbei Geschäfte über den Atlantik mit meinem alten Kumpel William Hutton und seiner Ölfirma einfädelst.
Die Fragen sollen eine Provokation sein? Ich bitte Dich. Du bist doch hier die permanente Provokation gegen meine Person!<<
Rory stockte, denn plötzlich stand Elaine im Zimmer.
>>Was machst Du denn hier?<< schrie er seine Nochehefrau an.
>>Dad!<<
Plötzlich stürmte seine Tochter Sarah, Elaine und Peter umrundend, zu ihrem überrascht dreinschauenden Vater.

\>\>Ich bin so froh, dass Du wieder heil da bist. Tut mir leid, dass ich Dich verlassen habe. Ich konnte doch nicht ahnen, dass man Dich entführt!<<
Rory hielt seine weinende Tochter in seinen Armen und strich ihr tröstend über das Haar.
Elaine schaute ihn unsicher an, bekam kein Wort heraus und blickte zu Boden. Peter versuchte, die unerträgliche Spannung ein wenig aufzulockern und bot Elaine, Sarah und Rory an, sich doch zu setzen.
\>\>Willst Du einen drink?<< wandte er sich fragend an Rory. \>\>Lass` uns doch über alles zivilisiert sprechen. Du wirst sehen, es ist harmloser, als Du es Dir vorstellen kannst.<<
\>\>Alles, was vorgefallen ist, nennst Du harmlos? Ich fasse es nicht. Du übernimmst auch noch so nebenbei meine Frau, raubst mir meine Position. Ich kenne Dich kaum wieder. Was bist Du für ein Intrigant?<<
Peter wich Rorys Blick aus. Versuchte erst gar nicht, sich zu rechtfertigen. Für einige Minuten herrschte in Peters living room eine beklemmende Stille.
\>\>Was hast Du mit meiner Entführung zu tun?<< setzte Rory erneut an.
\>\>Sag` mir bitte ehrlich, weshalb Du mir Eddy Hyde aufgehalst hast?<<
\>\>Das kann ich Dir beantworten. Eddy kam eines Tages zu mir. Er interessierte sich für die band und wusste bereits, dass Du dieses Felsmalereihobby hast. Daraufhin schlug er diese Reise für Dich vor. Und da uns die letzte Tournee alle ziemlich geschlaucht hatte, dachte ich, wäre es die beste Gelegenheit für Dich, mal auszuspannen, Dich einem Tapetenwechsel zu unterziehen.
Ich habe damit keine Absicht verfolgt, Rory, das musst Du mir glauben. Und die Sache mit Elaine und mir... Das läuft schon länger zwischen uns. Wir dachten ein-

fach, es wäre jetzt der richtige Zeitpunkt für sie, bei mir einzuziehen.<<
>>Rory! Peter hat recht. Wir sind schon länger zusammen, haben uns aber immer gescheut, es Dir zu sagen. Außerdem hast Du ja jetzt diese Maja. Sie ist doch bei Dir, nicht wahr? Vielleicht ist es besser, daß alles so gekommen ist.<<
>>Du, Du findest es besser, dass alles so gekommen ist? Sag` mal Elaine, seit wann bist Du so gefühllos? Ich habe eine entsetzliche Geiselnahme hinter mir. Ein italienischer Tourist starb bei dem Feuergefecht mit der ägyptischen Armee, als sie uns befreien wollte. Und das findest Du gut?<<
>>Du liebst doch Maja, nicht mich!<< schrie Elaine fassungslos. Ihre Wut über Rorys Lieblosigkeit der letzten Jahre schwappte in ihr hoch. Paarte sich mit nie gekannter Eifersucht, an der sie schwer zu tragen hatte.
>>Du hast Dich doch überhaupt nicht mehr für Sarah und mich interessiert. Wir waren für Dich doch nur noch wie ein Möbelstück. Immer verfügbar, aber ohne dass Du uns zu schätzen wusstest. Peter war so einfühlsam. Er hat sich mehr für die Belange Deiner Tochter interessiert als Du!<<
>>Hör` sofort damit auf!<< schrie Rory los. >>Ich will Deine Ausreden nicht hören. Wo sind meine Gitarren? Die hast Du doch auch mitgehen lassen. Gib` sie mir auf der Stelle zurück!<<
Er baute sich drohend vor Elaine auf. Peter sprang dazwischen.
>>Rory, jetzt ist aber Schluss! Du bekommst Deine Gitarren wieder, aber lass Elaine in Ruhe. Du bist auch schuld an Eurer kaputten Beziehung.
Und was die band angeht: Du hast in Afrika festgesessen. Wir sind bald vor Sorge verrückt geworden. Allen

Harris hat mich wegen des neuen Albums unter Druck gesetzt. Du warst nicht da. Wir wussten nicht, ob Du überhaupt noch einmal nach Hause kommst, deshalb musste einer für Dich die Entscheidungen treffen. Und es fehlten ja noch songs. Also habe ich mir die Texte von Julia vorgenommen und sie auf meine songs adaptiert.
Wir wollten Dir das nach Deiner Rückkehr ausführlich mitteilen, aber nach so vielen Wochen des Wartens hatten wir Angst, Du kehrst nie wieder. Wärst für immer verschollen. Es tut mir leid, Rory, dass es einen anderen Anschein für Dich hat. Muss schwer für Dich sein, kann ich nachvollziehen. Aber lass` uns darüber Montag ausführlich mit Allen Harris bei den dany records sprechen. Den Kontakt zu William habe ich aufgenommen, weil ich dachte, wir vernachlässigen zu sehr unser US- Geschäft. Entschuldige bitte, aber von unserer Warte sah es so aus, als würde es vielleicht Jahre dauern, bis Du heimkehrst oder vielleicht nie wieder... .<<
>>Ihr habt mit meinem Tod gerechnet?<<
Rory war außer sich.
>>Und habt mich mal eben schnell gegen Deine Wenigkeit ausgetauscht?<<
Elaine blickte zu Boden. Schüchtern fügte sie hinzu:
>>Das hat mich auch ein wenig gewundert, wie schnell Du für die band ersetzbar warst... .<<
>>Das ist meine band, Peter, vergiss das nicht. Das ist mein baby, nicht Deins. Du bist zwar Gesellschafter, aber ich führe noch immer die Geschäfte, merk` Dir das! Am Montag räume ich den Laden erst einmal auf, darauf kannst Du Dich verlassen. Und jetzt her mit meinen Gitarren. Wo hast Du sie unter Verschluss?<<
Rory wollte in den Zimmern auf die Suche gehen, aber Peter konnte ihn soeben noch davon abhalten.

>>Rory, Deine wertvollen Gitarren sind in der Denmarkstreet, zur Wartung. Warte, ich hole Dir den Abholschein.<<
Peter kramte in einer Schublade, reichte ihm den Bon. Rory riss ihm das Stück Papier aus der Hand, machte unverzüglich auf dem Absatz kehrt und wollte grußlos zur Türe hinausstürmen, als sich Sarah ihm in den Weg stellte.
>>Dad, wann kommst Du mich wieder besuchen?<<
Rorys Wut verblasste für einen Augenblick. Seine Gesichtszüge entspannten sich merklich.
>>Ich hole Dich die Tage ab. Einverstanden? Dann werden wir den ganzen Tag zusammen verbringen. Du kannst Dir jetzt schon überlegen, was wir unternehmen wollen. Sims mich einfach auf meinem handy an. Okay?<<
>>Okay<<, gab Sarah zu verstehen, und Rory küsste ihre Stirn zum Abschied. Sarah war das Glück über die Worte ihres Vaters anzusehen.
>>Hab` Dich ehrlich vermisst, meine Kleine. Mach` es gut my darling, cheers!<<
Dann hörten sie die schwere Holztüre hinter Rory ins Schloss fallen.

In der Straße vor Rorys Haus waren überall blinkende Lichter der Polizeifahrzeuge zu sehen.
Aus seinem Hause strömten mehrere Beamte, als Rory alarmiert, hastig seinen Wagen vor der Garage parkte. In zwei drei Schritten war er im Haus und rief laut nach Maja. Im Wohnzimmer stand Scotland Yard. Maja saß im Sessel, ihr Gesicht bleich vor Schreck.
>>Ist Dir auch nichts passiert?<<
Rory kniete sich vor ihr hin.
>>Machen Sie sich keine Sorgen, es geht ihr schon wieder besser<<, kommentierte einer der beiden grau-

en Beamten ungefragt.
>>Was ist denn geschehen?<<
Rory war voller Sorge.
>>Es gab einen Einbruch in Ihr Haus, während Ihre Frau oben im Badezimmer weilte<<, fuhr der Beamte ungerührt fort.
>>Maja ist meine Freundin.<<
>>Entschuldigen Sie bitte, Ihre Freundin. Gut, es ist anscheinend nichts gestohlen worden, aber Ihrer Freundin haben die Einbrecher einen gehörigen Schrecken eingejagt. Wir können dann wohl wieder gehen. Falls noch Fragen auftauchen, Sie erreichen uns unter dieser Nummer.<<
Rory nahm nickend die Karte entgegen und dankte ihnen kurz.
Als sie das Haus verlassen hatten, berichtete Maja, was ihr widerfahren war.
>>Rory, die Eindringlinge haben mich bedroht. Die haben gesagt, wenn ich irgendetwas gegenüber dem Geheimdienst über die Entführung ausplaudere, dann würden sie wiederkommen und mich umbringen. Und bloß kein Wort zur Presse. Auch Dich wollen sie umbringen, wenn Du irgendetwas erzählst. Es war beängstigend. Ich habe nicht gewagt, es der Polizei mitzuteilen.<<
Maja zitterte am ganzen Körper. Rory nahm sie in die Arme.
>>Pssssst<<, flüsterte er, sie sanft schaukelnd. >>Beruhige Dich, wir stehen das gemeinsam durch.<<
Maja bekam einen Weinkrampf, ließ sich nun völlig gehen.
>>Ich halte das nicht mehr aus. Ich verstehe das nicht. Erst diese schreckliche Entführung, und jetzt sind wir hier in London nicht mal vor diesen Gangstern sicher. Du warst doch nur einige Stunden weg. Wäre es nicht

besser, wenn wir zu mir nach Deutschland fliegen? Vielleicht sind wir da für eine Weile sicherer? Was meinst Du?<<
Rory streichelte ihr noch immer übers Haar.
>>Wenn Du meinst. Vielleicht hast Du ja recht, und wir finden dort ein wenig Abstand und Ruhe. Hier scheinen sich die Ereignisse ja nur so zu überschlagen. Ich muß noch morgen früh ins Studio, einige wichtige Standpunkte klären. Zu meinem musiclabel, aber danach können wir fliegen. Wer waren denn diese Männer? Wie sahen sie aus?<<
>>Sie wirkten auf mich wie unsere Entführer, sehr fremdländisch. Keine Araber, vielleicht eher Afghanen? Genau kann ich Dir das nicht sagen. Sie sprachen mit Akzent.<<
>>Okay, nicht schlimm, Du hast damit meine Frage hinreichend beantwortet. Lass` uns jetzt schlafen gehen. Morgen ist auch noch ein Tag<<, versuchte Rory sie zu beruhigen. Er lächelte sie gequält an.
Maja nickte eingeschüchtert und gab nach.
Während sie in Rorys Arm unruhig schlief, lag er noch stundenlang wach und zerbrach sich den Kopf.
Wieso wurde Maja in seinem eigenen Haus bedroht? Woher wussten diese Banditen, wo er wohnte? Und wer steckte hinter ihrer Entführung? Anscheinend hatte die Sache eine solche Brisanz, die er immer noch nicht in ihrem ganzen Ausmaß nachvollziehen konnte. Hatte Maja etwa zuviel an den Geheimdienst ausgeplaudert? Aber woher sollte sie mehr wissen als er? Und wie sollte al Quaida davon Kenntnis erlangen? Gab es einen Maulwurf? Konnte sich al Quaida in die Computer des MI 6 einhacken?
Eigentlich hätte er gerne noch weiter in London recherchiert und das Ergebnis an die Medien weitergegeben, aber auch denen traute er nach der falschen Bericht-

erstattung nicht mehr. Was ging hier vor? Erst glaubte er, dass Peter hinter der Sache stecke. Aber das hatte Dimensionen angenommen, dafür konnte sein drummer nicht verantwortlich sein. Dennoch würde er ihm morgen einmal gehörig den Kopf zurechtrücken.

Am frühen Morgen setzte er sich wieder an sein internet und ging alle Konstellationen im Sudan durch. Wer finanzierte diese Terroristen, und wer versah sie mit dem Auftrag, sie zu entführen? Weshalb war er entführt worden?
Nach eingehender, stundenlanger Internetrecherche ergaben sich für ihn auf politischer und wirtschaftlicher Ebene nur zwei Antworten.
Erstens, Williams Ölgesellschaft.
Die saßen in Darfur und buddelten eifrig nach dem schwarzen Gold. Im Tchad und in der Sahara nahe der ägyptischen Oasen wurden weitere Ölvorkommen vermutet. China plante eine Pipeline vom Tchad ans Rote Meer durch den Sudan.
Aber wie waren dann die Terroristen nach Ägypten gekommen?
Wenn William recht hatte, daß der Südsudan erfolgreich vom Norden, wegen Chinas Pläne und des Terrornachschubs, abgespalten worden war, dann konnte Konstellation A nicht zutreffen.
Blieb Konstellation B.
Rory lief ein Schauer über den Rücken.
Er hatte natürlich von dem Anschlag auf das Hotel in Khartoum erfahren, bei dem einige Geschäftsleute getötet worden waren. Diese Konstellation schien glaubwürdiger zu sein. Al Quaida. Aber Osama bin Laden war tot. Khartoum wurde von einem islamistischen Regime regiert, das Ägypten verhasst war.
In Block fünf wollte Frankreich die Ölbohrung wieder

aufnehmen. Und im Norden des Sudans schickte sich China mit Indien und Malaysia an, in einem der größten Ölfelder zu bohren und dieses über eine Pipeline nach Port Sudan zu transportieren.

Wenn es Terroristen der al Quaida waren, die sie entführt hatten, wer hatte sie dann dazu beauftragt? Oder waren sie eine islamistische Terrorbande, die autonom handelte?

Gab es noch andere Staaten, die sie ausbildeten und finanzierten und mit Auftrag versahen?

Rory kam nicht weiter. Für ihn war des Rätsels Lösung noch ferne. Ein Kuddelmuddel die ganze Situation. Hoffentlich würde er bald klarer sehen. Und was hatte der mysteriöse Amerikaner mit der ganzen Sache zu tun?

Er rief nochmal seinen alten Kumpel William Hutton an. Zu seiner Überraschung bekam er ihn gleich an die Strippe.

>>Hab` soeben im internet recherchiert. Ist ja ein Durcheinander von Öl - und Staateninteressen. Kannst Du mir behilflich sein, mehr Klarheit in dieses tohuwabohu zu bringen?<< stieß Rory das Gespräch an.

>>Was willst Du denn wissen, Alter?<< hakte William nach, während er es sich in seinem Chefsessel gemütlich machte.

>>Du weißt doch, diese ominöse amerikanische Stimme kann ich immer noch nicht einordnen.<<

>>Ja Rory, vielleicht haben die Dich reingelegt und einen MP 3 - Player abgespielt, damit Du glauben solltest, wir stecken dahinter.<<

Rory wurde unsicher.

>>Du denkst, die machen sowas?<<

>>Denk` doch mal nach! Wenn Du von Dir ablenken willst und einem anderen die Tat in die Schuhe schieben willst, wie gehst Du es dann an?<<

Rory war baff.
>>Das könnte so gewesen sein. Da bin ich am allerwenigsten drauf gekommen.<<
>>Kann ich mir vorstellen<<, parierte William. >>Das haben wir laufend am Hals. Was glaubst Du, wie viele unserer Konkurrenten Tag für Tag Desinformationen über uns ins internet setzen, falsche Gutachten erstellen und so weiter.
Uns wird das ständig nachgesagt, wir täten es, aber der Gegenseite traut das niemand zu. Das sind die angeblich Guten. Und wir Amerikaner die Bösen. Die anbetende Fangemeinde auf facebook und blogs kommt nicht mal auf die Idee, die andere Seite hinter diesen fakes zu vermuten. Dabei sind da getarnte Haifische am Werk, die uns das Öl und den Einfluss abjagen wollen. Ich darf mich zusätzlich mit dementis zu meiner Arbeit herumschlagen, weil ich auch Pressesprecher unserer Gesellschaft bin. Also sei bitte vorsichtig, Rory. Die können Dich im großen Stil gelinkt haben.<<
>>Na, Hauptsache, Du linkst mich jetzt hier nicht!<< parierte Rory. >>Denk` mal an Eure NSA, die lückenlos alle Zivilisten in aller Welt abhört<<, schob Rory noch nach.
>>Was sollen wir denn Deiner Meinung nach unternehmen, wenn es weltweit Kräfte bei den politischen Entscheidungsträgern gibt, die jederzeit zur Gegenseite kippen können, weil sie bereits von denen erpresst werden. Oder nach Unabhängigkeit von uns streben. Aus der Nato austreten wollen und sich, wie auch immer, von den USA lösen. Und die lieber China oder andere in ihrem Aufstieg unterstützen wollen, weil da finanziell mehr rauszuholen ist.
Das ist mittlerweile ein solch` massives Problem, dass wir Eure Politiker abhören müssen. Dann baut sich da im Mittleren Osten eine dritte Macht auf, die manche

europäische Geschäftsleute mit Geldern massiv unterstützen. Eure Waffenindustrie mischt da mit. Und die Drogenmafia ebenfalls. Was glaubst Du, wer alles hinter der Drogenmafia steht? Das ist ein echtes Problem!
Und wir stehen mit dem Rücken zur Wand. Wir sind doch auch Euer Schutz in Europa. Was glaubst Du, wie viele Terroristen sie dann nach Europa reinwerfen werden, wenn unsere Army nicht mehr da ist? Glaubst Du, die bringen Euch mehr Demokratie? Das Gegenteil wird der Fall sein. Ihr werdet eine Diktatur. Wenn es dann zu spät ist, wird der Jammer groß sein.<<
>>Du glaubst also, dass China auch den Terrorismus finanziert? Zusammen mit Indien und dem Finanzplatz Singapur?<<
>>Das habe ich nicht gesagt. Nur, dass wir beobachten müssen, wer alles die Beine für die dritte Macht breitmacht, die auch für Europa eine Gefahr ist. Denk` mal an die Türkei mit ihrem Erdogan und seine großosmanische Träume, mit dem wir jetzt Schwierigkeiten haben, gegen den IS vorzugehen. Schau` Dir auf der Karte die Länder an, die einmal zum osmanischen Reich gehörten. Genau da wüten diese Terrorbanden. Und immer in der Reichweite von Ölquellen. Und Erdogan unterstützt sie. Welch` ein Zufall! Und vergiss den verkifften Iran nicht. Die sind die Hauptroute für die Drogen aus Afghanistan.
Ich sage nur, es gibt da auch noch weitere politische Kräfte bei Euch, die mit denen verbunden sind. Alte Seilschaften, denen ich seit dem Zweiten Weltkrieg nicht mehr traue.<<
>>Wen meinst Du?<<
>>Na die Rechten, die offenen und die heimlichen, die bei Euch in Europa einen großen Zulauf haben. Alte Naziseilschaften, die Morgenluft wittern, nach Un-

abhängigkeit streben. Sind genug davon im internet, die Hetze gegen die USA betreiben. Das alles zusammen ergibt ein hochgefährliches Konglomerat. Und im internet haben die schon massiv die Leute mit ihren alten Sprüchen überzeugt. Von wegen Verschwörung durch Zionismus, Neue Weltordnung. Tja, die Neue Weltordnung will die andere Seite. Der IS auf jeden Fall. Und Erdogan auch. Ganz zu schweigen vom Iran. Wir müssen das beobachten. Das ist die Aufgabe der NSA. Die hat auch entdeckt, wie jahrelang deutsche Waffenhändler massiv Terrorstaaten aufgerüstet haben. Auch seinerzeit Saddam Hussein. Die verkaufen jeden Dreck, von biologischen Waffen, über chemische, bis zur software für atomare Anlagen. Halt Wertarbeit, für die sie berühmt sind. Moral oder Bündnisdenken spielen da keine Rolle.<<
>>Also, ich sehe das zwar anders<<, gab Rory zu bedenken, >>aber wer weiß. Möchte nur wissen, weshalb man mich entführt hat und zu welchem Zweck.<<
>>Glaub` ich Dir. Wollte Dir nur mal die Fallstricke in der Politik aufzeigen.
Vergiss die Saudis und Kataris nicht. Saudi Arabien gilt zwar als unzuverlässig, als sogenannte Umkippnation. Aber das Königshaus steht zu uns, weil die selbst Angst vor denen haben. Die haben sogar Truppen an die Grenze zum Irak geschickt. Gegen den IS. Sichern ihre Grenze, denn die unberechenbare Sauce könnte zu ihnen schwappen und sie vom Thron stoßen.
Nun beteiligen sie sich zum Glück auch an unseren Luftschlägen. Aber denkt man an die urkonservativen Islamisten in ihrem Land, die mit dem IS sympathisieren, das wird auf jeden Fall ein großes Problem für die Saudis werden. Wenn auch ihre offiziellen Imane den IS mit einer Fatwa belegt haben.
Das ähnelt irgendwie den Zeiten des ollen Ramses III.

Da bedrohten Seevölker die Struktur der alten überkommenen Reiche. Hab` das mal über Ägypten gelesen, als Nelly und ich eine Nilkreuzfahrt unternommen haben. Geschichtskonstellationen scheinen sich ja - nach meiner Meinung - stetig zu wiederholen.
Einige saudische Geschäftsleute bereiten uns Kopfzerbrechen. Die sind schwer einzuschätzen, was die Terrorausstattung angeht. Und was sich in Katar herumtreibt, das muss ich nicht kommentieren. Allerschlimmste Sorte. Wenn wir die uns loyal gesinnte Regierung auch unterstützen, die ja auch das Gegenteil behauptet. Wir manipulieren die jedenfalls nicht in die Richtung des Terror. Das steht mal fest. Wir bekämpfen die Terrorsöldner.
So Alter, habe noch einiges zu arbeiten. Konnte Dir hoffentlich etwas Licht in Deine Sache bringen?<<
William verabschiedete sich schnell. Es klickte in der Leitung.
Rory klangen noch die Ohren von Williams Politanalysen. So hatte er die chose noch nie gesehen. Er fragte sich, ob er Williams Ausführungen Glauben schenken konnte. Sein Gefühl sagte ihm nichts. Er fragte sich nur, ob William ein Interesse an seiner Entführung gehabt haben könnte, aber da ergaben sich noch keine Anhaltspunkte, die diese These hätten untermauern können. Er musste sich jetzt erst einmal Peter vorknöpfen. Bei den dany records, zu deren Studio er jetzt aufbrach.

Die Konferenz, bestehend aus Allen Harris als Vertreter der dany records, und Peter Dorsey, sowie Clive Forsythe und Andrew Simms, wartete schon auf Rory, als der wegen des Londoner Verkehrs später eintraf. Zu Rorys Überraschung hatte sich auch noch Ian Bellmore der Runde zugesellt. Rory schwante nichts gu-

tes.
Allen räusperte sich, als alle ihren Platz eingenommen hatten und informierte sie kurz über den erfolgreichen Abschluss des Albums. Mit Zuversicht kündigte er den nächstmöglichen Termin für die Auslieferung des neuen Albums an, als Rory ihn unterbrach.
>>Du wirfst das Album auf den Markt und hast nicht mal Rücksprache mit mir gehalten? Das ist aber ein massiver Verstoß gegen unseren gemeinsamen Gesellschaftervertrag. Ich weiß bis heute nicht, welche songs von Peter ins Album aufgenommen wurden. Hab` die nicht mal zu Ohren bekommen.<<
>>Nun mal langsam, Rory<<, unterbrach ihn Allen.
>>Du warst entführt und bist erst kurz wieder zurück. Ich hatte bisher gar keine Gelegenheit, Dir die songs vorzuspielen. Und noch etwas, bist Du mit den einzelnen Klauseln unseres Vertrages vertraut? Da steht drin, falls der angestellte Geschäftsführer wegen höherer Gewalt ausfällt, so kann ein anderes Mitglied aus der band seinen Platz einnehmen und die Geschäfte übernehmen. Und das ist mit Peter Dorsey erfolgt. Er hat die nötigen Entscheidungen in Deiner Abwesenheit getroffen. Unser Handeln war rechtmäßig.<<
Rory erstarrte.
>>Und nun?<< setzte er noch hinzu. >>Was plant Ihr sonst noch gegen meine Person?<<
Sein Gesicht schwoll rot an vor Zorn.
>>Nun reg` Dich erst einmal ab. Wir haben noch gar nichts vorgetragen. Hör` erst einmal zu<<, lenkte Allen ein.
>>Ich habe hier den Beschluss des Vorstandes der dany records. Wir haben einen neuen Anteilseigner, der klare Vorgaben gewünscht hat. Er ist von den neuen songs begeistert.
Besonders, und das wird ausdrücklich hervorgeho-

ben, von Ian Bellmores frischer junger Stimme. Es tut mir leid, Rory, aber dany records spricht sich gegen Deine weitere Funktion als Leadsänger bei den Misfires aus.<<

Peinlich berührtes Schweigen breitete sich am Konferenztisch aus. Andrew und Clyde waren wie vor den Kopf geschlagen, ganz zu reden von Rory.

>>Also, das ist doch nicht zu glauben!<< schrie Rory Allen an.

>>Wer ist denn dieser neue ominöse Anteilseigner? Was hat der denn über meine band zu bestimmen?<< Allen nahm die verbalen Schläge von Rory ungerührt entgegen.

>>Ich bin nicht verpflichtet, Dir die Gesellschaft zu nennen, die wesentliche Anteile von dany records an der Börse erworben hat. Der Eigner möchte incognito bleiben.<<

Rory war wie vom Donner gerührt.

>>Wie bitte? Das ist ja noch schöner! Ich soll, so mir nichts Dir nichts, aus der band ausscheiden, die ich gegründet habe und seit Jahren anführe, als Leadsänger und Komponist? Was ist denn das für eine Intrige hinter meinem Rücken? Da wollte mich wohl Jemand über eine inszenierte Entführung loswerden. Na wartet, da komme ich schon hinter, wer mir das eingebrockt hat.

Und Dir, Peter, glaube ich kein Wort mehr. Du profitierst doch von der ganzen Angelegenheit. Ich werde Euch verklagen, auch Dich, Allen, und Deine dany records. So leicht werdet Ihr mich nicht los.<<

Abrupt erhob sich Rory und verließ den Raum. Die Tür schlug er krachend hinter sich zu.

>>Na warte, William!<< dachte er.

>>Wehe, wenn Deine Gesellschaft die Anteile aufgekauft hat, dann kannst Du was erleben!<<

In Williams Büro klingelte das Telefon.
Er war gerade dabei, sich einen Whisky einzuschütten. Gemächlich setzte er sich an den Schreibtisch und nahm den Hörer ab und zuckte augenblicklich zusammen. Rory schrie am anderen Ende in die Leitung.
>>Ward Ihr das? Habt Ihr die Anteile an danyrecords gekauft? Ja oder nein?!<<
William wusste nicht, wie ihm geschah. Rory schrie ihm die Neuigkeit mit der Geschwindigkeit eines tosenden Wasserfalls entgegen.
Nachdem er geendet hatte, entstand eine kurze Pause, in der William endlich zu Wort kam.
>>Mal sachte, Rory. Meine Gesellschaft hat sich dafür noch nicht entschieden. Wir beschließen erst am kommenden Montag darüber, ob wir in die dany records investieren werden.<<
Es entstand eine Pause am anderen Ende. Rory war sprachlos.
>>Dann habt Ihr die Anteile also doch nicht erworben?<<
>>Sag` ich doch<<, warf William zurück.
>>Jemand hat wesentliche Anteile an der Börse gekauft und will mich aus den Misfires als Leadsänger und Komponisten rausdrängen. Peter Dorsey und Ian Bellmore sollen statt meiner agieren.<<
William war platt, musste die Nachricht erst einmal verdauen.
>>Und das nimmst so einfach hin, Rory?<<
>>Was soll ich denn machen, mir sind die Hände gebunden. Unser Gesellschaftervertrag sah vor, dass infolge höherer Gewalt ein anderes Bandmitglied die Geschäfte übernehmen kann, und das hat Peter Dorsey übernommen.
Und jetzt wurde dany records incognito von einer Ge-

sellschaft quasi übernommen und stellt die Forderung, mich rauszuschmeißen. Was sagst Du dazu?<<
William war noch immer sprachlos.
>>Das nenne ich eine Hiobsbotschaft! Was willst Du jetzt dagegen unternehmen? Die alle verklagen?<<
>>Ja, das habe ich Ihnen schon angedroht. Weiß aber nicht, ob ich damit durchkommen werde. Und Du bist Dir ganz sicher, dass Deine Firma nicht dahintersteckt?<<
>>Dafür lege ich meine Hand ins Feuer. Mein Terminplan sieht eindeutig vor, daß wir erst am Montag darüber sprechen wollen. Das scheint sich aber jetzt erledigt zu haben.<<
>>Sieht so aus<<, pflichtete ihm Rory kleinlaut bei.
>>Bleibt die Frage, ob ich absichtlich entführt wurde, und wer diese ominöse Gesellschaft überhaupt ist.<<
>>In die Richtung könnte man schon mutmaßen. Hab` Dir ja gesagt, was für eine gefährliche Lage sich da mit dem Terrorismus und den Staaten dahinter aufbaut. Die haben jetzt schon massiven Einfluss in Europa. Selbst auf die Musikindustrie, steht zu vermuten.<<
>>Wird schwer werden, herauszubekommen, wer die Gesellschaft ist. Allen und Peter habe ich die Freundschaft gekündigt.
Übrigens: Elaine ist bei Peter eingezogen. Selbst meine Frau hat er sich eingeheimst.<<
>>Nein, das ist doch nicht möglich, du meine Güte!<< rief William aus, >>wenn das mal nicht ein Schlag in die Magengrube ist. Du bist auch noch Elaine los? Das hätte ich ihr gar nicht zugetraut. Was machst Du denn jetzt so alleine?<<
>>Zum Glück ist es nicht ganz so schlimm. Bin jetzt mit Maja Hesterkamp, der bekannten deutschen Malerin zusammen. Wir haben beide zusammen die Entführung überstanden. Sie möchte mit mir für ein paar

Tage nach Deutschland fliegen. Du musst nämlich wissen, dass sie in meiner Abwesenheit in meinem Haus von Fremden, mutmaßlichen Afghanen, überfallen worden ist. Sie drangen in mein Haus ein und drohten ihr und mir, nichts dem Geheimdienst über unsere Entführung mitzuteilen. Andernfalls würden sie uns töten.<<
>>Da willst Du mit ihr noch nach Deutschland fliegen, bist Du verrückt?<< schrie William in den Hörer.
>>Kommt lieber zu mir in die USA. Hier seid Ihr sicherer. Wer weiß, was Euch in Deutschland noch erwarten wird. Wenn die schon Deine Adresse kennen und ungehindert dort eindringen, dann seid Ihr in akuter Lebensgefahr.<<
Rory bedankte sich bei William für die Einladung und entschuldigte sich für seinen anfänglichen, ausgesprochenen Verdacht.
>>Nichts für ungut<<, beschwichtigte ihn William.
>>Wir sind doch Freunde, die müssen einfach zusammenhalten. Erkundige Dich erst einmal nach dem nächsten Flug, und dann nichts wie weg da. Ihr könnt ja zurückkehren, wenn sich die Wogen geglättet haben.
Und Rory, meine Gesellschaft kann vielleicht hier etwas in den Staaten für Dich tun. Solch` ein berühmter bandleader wie Dich kann man doch nicht im Regen stehen lassen. Vielleicht finden wir für Dich eine noch bessere band. Oder Du gründest eine Neue. Ob das Publikum Ian Bellmore annehmen wird, bleibt noch dahingestellt. Du bist doch >The Misfires< und nicht dieser grüne Junge.<<
>>Danke für die Aufmunterung<<, beschloss Rory das Gespräch. >>Werde Maja jetzt umgehend informieren. Ich melde mich, wenn ich den Flug gebucht habe. Muss aber noch die Behörden fragen, ob ich das Land

verlassen darf. Und ob die Befragung durch den Geheimdienst abgeschlossen ist.
Aber ich denke schon, dass es jetzt machbar ist. Also cheers William, bis bald!<<

Maja reagierte auf Rorys Bericht mit Erschrecken und großer Furcht.
Dass dany records Rory loswerden wollten und William die Gefahr ansprach, in der sie schwebten, beunruhigte sie zutiefst. Sie wäre zu gern zu ihren Kollegen in die Galerie Dingsda zurückgekehrt. Insbesondere zu Johannes und zu Tobias, um ihnen Rory vorzustellen. Aber sie sah ein, dass sie so schnell wie möglich UK in Richtung USA verlassen mussten. Der Überfall der Afghanen auf sie während Rorys Abwesenheit, hatte ihr Bemühen, ihr lädiertes Sicherheitsgefühl wieder aufzubauen, erneut zutiefst erschüttert.
Sie erging sich in Selbstmitleid. Rory war ebenso angeschlagen, tief verletzt, dass ihn die band im Stich gelassen hatte.
Nicht einmal Andrew Simms hatte sich anschließend telefonisch bei ihm gemeldet. Es ging nur noch darum, die eigene Stellung in der band nicht zu verlieren.
Maja entschloss sich, Johannes anzurufen, um ihm ihre geplante Abreise in die USA anzukündigen. Johannes reagierte befremdet auf ihre Worte.
>>Warum willst Du denn nicht erst nach Deutschland zu Deinen Freunden zurückkehren? Wir haben uns doch solche Sorgen um Dich gemacht. Was dieser William da erzählt, muss doch nicht unbedingt stimmen. Die Amis haben doch immer diese Terrorhysterie. Also ich kann das nicht so einfach nachvollziehen<<, versuchte er, Maja noch umzustimmen.
>>Ich glaube ihm schon. Du weißt nicht, wie gefährlich diese Terroristen sind. Und der Überfall auf mich

in Rorys Haus hat mir noch den Rest gegeben!<< wies Maja Johannes Kritik mit aller Entschiedenheit zurück.
>>Du kannst Dir auch nicht vorstellen, was ich für Ängste um mein Leben ausgestanden habe, und was ich hier durchmache.
Ich brauche Ruhe und sicheren Abstand, um mein Trauma zu verarbeiten. Und Rory ebenfalls.
Außerdem versuchen wir auf eigene Faust zu ermitteln, wer den Auftrag zu unserer Entführung gegeben hat. Das ist nicht ganz ungefährlich. In den USA können wir in Ruhe ermitteln. Der britische Geheimdienst hat uns abschließend vernommen. Ich werde froh sein, wenn wir endlich in Sicherheit sind. Hier fühle ich mich nach dem Überfall leider nicht mehr so sicher. Und ob wir es in Deutschland wären, bleibt dahingestellt.
Was wollen denn Du und Tobias tun, wenn man uns in Oberhausen wieder überfällt? Diese Terroristen und ihre unsichtbaren Netzwerke scheinen doch überall zu sein.
Wir haben im internet gelesen, dass es mittlerweile 43 000 Dschihadisten geben soll, die eine Bedrohung laut Verfassungsschutzberichts unseres Landes für Europa darstellen. In Deutschland schützt mich niemand vor denen. Aber bei William haben wir zumindest das Gefühl, nicht wieder ausgeliefert zu sein. Das hat er uns zumindest zugesichert. Ich bleibe ja nicht für immer weg. Ich komme ja wieder zu Euch, wenn sich die Situation entspannt hat. Grüß` bitte Tobias recht herzlich von mir und richte ihm doch bitte aus, dass es mir leid täte, aber ich liebe Rory.
Ich wünsche ihm alles Gute. Und Dir ebenfalls: Tschüß Johannes!<<

Rory war im internet auf der Suche nach der Nationalität der Geschäftsleute, die beim Anschlag in einem

Hotel in Khartoum getötet worden waren.
Eigenartigerweise schien es nicht so einfach, an konkrete Informationen heranzukommen, als läge noch eine Nachrichtensperre über dem Geschehen. Dann stieß er in einem unbekannten blog auf wenige amerikanische, deutsche und britische Namen. Außerdem waren noch indonesische Geschäftsleute vor Ort.
Also doch, schoss es ihm durch den Kopf. William schien wohl recht zu haben. Die Terroristen konzentrierten sich auf westliche Opfer.
Was lief da ab? Sollten die aus dem Ölgeschäft im Sudan gedrängt werden? Die Berufe der Umgekommenen ließen sich im internet nicht ermitteln.
Was ging da hinter den Kulissen vor? Und wieso hatte es auch ihn getroffen?
Quälende Fragen, auf die es bisher keine Antworten zu geben schien. Und wer war diese ominöse Gesellschaft, die die danyrecords - Anteile an der Börse aufgekauft hatte, mit der Maßgabe, ihn aus der band zu drängen?
Und wieso Maja? Was hatten ihre Höhlenmalereien und ihr Interesse am Gilf Kebir mit ihrer Entführung zu tun?
Rory kam auf eine Idee. Er recherchierte erneut. Dieses Mal nach allen vorhandenen Ölquellen, die die Gesellschaften ausbeuteten und was ihn noch stärker interessierte, nach vermuteten Erdgas - und Ölfeldern.
>>Das ist ja interessant<<, rief er aus. >>Maja, kommst Du mal bitte?<<
>>Sieh` mal, die vorhandenen Ölfelder. Aber schau` Dir mal die Gegenden an, in denen große Erdgas - und Ölvorkommen vermutet werden.<<
Maja war wie elektrisiert.
In der ägyptischen Quattaraebene wurde Erdgas vermutet. Westlich der ägyptischen Oasen Erdöl. Ebenso

im Gebiet um den Gilf Kebir und zudem im Nordtchad. Dort war bereits eine französische Gesellschaft vor Ort. Der frühere Staatschef Gaddafi hatte das verhindern wollen.
Dann gab es da noch das Toshkakanalprojekt in Ägypten, auch in Richtung Gilf Kebir. Ich muss mal nachher mit meinem alten Kumpel Harald Landsteg in Deutschland telefonieren. Der hat doch 1997 den Anschlag in Luxor überlebt. Ein Ägypter soll ihm von dem Toshkakanalprojekt berichtet haben.
>>Das war also des Rätsels Lösung, was die Oasen anging<<, sagte sie sich.
>>Das New Valley Project, mit Hilfe des unterirdischen fossilen Wassers die ägyptischen Oasen auszudehnen, um noch mehr Futterpflanzen, Getreide und Dattelhaine anzubauen! Das stand den künftigen Ölinteressen im Weg!
Und wer kauft zur Zeit massiv Erdöl in Libyen und Ägypten auf? Williams Gesellschaft? Nein, China!<<
>>Ja, auch<<, unterbrach sie Rory, >>aber wesentlich ist doch, dass wir Touristen aus der Gegend rausgehalten werden sollen. Da läuft doch dann was ab, was die Weltöffentlichkeit nicht erfahren soll.
Sieht so aus, als haben die speziell nicht uns gemeint, sondern allgemein die Touristen, die eine Wüstenexpedition zum Gilf Kebir planen... . Und deshalb uns ausgesucht haben, weil wir prominent sind. Weil der Normaltourist dann erst recht wegbleiben wird.
Aber warum bin ich von dieser ominösen Gesellschaft aus der band gedrängt worden? Darauf habe ich immer noch keine Antwort.<<
Rory griff erst einmal zum Telefonhörer und rief Harald in seinem Büro in Deutschland an. Harald war ein großer Konzertveranstalter. Rory kannte ihn seit Jahren.
>>Hello Harald, was macht die Kunst in Germany?<<

>>Mensch Rory, alter Kumpel, dass Du Dich nach Jahrhunderten wieder meldest! Habe Dich schon ehrlich vermisst.
Was steht an, übernimmst Du gerade die Aufgaben Deines management?
Hab` von Deiner Entführung gehört. Hat es Dich jetzt auch erwischt? Bist Du okay?<<
>>Ja, Gott sei Dank. Deswegen rufe ich Dich auch an. Du hast mir doch mal erzählt, dass Dir damals ein Ägypter von dem Toshkakanalprojekt erzählt hat.<<
>>Ja, stimmt.<<
>>Worum ging es da eigentlich?<<
>>Ich war zehn Monate nach dem Anschlag wieder in Ägypten. Im Tal der Königinnen, weil ich frühmorgens das Nefertarigrab besichtigen wollte. Du weißt doch, dieses noble Grab der Lieblingsfrau des großen Ramses. Das die feinsten Reliefs aufweist.
Da zu dieser frühen Stunde die Grabwächter es noch nicht geöffnet hatten, kam ich mit einem gebildeten Ägypter ins Gespräch. Im Laufe dessen erzählte ich ihm von meinem Überleben des Anschlags und der Gründe, die ich ermittelt hatte, weshalb der Anschlag wahrscheinlich erfolgte.
Ich erzählte ihm auch, dass ich die Terroristen gesehen hätte, dass es sich dabei um Afghanen und Jemeniten handelte, also genau genommen um al Quaida - Terroristen. Dabei erwähnte er, dass es bei den Erpressungen gegenüber seiner Regierung auch um das Toshkakanalprojekt ging.
Wasser aus dem Nassersee in die westliche Wüste zu führen, um dort Obstgärten, Gemüse und Datteln zum Export und für die maßlos explodierende, ägyptische Bevölkerung anzubauen. Wie es scheint, ist dieses Projekt aber nie umgesetzt worden.<<
>>Wir vermuten, wegen der entgegenstehenden Erd-

ölinteressen in der Wüstenregion, die sich die Islamisten langfristig unter den Nagel reißen wollen<<, warf Rory kurz ein.
>>Das könnte der Grund sein, ja<<, pflichtete Harald ihm bei. Es entstand eine kurze Gesprächspause.
>>Aber weshalb seid Ihr entführt worden?<< hakte Harald nun nach.
>>Das versuchen wir gerade zu ergründen<<, gab Rory zur Antwort.
>>Ich sage Dir, ein Labyrinth ist nichts dagegen.<<
>>Kann ich mir vorstellen, mir ging es damals auch nicht anders! Wenn Du des Rätsels Lösung hast, dann lass` es mich wissen. Steht sonst noch was an? Ich meine beruflich?<<
>>Eine ominöse Gesellschaft, die die danyrecords aufgekauft hat, hat mich aus der band gedrängt. Aber behalte das erst einmal für Dich. Peter hat auch gegen mich intrigiert. Ist jetzt mit Elaine zusammen.
Da ist zuviel auf mich eingestürzt. Ich muss erst einmal Abstand gewinnen. Ich fliege nächste Tage in die Staaten, um mich zu regenerieren und in Ruhe weiter zu ermitteln.<<
>>Das sind ja keine guten Neuigkeiten!<<
Harald war die Überraschung anzuhören.
>>Kannst` Dich aber auf mich verlassen. Kein Wort kommt mir über die Lippen. Wünsche Dir auch viel Glück bei Deinen Ermittlungen. Glaube mir, das sture Nachforschen, solltest Du hinter die Wahrheit kommen, wer das angestiftet hat etc.; es wird Dich nicht glücklich machen. Der Schatten lässt Dich nicht mehr los.
Ich habe das jetzt endgültig hinter mir gelassen. Ist schon gut so. Konzentriere mich jetzt ausschließlich auf meine gigs. Und auf meine Freundin. Das ist das wahre Leben. Das weiß ich jetzt mehr denn je zu

schätzen. Kann Dich aber verstehen. Wie gesagt, viel Glück!<<
In der Leitung klickte es. Harald hatte wieder aufgelegt.
>>Etwas Licht haben wir jetzt in die Dunkelheit gebracht<<, seufzte Rory.
>>Bin mal gespannt, wie es weitergeht. Wie es aussieht, spielen dort wirtschaftliche Interessen ganz eindeutig die Hauptrolle und scheinen auch etwas mit dem Terrorismus zu tun haben. Und wirken sich nicht gerade nach demokratischen Spielregeln auf die zu gestaltende Politik aus. Kaufe die Firmen eines Landes auf, sichere Dir im voraus die Ressourcen, und Du wirst bestimmen, welche Politik dort abläuft!<<
Maja erstarrte. Rory stieß sie an.
>>Was hast Du denn?<<
>>Solltest Du recht haben, dann hängt diese ominöse Firma irgendwie mit unserer Entführung zusammen. Wir müssen also herausbekommen, um wen es sich dabei handelt. Dann haben wir auch den link zu unseren Entführern.<<
>>Wenn das mal so einfach wäre<<, seufzte Rory.
>>Das kann sein, muss es aber nicht. Könnte auch Zufall oder aus einer anderen Interessenecke heraus geschehen sein. Ich halte jedenfalls mal alle Optionen in Sichtweite. Eine gesunde Skepsis hat noch nie geschadet, ganz im Gegenteil.<<
>>Wenn man Dich so reden hört, denkt man, Du hättest Dich nie mit etwas anderem als mit Ermittlungen beschäftigt<<, wendete Maja jetzt lächelnd ein.
>>Mein Rory, ein Politanalyst!<<
Er grinste zu ihren Worten.
>>Bin halt vielseitig, baby. Ich liebe Dich.<<
Und küsste sie auf den Mund.

Maja gelang es zum ersten Mal, einigermaßen ohne quälende Albträume zu schlafen, und selbst Rory entspannte sich zunehmend.

Beide waren nach der Entführung körperlich vollständig blockiert gewesen. An Sex war in diesem Schockzustand nicht mehr zu denken, aber dieses Mal erfolgte die lang ersehnte Vereinigung vorangegangenen Kuschelstunden.

Rory war noch lange wach, genoss sein intensiv zart empfundenes Glück, nachdem er sich leidenschaftlich in Maja verloren hatte. Sie hatte am Nachmittag gegen ihre Verspannungen eine Massage erhalten. Danach war es ihr endlich möglich gewesen, sich unverkrampft Rory hinzugeben, ohne erneut der starken Belastung durch ihr schreckliches Trauma ausgesetzt zu sein.

Rory schaute voller Zärtlichkeit auf ihre zufrieden wirkenden und ruhig anmutenden Gesichtszüge. In seinem Arm fühlte sie sich sichtlich geborgen. Er genoss es, seinen männlichen Beschützersinn an ihr ausleben zu dürfen. Das lenkte ihn von seinen eigenen körperlichen Beschwerden infolge des Schocks ab. Elaine vermisste er nicht mehr. Und die Bilder von den toten Terroristen und dem toten Emmanuel hatte er zum Glück auch nicht ständig vor Augen.

Bevor er und Maja sich anschickten, nach Austin, Texas, zu starten, verbrachte Rory mit seiner Tochter Sarah gemeinsame schöne Stunden bei einem Einkaufsbummel durch die Trendboutiquen in London und beim anschließenden Besuch eines Eiscafés.

Sarah strahlte vor Glück, stellte ihren Kumpeln ihren berühmten dad vor. Abends begleitete er seine Tochter in die Disco. Einen bekannten Rockstar als Vater zu haben, war eine Sensation, selbst in London. Niemand kam auf die Idee, Sarah zu kritisieren, dass ein Elternteil von ihr an der Bar stand und Sarah aufmun-

ternd zuprostete. Die meisten Discogänger hatten in den Medien die Entführung von Rory mitverfolgt. Er war jetzt populärer als je zuvor. Dass die danyrecords diese Tatsache nicht geschäftlich ausnutzten, blieb Rory ein Rätsel. Aber sein Leben hatte sich ja sowieso von Grund auf geändert. Und vielleicht wäre ein Neuanfang in den Staaten, zusammen mit Maja, ja das Beste.
Am nächsten Tag ließ Rory seine Gitarren aus der Denmarkstreet abholen. Anschließend telefonierte er mit seiner Tochter.
>>Sag` mal, Du hast mir nicht gestern Deinen Freund vorgestellt. Ist er immer noch derjenige, der es mir heimzahlen wollte?<<
>>Nein dad, ich... .<<
>>Was denn nun, darf ich ihn mal sehen?<<
>>Er ist nicht mehr mein Freund, dad.<<
>>Warum hast Du mir das nicht gleich gesagt, darling. Tut mir aufrichtig leid für Dich. Aber Du bist noch jung. Du findest noch den Richtigen.<<
>>Tja dad, wie soll ich es Dir erklären? Ich habe einen anderen.<<
>>Nein, so schnell?<<
>>Ja, es war Liebe auf den ersten Blick, ich meine auf den ersten click. Ich habe ihn über facebook kennengelernt. Er hat mir geschrieben, er ist einfach süß. Schreibt mir tolle mails. Dad, ich habe noch nie so tolle mails erhalten. Ich bin einfach nur noch glücklich!<<
>>Sarah, darling, pass auf. Du bist die Tochter eines Rockstars, nicht, dass sich irgendwelche Leute an Dich hängen, die Dir Übles wollen. Die Welt ist voller Verbrecher! Hast Du mom und Peter davon erzählt?<<
>>Dad, Du verstehst es nicht! Nur weil Du eine Entführung überlebt hast, heißt das noch lange nicht, dass ich auch zum Opfer werde.

Nein, er ist ganz lieb. Er will mich bald treffen. Mom und Peter wissen noch nichts davon. Nur Du.<<
>>Wie, Ihr habt Euch noch nicht einmal gesehen? Ist er nicht in London?<<
>>Nein, er ist ein Diplomatensohn. Sein Vater ist mit der Familie in Indonesien. Er will mich nächsten Monat besuchen kommen.<<
Rory stutzte.
>>Sarah, hat er irgendwas von Dir gewollt? Will er Dir ein Päckchen oder ähnliches schicken, über Diplomatenpost?<<
>>Woher weißt Du das, dad?<<
>>Sarah, jetzt hör` mal gut zu. Das sind Betrüger, die suchen sich über facebook immer die Profile von Frauen und Mädchen raus. Sei vorsichtig. Lass` Dich auf gar keinen Fall auf etwas ein. Wenn er Dich aufrichtig schätzt, wird er Dich nur sehen wollen. Aber gehe auf keine Forderung von ihm ein. Sag` mir jetzt ehrlich, was er von Dir will.<<
>>Wieso denn, dad? Was ist denn an einem Päckchen so schlimm? Vielleicht ist da ja ein Geschenk für mich drin. Er hat das jedenfalls geschrieben.<<
Rory bekam fast Panik.
>>Hör` gut zu, Sarah, ich achte Dich als Persönlichkeit, und das nutzen diese Leute aus. Die missbrauchen Dich, um Dir Drogen oder Geld zu schicken, und dann sucht Dich nicht Deine neue Liebe auf, sondern irgendwelche Verbrecher, die Dir das Geld abknöpfen werden und Dich anschließend vielleicht umbringen oder damit anfangen, mich zu erpressen.
Bitte antworte auf Anfragen von unbekannten Jungen nicht mehr. Zu Deiner und unserer Sicherheit. Seit wann hast Du diesen angeblichen neuen Freund?<<
Rory ließ nicht locker. Sarah widerstrebte der Gedanke, nur gelinkt worden zu sein.

\>\>Du beziehst immer alles nur auf Dich. Nur Du, Du, Du. Das ist mein Freund, und Du kannst ihm doch nicht einfach etwas anhängen!<<
\>\>Sarah, ich verstehe Deine Gefühle. Aber bitte, zu Deiner eigenen Sicherheit, sage mir, wie lange Du ihn schon über facebook kennst?<<
\>\>Seit ein paar Tagen<<, gab Sarah kleinlaut zu.
\>\>Und da schreibt er Dir schon Liebesbriefe, obwohl er Dich gar nicht kennt? Von Angesicht zu Angesicht, meine ich.<<
Sarah war ratlos.
\>\>Ja dad.<<
\>\>Jetzt höre mir mal zu, darling. Schreibe ihm, er soll Dir eine Kopie seines Passes schicken, damit Du feststellen kannst, ob er es tatsächlich ist. Wenn er Dich wirklich liebt, wird er Dich verstehen. Weil sein Vater angeblich Diplomat ist. Antwortet er Dir nicht mehr, dann hast Du es mit einem scammer, einem Betrüger, zu tun. Sag` mal, wollte er eigentlich schon in irgendeiner Form Geld von Dir haben?<<
\>\>Ich sollte ein paar Pfund bei Western Union einzahlen, damit das Päckchen in Indonesien abgesendet werden kann.<<
\>\>Sarah, bitte lass` sofort die Finger davon. Das ist offensichtlich ein scammer, der Dir schaden will und von uns viel Geld haben möchte. Nachher werden wir noch erpresst. Wirst Du das tun, was ich Dir gesagt habe?<<
Sarah zögerte mit ihrer Antwort. Dann vernahm Rory ein leises ja am anderen Ende der Leitung. Er war erleichtert.
\>\>Du bist sehr vernünftig. Wusste ich doch, dass Du so einsichtig bist. Liebe Sarah, bitte versuche Deine näheren Freunde nicht über facebook kennenzulernen. Sondern immer nur vis à vis. Versprichst Du mir

das? Als Prominentenkind wirst Du Zielscheibe von Angreifern und Neidern sein, die an Dein Geld wollen.<<
>>Ja dad. Du kannst Dich auf mich verlassen.<<
>>Tut mir so leid, Kleines. Du hast aufrichtige Liebe von einem Mann verdient. Die wird Dir sicherlich noch begegnen. Du bist noch jung und hübsch. Also sei hübsch skeptisch, wenn Du jemanden kennenlernst. Rufe mich einfach an, wenn Du Zweifel hast oder Dir irgendetwas Verdächtiges an einer Person auffällt, okay?<<
>>Okay dad, mache ich.<<
>>Ich fliege morgen mit Maja in die Staaten, aber sims mich an, wenn Du was auf dem Herzen hast. Werde mich jetzt mal mehr um Dich kümmern. Versprochen?<<
>>Ja dad. Danke. Ich setze mich jetzt hin und werde ihm schreiben, dass er mir die Kopie seines Passes rübermailen soll. Und auf seine mails antworte ich dann nicht mehr, sollte er es unterlassen. Einverstanden, dad?<<
>>Der hatte auch schon Deine email - Adresse? Hoffentlich nicht auch schon Deine Hausadresse?<<
>>Nein, die habe ich ihm noch nicht geschickt. Werde ich auch nicht mehr tun, das verspreche ich Dir.<<
>>Gut, liebe Sarah, dann haben wir uns ja verstanden. Mach` es gut und grüß` mom von mir, okay?<<
>>Okay dad, bye!<<
Rory ließ sein handy sinken, musste erst einmal zu sich kommen. Jetzt deutete alles darauf hin, dass bereits seine Tochter betrogen wurde.
Wer steckte dahinter? War es Zufall oder Absicht? Er setzte sich erneut ans internet und surfte auf der Suche nach scam - Motiven und Tätern. Das FBI hatte auf einer Seite mehrere Beispiele von lovescams vor-

gestellt, aber im Falle von Sarah konnte man etwas anderes dahinter vermuten. War sie benutzt worden, um ihm zu schaden? Kam das etwa aus der Ecke von al Quaida?
Er suchte erneut nach maßgeblichen Verbindungen im internet und stieß auf einen Zeitungsartikel, in dem ein Experte al Quaida in Zusammenhang mit Drogengeldwäsche brachte. Über Kuriere würde das Geld in Europa gewaschen und angelegt. Das wurde ja immer bunter. Wenn Sarah Adressat eines solchen Angriffs aus dieser Ecke war, dann war nun seine ganze Familie gefährdet.
Er beschloss, am kommenden Morgen Sarah noch einmal zu kontaktieren, ob ihr der junge Mann die Kopie seines Passes geschickt hatte. Dann würde sich ja herausstellen, ob es ein gezielter scam war.
Maja reagierte entsetzt auf Rorys Schilderungen.
>>Was geht denn hier vor? Wieso hören die Angriffe gegen uns nicht auf? Wenn das stimmt, dann können wir uns noch weiterhin auf was gefasst machen.<<
Beide waren nun sichtlich froh, Europa in Richtung USA verlassen zu können.
Zwei Tage später meldete sich Sarah bei Rory in Austin. Sie waren mittlerweile Gast bei William Hutton und seiner herzlichen Frau Nelly und erholten sich rasch.
>>Ja Sarah, hast Du etwas herausgefunden?<<
>>Dad, Du scheinst recht zu haben. Er hat sich nicht mehr gemeldet. Habe nichts mehr von ihm gehört. Dad, ich bin so traurig. Erst schreibt er mir mails, dass er mich so sehr liebt, dass er nicht abwarten kann, mich zu sehen, und jetzt höre ich nichts mehr von ihm!<<
>>Hab` ich es mir doch gedacht. Sag` mal, habt Ihr eigentlich nie miteinander telefoniert?<<
>>Doch dad, er hat mir zwei handy - Nummern gege-

ben, aber ich konnte nur auf seine mailbox sprechen. Er durfte angeblich nicht mit mir sprechen, weil sein Vater dagegen war.<<
>>Na, da haben wir es doch. Sarah, das war nicht der junge Mann, als der er sich Dir ausgegeben hat. Das waren Verbrecher, die Dir schaden wollten. Die haben Deine Gutmütigkeit ausgenutzt. Bitte lass` Dich nicht mehr auf facebook auf Anfragen von jungen Männern ein, versprichst Du mir das?<<
>>Ja dad, ich verspreche Dir das. War heute mit meinen Freundinnen in der Disko. Da war ein Junge aus meiner Schule, der ganz nett ist. Wir wollen uns heute abend wieder treffen.<<
>>Freut mich für Dich, darling. Wünsche Dir viel Glück. Und immer schön skeptisch bleiben!<<
Sarah schien die Krise schnell überwunden zu haben, Rory war erleichtert. Also handelte es sich doch um einen scam.
Fragte sich nur, wer die Auftraggeber waren. Er würde weiter nachforschen, aber zunächst entspannten sich Maja und er bei Nelly und William. Rory hatte vieles von seinen vergangenen Tourneen zu berichten. Die Runde ergötzte sich an Rorys Anekdoten aus seinem langjährigen Rockmusikerleben.

Am nächsten Morgen kam Rory einem Gespächstermin via skype mit einem Börsianer nach, der ihm endlich Licht in die Angelegenheit bezüglich dieser ominösen Gesellschaft bringen sollte, die ihn aus der band gedrängt hatte. Der Experte war ihm von William empfohlen worden.
>>Hi Chuck<<, begrüßte Rory ihn über dem Bildschirm. >>Können Sie Näheres zu dem deal sagen?<<
>>Hi Rory, freut mich, den frontman der >Misfires< mal persönlich zu sprechen. Fein, dass Sie wieder

einmal in den Staaten sind.
Habe mich auf Williams Anfrage hin sofort erkundigt. Die Gesellschaft nennt sich >International Transfer Corporation< und ist ziemlich undurchsichtig. Hab` versucht, meine insider zu kontaktieren, ob die Näheres über die wissen. Scheinen neu am Markt zu sein. Kaufen in verschiedenen Bereichen auf. Aber danyrecords ist die einzige Musikmarke, an denen sie anscheinend Interesse haben. Ansonsten sind sie hauptsächlich im Waffengeschäft tätig. Größtenteils mittelständige Firmen mit Schnellfeuergewehren, die börsennotiert sind. Auf jeden Fall ist da Vorsicht geboten. Scheint mir etwas aus dem Nahen oder Mittleren Osten zu sein. Wahrscheinlich sind die nur eine Briefkastenfirma, und dahinter verbirgt sich ein Söldnerunternehmen oder eine Terroristengruppe. Würde an Ihrer Stelle mit Nachforschungen vorsichtig sein. Die sitzen überall. Finden auch immer wieder Schlupflöcher, wie sie ins Land gelangen können.<<
Rory fühlte sich durch Chucks Angaben bestätigt.
>>Hatte ich mir beinahe gedacht. Kommen also mit größter Wahrscheinlichkeit aus der Terrorecke, die uns entführt haben.<<
>>Wahrscheinlich aus dem Umfeld oder von den Auftraggebern, aber da ist noch etwas<<, unterbrach ihn Chuck Ogletree.
>>Die haben hier meistens auch einflussreiche Helfer. Es kann auch sein, dass die Ihnen schaden wollen und den Auftraggeber nur benutzen. Ich wäre an Ihrer Stelle auch in dieser anderen Richtung hellhörig.<<
>>Danke für den Tipp.<<
Rory entspannte sich sichtlich zufrieden. Ließ Maja, die sich mit Nelly angeregt über ihre Höhlenmalerei unterhielt, im ungewissen, was Chucks letzten Hinweis anging. Wenn das zutraf, konnten sie in den USA

auch nicht mehr vor diesen Leuten sicher sein.
Maja und Nelly planten für den nächsten Tag den Besuch mehrerer Kunstgalerien in Austin. William hatte sich ein paar Tage Urlaub genommen und nahm Rory in seinen Golfclub mit. Anschließend ließen sie es sich im Restaurant seines Clubhauses bei Heidelbeerpfannkuchen und mexikanischen Genüssen wohlergehen. William ließ sich von Rory alle Einzelheiten seiner Entführung schildern. Er hatte sich in seiner Firma umgehört, inwieweit die Ölanlagen im Sudan vor terroristischen Angriffe geschützt sind.
>>Du kannst Dir sicher sein, dass diese Burschen nicht über dem Südsudan in Euer Gilf Kebir Gelände gelangt sind. Vermute mal eher über Libyen oder den Nordsudan. Wie sie es allerdings geschafft haben sollen, mit Euch als geheime Fracht in Darfur einzusickern, ist mir und meiner Gesellschaft ein Rätsel. Bist Du Dir sicher, dass Ihr nach Darfur gefahren worden seid?<<
>>Ich vermute es zumindest<<, gab Rory zurück, während er sich an seinem drink festhielt.
>>Aber es könnte auch sein, dass wir irgendwo im Nordsudan festgehalten wurden. Wir sind nur wochenlang herumgefahren worden. Zumindest fühlte es sich so für Maja und mich an.<<
>>Vielleicht haben sie Euch ja im Kreis herumgefahren, um jede Orientierung zu verhindern oder zu den Basen ihrer terrorcamps. Unsere Luftwaffe hat einige ihrer camps im Jemen bombardiert. Da wurden sie unter anderem ausgebildet. Ausgerechnet nach unseren amerikanischen Heeresleitlinien wie Operationen im Gebirge, Guerillakampf und so weiter.
Die züchten immer mehr von diesen Monstern. Werden mit Drogen versorgt, das macht sie so brutal und grausam. Die wissen dann effektiv nicht mehr, was

sie tun. Darum leide nicht darunter, wenn Du an sie denkst. Wenn Du die Bilder, wie sie tot unter einer Decke liegen, vor Augen hast. Die waren nicht mehr im Sinne unseres Strafsystems reintegrierbar, das kannst Du mir glauben. Die Drogen haben ihre Hirne zerstört, da war nichts mehr reparabel.
Vor allem erinnern sie mich an die Assassinen und den Alten vom Berge, eine schiitische Sekte mit terroristischem Arm.
Übrigens ist der Aga Khan ihr Nachfahre und Oberhaupt der heutigen Sekte. Wie ich gehört habe, wird das Mausoleum von Agha Khan in Assuan nicht mehr von den tour guides und ihren Touristen angesteuert. Ein Kollege sagte mir mal, die Reiseführer würden nicht mal mehr auf das Grabmal hinweisen, wenn sie unterhalb des Mausoleums auf Booten vorbeifahren. Irgendwie muss da eine Verstimmung vorliegen. Kann ich mir gar nicht erklären.
Übrigens hat der Aga Khan heute sein Hauptquartier in Pakistan. Gehen wir mal davon aus, dass er mit Deiner Entführung nichts zu tun hat, Alter.
Ich denke, dass die al Quaida eher von Geschäftsleuten aus Saudi - Arabien, Katar und den Golfstaaten ausgestattet und mit Geld unterstützt wird. Und von der Drogenmafia. Da kommen etliche Staaten in Verdacht, das sage ich Dir. Hab` ich, glaube ich, schon einmal erwähnt. Vor allem der Iran und die Türkei. Der Erdogan hat ja auch den grausamen Terrorarm der al Quaida, die ISIS, im syrischen Bürgerkrieg unterstützt. Würde mich jedenfalls nicht wundern, so wie der sich jetzt verhält. Habe Dir ja meine unverblümte Meinung zu ihm schon anvertraut.<<
Rory kratzte sich nachdenklich am Kopf.
>>Ich leide eher unter dem Tod von Emmanuel. Der geriet im Feuergefecht mit der ägyptischen Armee zwi-

schen die Fronten. Er war solch` ein netter Kerl. Ich habe ihn noch immer lebendig vor Augen. Du mußt wissen, dass diese gemeinsame Gefangenschaft uns alle zusammengeschweißt hat. Wir fühlten uns wie eine Familie. Darum trauere ich um ihn, als wäre er ein naher Angehöriger oder ein Freund gewesen. Diese Terroristen tot daliegen zu sehen, ruft in mir keinerlei Mitleid oder ähnliche Gefühle mehr hervor. Im Gegenteil, sie sind mir ziemlich gleichgültig. Sie sind tot, können Maja und mir nichts mehr anhaben.<<
>>Kann ich mir lebhaft vorstellen. Oh Mann, möchte das nicht miterlebt haben. Wie fühlt sich das denn an? Wie im Actionfilm?<<
>>Glaub` mir, das ist kein Nervenkitzel, den Du mit Wonne über Dich ergehen lässt, während Du Achterbahn fährst oder Ähnliches. Deine Todesängste, auch wenn sie nur unbewusst in Dir schwelen, lassen Deinen Körper permanent Adrenalin ausschütten. Steh` mal die ganze Zeit unter Adrenalin, kein Vergnügen, sage ich Dir!<<
William schwieg beeindruckt. Beide betrachteten andächtig das satte Grün des Golfplatzes, die strahlende Sonne über dem Firmament.
Rory erschien es, als sei seine Entführung weit weg. Angesichts dieser überwältigenden Landschaft kam sie ihm so unwirklich vor, als habe sie nie stattgefunden.

Maja und Nelly genossen ihren Zug durch die Galeriegemeinde. Nelly stellte Maja ihre amerikanischen Künstlerkollegen vor. Die meisten kannten ihre modernen Höhlenbilder, erkundigten sich freundlich nach ihrem Werdegang. Maja entdeckte einige Arbeiten, die vielversprechend aussahen. Was sie am meisten beeindruckte, dass sich die amerikanischen Künstler

inhaltlich mit der Vergangenheit der Ureinwohner auseinandersetzten. Sie freute sich schon darauf, Johannes einige Arbeiten zu präsentieren. Zu diesem Zweck hatte sie immer ihre kleine digitale Kamera parat.
Die Entführung schien nun weit weg und vergessen zu sein. Maja genoss die vielen frischen Eindrücke und ließ freudestrahlend ihre Visitenkarte zurück. Man kam überein, sich in Zukunft mit der Galerie Dingsda in Oberhausen auszutauschen... .
Nach dem Bummel schlug Nelly vor, noch ein kleines Restaurant aufzusuchen. Lachend querten sie die Hauptstraße, als plötzlich ein Wagen die mainstreet herabschoss. Maja drehte sich um, als sie das nahende Geräusch wahrnahm und schrie laut auf, als der Wagen sie erfasste... .
Stille.
Für einen Moment trat Totenstille ein. Dann hörte man die durchdrehenden Räder Fahrt aufnehmen. Der unbekannte Fahrer entfernte sich mit großer Geschwindigkeit. Nellys Reflexe hefteten sich instinktiv an das Nummernschild des davonrasenden Wagens. Allerdings konnte sie es nicht mehr erkennen. Denn der Wagen, ein asiatisches Fabrikat, war schon um die nächste Ecke gebogen. Nelly schrie und schrie, als sie Maja blutüberströmt am Boden liegen sah... .

William wurde über sein handy verständigt. Leichenblass nahm er die Nachricht seiner völlig verstörten Nelly auf. Und erstarrte.
Er wußte nicht, wie er es Rory beibringen sollte, der langsam aufmerksam wurde und ihn voller Furcht löcherte. William blickte zu Boden, brachte keinen Ton raus. Rory schien zu verstehen.
>>Sag` mir, was ist geschehen? Wie geht es Maja?<<- schrie er ihn an. >>Wo ist sie? Ich will sofort wissen,

wo sie ist!<<
Rory war außer sich vor Sorge. William saß immer noch bewegungslos da und starrte ins Leere. Nur langsam kam er wieder zu sich. Der Schock stand ihm ins Gesicht geschrieben.
>>Du musst jetzt stark sein, Rory. Maja ist von einem Wagen überrollt worden. Sie kämpfen gerade um ihr Leben.<<
>>Neeeeiiiinnnn!!!>>
Rorys Schrei hallte durch den Golfclub. Erstaunte Gesichter drehten sich nach ihnen um. William schlug vor, das Gebäude schleunigst zu verlassen und nach Hause zu fahren, aber Rory wollte sofort ins Krankenhaus. William hielt ihn fest.
>>Das bringt doch jetzt nichts. Du kannst ihr nicht helfen. Wir stören da nur. Warte ab und bete für sie.<<
Rory zitterte und starrte William verzweifelt an. Der schaute voller Scham erneut zu Boden.
>>Rory, ich kann Dir nicht sagen, wie leid mir das tut. Ich wollte Euch hier Schutz und Sicherheit bieten. Und das Gegenteil ist der Fall.
Nelly sagt, die Polizei gehe bisher von einem Unglück aus. Sie wissen noch nichts Genaues, aber es muss nicht mit der Entführung in Zusammenhang stehen. Wenn das auch kein Trost für Dich ist. Mein Gott, ich schäme mich so.<<
William liefen die Tränen über sein Gesicht. Er umarmte den Freund stumm. Rory bewegte sich nicht. Er war wie erstarrt.
>>Ich fahr` Dich in die emergency<<, versprach William jetzt leise. Bist Du okay? Können wir jetzt starten?<<
Rory nickte.
>>Dann los!<<gab William ein leises Kommando, und beide eilten Richtung Ausgang, zu Williams parkenden

Wagen.

In der emergency des Austin Memorial Hospital war allgemeine Hektik zu spüren. Es hatten sich in der Stadt einige Unfälle ereignet, und Rory und William mussten ständig vor den im Laufschritt reingeschobenenen Bahren ausweichen. William zog Rory in einen Warteraum, weil er pausenlos im Weg stand, auf der Suche nach Maja. An der Information gab man ihnen die ernste Auskunft zu warten. Über den Zustand von Maja wollten oder konnten sie nichts sagen.
Rorys Adrenalinkurve stieg mächtig an. Er trank hastig einen Kaffee nach dem anderen, den William für ihn laufend aus einem Automat zog. Auch ihm fiel nichts anderes ein, als sich auf diese Art zu beschäftigen. Mittlerweile war Nelly zu ihnen gestoßen. Sie wirkte wie ein Häufchen Elend. Blass ließ sie sich auf einen Stuhl neben Rory sinken. Alle drei verharrten in einem leidenden Zustand. Jeder versunken in seine eigenen Gedanken.
Nach fünf Stunden grausamen Wartens näherte sich ihnen mit bedächtigen Schritten ein Arzt. Er wirkte sehr sehr ernst, aber gefasst. Rory befürchtete das Schlimmste.
>>Wer ist ihr nächster Angehöriger?<< wollte er wissen.
>>Ich bin ihr Lebensgefährte<<, meldete sich Rory zaghaft und voller Furcht.
>>Kann ich Sie kurz in mein Zimmer bitten?<<
Er wies ihm den Weg hinaus. Rory zögerte nicht lange und ging vor. Der Arzt schloss hinter sich die Türe und wandte sich mit sorgenvollem Blick an Rory.
>>Es tut mir sehr leid, dass ich Ihnen eine traurige Nachricht überbringen muss. Mrs. Maja Hesterkamp ist vorhin verstorben. Wir konnten nichts mehr für sie

tun. Mein tief empfundenes Beileid.<<
Es entstand eine kurze Pause, bevor Rory weinend zusammenbrach.

Das Zimmer, in dem Maja provisorisch neben brennenden Kerzen aufgebahrt lag, ging zur Gartenseite des Memorial Hospital hinaus.
Unter seinem tränenverschleierten Blick nahm Rory eine Schar kreischender Vögel wahr, die sich anschickten, einen Baum anzusteuern. Der Himmel war wolkenlos. Die Sonne strahlte, als wären die guten Tage nur der Natur vorbehalten, ungerührt der tragischen Ereignisse so vieler Menschen.
Rory schluchzte, als er sich über Maja beugte. Sie schien friedlich zu schlafen, aber ihre Haut war eiskalt. Erschrocken zog er seine Hand zurück, als er ihre geliebten Gesichtszüge streicheln wollte. Dann nahm er sich ein Herz und ergriff ihre Hand, hielt sie stumm fest. Auch das half ihm nicht, er verzweifelte immer mehr. Ihr Verlust war für ihn das Ende, er konnte einfach nicht mehr. Der Tod hatte zuviel Ernte gehalten. Majas Tod überstieg vollends seine Kräfte.
So saß er zwei Stunden da und hielt die Totenwache. Sagte ihr, wie sehr er sie liebe. Dass er ohne sie nicht mehr leben könne.
>>Warum<<, schluchzte er. >>Warum hast Du mich verlassen?<<
Doch von der Toten ging keine Antwort aus. Rory weinte bitterlich. Wie sollte er jetzt weitermachen? Es schien alles keinen Sinn mehr zu haben. Weshalb herausbekommen wollen, wer zu welchem Zweck sie beide entführt hatte? Er gab sich die Schuld an ihrem Tod. Hätte er nicht so verbohrt nach einer Antwort gesucht, dann könnte Maja jetzt noch am Leben sein. Aber nun war es zu spät.

Außen klopfte es leise an der Türe. William und Nelly steckten vorsichtig ihren Kopf herein. Rory schluchzte weiter. William reichte ihm sein Taschentuch. Auch ihm liefen die Tränen über die Wange.
>>Damit konnte doch niemand rechnen<<, bemerkte er zaghaft, nur um etwas zu sagen und Rory ein wenig zu trösten.
>>Hätte ich Euch besser nicht gebeten, zu uns zu kommen. Ich war der Meinung, Ihr beide seid hier sicher.<<
Rory überhörte Williams Selbstvorwürfe. Er war weit weg bei Maja, wäre ihr am liebsten hier und jetzt in den Tod gefolgt.
Die nächsten Tage verliefen bleiern. Die Nachricht von Majas Tod setzte die Mitglieder der Galerie Dingsda in einen Schockzustand. Tobias brach völlig zusammen, und Johannes hatte genug zu tun, um ihn zu trösten und mit dem eigenen Schmerz klarzukommen. Irgendetwas mussten sie jetzt unternehmen, damit Maja in Oberhausen bestattet werden konnte. Man einigte sich in einem Telefongespräch mit William, Majas Asche nach Deutschland zu überführen und in Austin nur eine kleine Trauerfeier abzuhalten.
Rory war immer noch nicht in der Lage, sich um die nötigen Vorbereitungen zu kümmern. William und Nelly organisierten statt seiner alles Nötige. Rory war für niemanden zu sprechen. Tage später rief seine Tochter Sarah an. Erst jetzt ließ er sich zu einem Gespräch erweichen.
>>Dad, es tut mir so leid! Ich habe es erst jetzt von mom und Peter erfahren. Dad, soll ich zu Dir kommen? Ich kann mir von der Schule ein paar Tage freinehmen, wenn Du willst. Du kannst das jetzt doch nicht allein durchstehen.<<
>>Ja, ich danke Dir, liebe Sarah, aber Du kannst

mir auch nicht helfen. Ich verkrafte ihren Tod einfach nicht.<<
>>Dad, bitte, lass` mich zu Dir. Ich stehe Dir bei, okay?<<
>>Wenn Du willst. Such` Dir einen Flug im internet, ich bezahle Dir das Ticket und hole Dich vom Flughafen ab, einverstanden?<<
>>Ja dad, bitte halte durch. Ich bin bald bei Dir. Versprich mir, dass Du Dir nichts antust. Ich wäre untröstlich, dad.<<
>>Gut Kleines, ich verspreche es Dir. Mach` es gut.<<
>>Ja, Du auch dad, halte Dich aufrecht.<<
Die Polizei benachrichtigte William, dass sie bisher des Unfallverursachers nicht hätten habhaft werden können. Auch konnten sie die Frage nicht beantworten, ob er mit Absicht auf Maja zugerast oder ob es eine Verkettung unglücklicher Umstände gewesen war. Und sie womöglich nur mit zu hoher Geschwindigkeit aus Versehen erfasst hatte.

Um welchen Fahrer es sich dabei handelte, ließ sich aufgrund von Befragungen von Zeugen auch nicht eindeutig beantworten, da ihn niemand richtig gesehen hatte, selbst Nelly nicht. So blieb die Angelegenheit vorerst im Dunkeln.

Rory, William und Nelly fragten sich, ob der Verursacher diese Tat für al Quaida begangen hatte, aber ihnen war kein klitzekleiner Hinweis bekannt, der in diese Richtung gedeutet hätte. Es schien bisher tatsächlich nur ein schreckliches Unglück gewesen zu sein, mit anschließender Fahrerflucht. Die Polizei suchte in ganz Texas fieberhaft nach dem Unfallwagen. Ein asiatisches Fabrikat, das Spuren des Zusammenpralls mit Maja aufweisen musste. Aber bisher ergab sich keinerlei Spur. Und der detective der örtlichen Polizei machte ihnen auch nicht allzu große Hoffnung

auf baldige Aufklärung.
Sarah traf am Flughafen Austin ein und umarmte Rory weinend. Für ihn war es eine große Erleichterung, dass seine Tochter gekommen war, ihm bei seinem schweren Abschiedsgang von Maja beizustehen.
Die schlichte Trauerfeier vor der Urne Majas in der Kapelle eines Friedhofs konnte er nur ertragen, weil Sarah seine Hand hielt. Den anschließenden Flug nach Deutschland zu Majas Freunden ebenfalls. Schweren Herzens ließen ihn William und Nelly ziehen.
>>Es tut mir so leid, dass das hier so ausgegangen ist,<< bekräftigte William noch einmal beim Abschied.
>>Du bist hier immer willkommen, lieber Rory.<<
Auch Nelly drückte ihn und Sarah ganz fest. Zum Abschied weinten alle drei fassungslos.
Ihr stundenlanger Flug nach Düsseldorf ließ Rory ein wenig zur Ruhe kommen. Gefasst stiegen er und Sarah am nächsten Morgen am Zielflughafen aus der Maschine.
In der Ankunftshalle warteten schon Johannes und Tobias auf sie.
Stumm drückten sie sich die Hände und fuhren ihre Gäste direkt in die Galerie nach Oberhausen. Dort schaute sich Rory Majas Wirkungsstätte an. Er schien beeindruckt; heftige Weinkrämpfe überfielen ihn immer noch von Zeit zu Zeit. Tobias sah, wie sehr Rory seine Maja geliebt hatte. Er fühlte sich schuldig, daß er ihr den Laufpass gegeben hatte. Es wäre nicht zu diesem Unglück gekommen, hätte er nicht so gefühllos reagiert. Für Reue war es nun aber zu spät.
Die Beerdigung Majas war herzzerreißend. Rory hielt sich an Sarahs Hand fest. Tobias stützte sich auf Johannes. Der Pfarrer fand persönliche Worte zu ihrem Leben, zur großen Künstlerin und sensiblen Persönlichkeit, die sie gewesen war. Bescheiden, aufrichtig

und liebevoll.
Zum Schluss erklang auf der Orgel ein Hit der Misfires, den Maja geliebt hatte. Pfarrer Meinhaus erwähnte das kurze aber intensive Glück, das Rory und Maja beschieden war, ebenso beiderlei Entführung, die sie zusammengeschweißt hatte.
Johannes Einladung, noch ein paar Tage zu bleiben, lehnte Rory freundlich ab. Er wolle zurück nach London, erst einmal von allem Abstand gewinnen. Er sah fürchterlich aus. Die Galeriemitglieder zeigten schweren Herzens Verständnis für seinen Wunsch.
Sarah bot ihrem Vater an, wieder bei ihm einzuziehen, um ihn in der ersten Zeit der übergroßen Trauer um Maja nicht allein zu lassen. Rory nahm ihr Angebot dankbar an, wunderte sich, dass Elaine ebenfalls einverstanden war, auf Sarah zu verzichten.
Er staunte nur so über seine kleine große Tochter, wie sie ihn nach kurzer Zeit im Griff hatte und alles Organisatorische von ihm abschirmte. Sie schien in ihm eine Aufgabe gefunden zu haben, die sie lang vermisst hatte. Rory wollte aber nicht, dass sie ihr eigenes Privatleben für ihn zurückstelle. Er fragte sie kurzerhand nach dem jungen Mann, den sie in der Disko hatte treffen wollen.
>>Tja dad, wir verstehen uns ganz gut. Mal sehen, was daraus wird.<<
>>Geht heute abend gemeinsam aus. Ich bestehe darauf<<, entgegnete Rory. Ich komme hier gut alleine zurecht. Muss nur noch etwas erledigen.<<
Sarah betrachtete ihren Vater misstrauisch.
>>Er wird sich doch wohl nichts antun wollen...?<<
Rory schien ihre Gedanken zu erraten.
>>Keine Angst. Es geht mir langsam wieder besser. Vielleicht sollte ich doch weitersuchen. Wenn überhaupt, dann tue ich es für Maja. Sie hätte auf jeden

Fall gewollt, dass ich nicht aufgebe.<<
>>So gefällst Du mir, lieber dad.<< Erleichtert nahm sie ihn in die Arme.
>>Ich liebe Dich, dad!<<
>>Danke darling, ich Dich auch. Viel Spaß mit Deinem neuen sweetheart.<<
>>Dad! Soweit sind wir noch nicht!<<
>>Na gut, dann mit Deinem neuen Freund.<<

Rory begab sich an seinen Computer, recherchierte alles verfügbare Material im internet zu dieser mysteriösen Gesellschaft.
Irgendetwas stimmte da nicht. Er geriet immer wieder auf Seiten, die nach Deutschland führten. Er las über dubiose Kreise, die zum antimainstream gehörten. Über die angebliche Täterschaft der USA bei 9/11, bei allen Terroranschlägen. Alles schien so unendlich böse und antiamerikanisch zu sein. Er konnte sich das nicht erklären. Auch er hatte Zweifel an den USA gehegt, aber Willliam hatte ihn überzeugt, dass es nicht so sei. Dass es da eine diffuse, dritte Macht geben müsse, sogenannte Desperados und Staaten, die mit Hilfe von financiers in die Fußstapfen der alten Seevölker traten. Die sich anschickten, die USA und Europa propagandistisch voneinander zu trennen und die europäischen Staaten zu schwächen. Wahrscheinlich wollten sie auch nur von sich ablenken und der Supermacht ihr Tun in die Schuhe schieben.
Ein Freund hatte ihm gegenüber mal erwähnt, dass sein Vater Stahlarbeiter gewesen sei und Stahl bereits bei 800 Grad zu schmelzen begänne und nicht erst bei über 2000 Grad, wie es der antimainstream pausenlos behauptete. Da waren ihm Zweifel an den Theorien gekommen. Im übrigen bedeuteten diese ganzen Einwendungen und Indizien nicht zwangsläufig, dass die

USA das selbst veranstaltet hatten, um in Afghanistan einfallen zu können. Es könnten auch von al Quaida - Seite her - mit der Hilfe ihrer Unterstützer - Sprengsätze, oder was auch immer, in den Türmen installiert worden sein. Die Bushregierung schien lediglich weggeguckt zu haben. Die Mittel für den Antiterrorkampf hatte sie vorher massiv gekürzt. Laut des Vorsitzenden des Vereinigten Generalsstabs, Henry H. Shelton. Unter der Clintonregierung war der Antiterrorkampf stärker betrieben worden. Der Drei - Sterne - General Don Kerrick hatte im Weißen Haus vor einem Angriff seitens der al Quaida gewarnt, aber das Weiße Haus hatte darauf nicht reagiert. Es ging Leuten in der amerikanischen Regierung, wie zum Beispiel Cheney, in erster Linie um das Öl.

Nach dem Anschlag von 9/11 waren seitens der USA muslimische, gemässigte Kämpfer als >Nordallianz< gegen al Quaida in Afghanistan eingesetzt worden. Erst viel später kämpfte ihre Army vor Ort, im Verbund mit anderen Truppen, der ISAF.

Hätten sie den Anschlag selbst inszeniert, wären sie selbst mit martialischer Gewalt über das Land hergefallen, was aber nicht der Fall war. Hätten Flächen bombardiert wie im Vietnamkrieg, aber genau das taten sie nicht. Das Motiv schien ein Anderes zu sein, als der antimainstream glauben machen wollte. Irgendetwas stimmte da nicht.

Was hatte diese ominöse Gesellschaft überhaupt mit dem Politsumpf aus Verschwörungstheorien zu tun? Genaues fand er zu dieser Firma nicht. Sie blieb ihm Dunkeln, aber er durfte ihr Opfer spielen, und das war der Punkt. Diese antimainstream - Seiten taten so, als seien sie auf der Seite der Opfer. Das Gegenteil war der Fall.

>>Nicht mit mir<<, sagte er sich.

>>Ich werde Allen Harris kontaktieren und ihm mal diese Typen vorführen. Werde ihn eindringlich warnen.<<
Gesagt, getan. Am nächsten Morgen fuhr er früh zu den danyrecords. Allen Harris saß schon im Studio und war überrascht, Rory zu sehen. Rory ging ohne Umschweife auf ihn zu und verlangte, ihn sofort zu sprechen. Allen widersprach nicht. Er bekam gerade noch ein kurzes Beileid über seine Lippen, was Rory geflissentlich überhörte. Stattdessen begann er, Allen über diese ominöse Firma aufzuklären. Allen war perplex. Er konnte sich das überhaupt nicht erklären.
>>Scheint ein gezielter Angriff gegen Dich zu sein. Das konnte ich nicht ahnen. Tut mir sehr leid, Rory. Die scheinen zu den Terroristen zu gehören. Und Maja? War das etwa ein Mordanschlag?<<
>>Ich weiß es noch nicht<<, gab Rory zu bedenken. >>Aber ich werde es herausfinden. Das schwöre ich Dir!<<
>>Was gedenkst Du zu unternehmen?<< drang Allen weiter auf ihn ein.
>>Weiß ich auch noch nicht. Alles scheint unter einer Decke des Schweigens zu liegen. Ich muss mal sehen, ob ich so einen antimainstream - Anhänger zu fassen kriege. Du kennst doch diesen David Hawthorne. Der mischt hier im 9/11 Sumpf mit. Hast Du zufällig seine Handynummer parat?<<
Allen begann, auf seinem Schreibtisch in einem Stapel von Visitenkarten nachzusehen.
>>Sag` ihm, Du kommst von mir. Sonst reagiert der noch misstrauisch. Und wird dann dicht machen, wenn er Verdacht schöpfen sollte. Verhalte Dich ihm gegenüber so, dass Du seiner Sache Glauben schenkst, okay? Vielleicht hat er Informationen zur Hand, die Dich weiterbringen.<<
>>Gut, danke Allen.<<

\>\>Nichts für ungut, Rory. Werde Deinen Rausschmiss aus der band mal mit dieser Gesellschaft abklären. Wenn das stimmen sollte, das die der verlängerte Arm des Terrors sind, dann kann sich der MI 6 mit denen befassen. Ich wünsche Dir viel Glück, Rory! Pass gut auf Dich auf!<<
\>\>Du auch auf Dich. Sei vorsichtig. Die haben Maja in meinem Haus sogar bedroht, wenn sie reden würde.<<
\>\>Und? Hat sie gesungen?<<
\>\>Wir haben alle Einzelheiten dem Geheimdienst mitgeteilt.<<
Allen schwieg dazu. Betroffen schaute er zu Boden.
\>\>Dann war es vielleicht doch ein Mordanschlag in Texas?<<
\>\>Wir wissen es noch nicht<<, entgegnete Rory.

\>\>David Hawthorne?<<
Rory kam ohne Umschweife zur Sache und löcherte ihn erst einmal mit Fragen zum Terrorismus und eindeutigen Informationen.
\>\>Hi Rory, hab` von Ihrer Entführung gehört. Muss schlimm sein, in der Wüste festgehalten zu werden. Und dann noch solch` ein berühmter Rockbarde wie Sie. Könnte Ihnen vielleicht bei einem Kaffee Ihre vielen Fragen beantworten. Wie wärs in der City bei starbucks? Scheint mir der passende Ort zu sein, um sie einmal gehörig aufzuklären.<<
Ironisch lachte er in sich hinein.
Rory willigte ein.
\>\>Also gut, in einer Stunde.<<
Dieser Hawthorne schien ihm auf den Leim gegangen zu sein.
Als Rory den coffeeshop betrat, lehnte David Hawthorne bequem an einem Stehtisch vor der Wand. Er

lächelte, als er Rory erblickte. Beide schüttelten sich artig die Hände. Hawthorne begann mit einem allgemeinen Redeschwall, bis Rory ihn unterbrach. Er wollte wissen, was der antimainstream von al Quaida hält.
\>>Das wissen Sie nicht? Mein Gott, sind Sie aber naiv. Das ist doch nur 'ne Basisliste, auch >Al - CIA - IDA< genannt. Die al Quaida gibt es doch gar nicht. Bin Laden wurde der Terror in die Schuhe geschoben, der war schon vor Jahren tot. Bush hat den 9/11 inszeniert, wir haben so viele Indizien.<<
\>>Wieso kommen Sie auf die Idee, dass Bush und die CIA Sprengladungen in den Türmen anbringen ließen und dass der Zionismus dahinter steckt?<<
\>>Na, wer soll es denn sonst gewesen sein? Die USA haben doch durch den Terror lauter Gründe, die Demokratie durch ihren Überwachungsstrategen NSA auszuhebeln, uns ihre Marionetten aufzuhalsen. Praktisch ganz Europa unter ihrer Knute zu halten.<<
\>>Moment, ich komme da nicht ganz mit. Ich wurde durch Kämpfer der al Quaida entführt und wochenlang geknebelt festgehalten, bis die ägyptische Armee uns befreit hat. Nun hat man mich anschließend aus meiner band geschmissen, weil eine ominöse Gesellschaft die danyrecords aufgekauft hat, die auf meinen Rauswurf bestanden haben. Als ich jetzt begann, sie näher unter die Lupe zu nehmen, stieß ich in diesem Zusammenhang im internet auf den antimainstream in Deutschland. Was hat eine Gesellschaft, die offensichtlich zum Terror gehört, mit dem antimainstream zu tun?
Wer ist der antimainstream? Der scheint mich ja nicht vor dem Terror schützen zu wollen, ganz im Gegenteil. Meine Lebensgefährtin Maja, die mit mir entführt war, ist in Austin bei einem Autounfall gestorben. Wir wissen noch nicht, ob es ein Mordanschlag war. Also

David, wie erklären Sie sich das?<<
David Hawthorne blickte Rory lange schweigend an. Er war baff, hatte keinerlei Antwort auf Rorys Frage parat.
>>Sie glauben doch nicht etwa, dass wir Aufklärer was mit Ihrer Entführung zu tun haben oder mit dieser Gesellschaft?<<
Langsam kam David Hawthorne in Fahrt.
>>Da müssen Sie sich irren. Wir wollen eine ehrliche Aufklärung der Zusammenhänge des 9/11, und alles deutet auf die USA selbst hin.<<
>>Aber ist es nicht so, dass auch Nazikreise diese angebliche Aufklärung in Gang gesetzt haben, wie ich im internet nachlesen konnte, schreckliche Antisemiten etc.?<< unterbrach ihn Rory.
>>Und wenn ich mir einige Muslime angucke, die in dem Strom mitfahren, so stellt sich oft heraus, dass sie praktisch die USA hassen und selbst zu islamistischen Kreisen zählen, wenn man mal tiefer nachhakt. Woher nehmen Sie also die Gewissheit, dass es die USA selbst war?
Und wenn dem so wäre, warum ließ mich die USA nach Texas einreisen und hat mir ihre Hilfe bei der Aufklärung des Unfalls von Maja zugesagt? Hätten Sie recht, hätten die aber anders reagiert.<<
David Hawthorne war verblüfft.
>>Die tun doch nur so, um Sie in die Irre zu führen. Das ist doch kein Argument.<<
>>Doch, es ist eins. Sie haben keinerlei Beweis für eine Täterschaft der USA. Bush mag im Vorfeld weggeschaut haben, die Gelder für den Antiterrorkampf gekürzt, mit seinem Einmarsch im Irak bin Laden ein Geschenk gemacht haben, indem er die US - Truppen viel zu früh in den Irak verlegen ließ, so dass al Quaida und die Taliban wieder erstarken konnten, bis auf den

heutigen Tag der Bedrohung durch die ISIS - Kämpfer, die aus der al Quaida hervorgegangen sind.
Zahlreiche US - Generäle haben davor gewarnt und sind nicht gehört worden. Die können sich nicht irren, die hatten Feindberührung, also wie erklären Sie sich das?
Ich habe auch gelesen, dass die Drogenmafia, die seitens des Irans und türkischer Kreise hier in Europa gesellschaftliche und politische Strukturen unterwandert, die al Quaida finanzieren hilft. Neben Geschäftsleuten aus Saudi - Arabien, Katar und den Golfstaaten und sehr wahrscheinlich der Türkei. Da wächst doch eine Gefahr, eine sogenannte diffuse, dritte Macht heran, herbeigeführt durch terroristische Desperados. Die auch Europa und nicht nur die USA bedrohen wird. Wie können Sie das noch mit der USA begründen? Wieso sollte sich die USA Feinde heranzüchten, die dann so groß werden, dass sie die USA letztendlich vernichten können? Die Einschätzungen des antimainstream gehen doch gegen jeden gesunden Menschenverstand.
Die flächendeckende Abhörung durch die NSA scheint in diesem Zusammenhang Sinn zu machen, wenn sie auch ehrlich zugeben, insbesondere Deutschland dafür bestraft zu haben, dass sie die Attentäter von 9/11 frei kommunizieren und trainieren ließen.
Welche Terroristen dürfen da noch frei wirken und neue Anschläge planen? Wer kommt als Privatmensch zufällig mit diesen Gestalten in Berührung und ahnt nichts von ihrem Tun? Wo kann man da noch eine Grenze bei der Abhörung ziehen? Wenn man nicht einmal mehr den europäischen Politikern glauben kann, ob die nicht schon allzu sehr von dem Terror und ihrem Netzwerk, der Drogenmafia, abhängen? Von den Waffenexporteuren, die Waffen an zweifelhafte Regime liefern, die offensichtlich auch Terrorbanden bedienen,

hängen sie bereits ab, das ist ganz offensichtlich.
Und die Saudis gelten als Umkippnation. Das Königshaus ist gegen den Terror. Aber wie steht es dort mit den saudischen Geschäftsleuten oder den extremistischen Islamisten, die mit dem IS sympathisieren? Wie steht es in der Frage mit den europäischen Ländern? Wie viele heimliche Nazis in Europa träumen von einer Unabhängigkeit von den USA?
Also, können Sie mir nun Informationen über diese ominöse Gesellschaft geben oder nicht?<<
David Hawthorne starrte Rory nur noch wortlos an. Er schüttelte den Kopf.
>>Ich habe noch nie etwas von dieser Gesellschaft gehört. Es tut mir leid.<<
Dann verabschiedete er sich schleunigst. Und verließ umgehend das Lokal. Rory trank noch seinen Capuccino aus. So kam er nicht weiter. Er musste sich was anderes einfallen lassen.

Rory beschloss, sich an einen Experten zu wenden, der Nazigruppierungen und ihre Unternehmungen in Europa beobachtete und Material über ihre Aktivitäten zusammentrug.
Rory wurde im internet schnell fündig. Dr. Ron Hazlewood forschte auf diesem Gebiet an der Londoner Universität. Rory vereinbarte ein Treffen in der Mittagspause. Dr. Hazlewood wusste zwar nicht, was Rory von ihm wolle, sagte ihm aber schnell zu.
In der Kantine für Bedienstete setzten sich beide an einen Tisch, nachdem sie sich einen Kaffee gezogen hatten.
Rory erläuterte kurz sein Anliegen. Dr. Hazlewood schüttelte den Kopf.
>>Schwer einzuordnen. Möglich wäre es schon, da diese Leute über dubiose Firmen ihre Geschäfte ab-

wickeln. Haben sie schon die Börsenaufsicht kontaktiert? Aber eigentlich darf da ja jeder mitbieten, so dass es Sie auch nicht weiterführen wird. Heikle Angelegenheit. Aber das ist der Punkt. Wären die Europäer wirklich an der Aufklärung des Terrors interessiert, dann würden sie tiefer stochern. Stattdessen versuchen sie die Schuld auf andere abzuwälzen. Das lenkt dann gehörig von der Terrorbekämpfung ab, ein probates Mittel.
Die Verharmlosung des Nazitums ist auch eine solche Strategie, damit diese Kreise ungehindert weiter wirken können. Und keine Behörde sie dabei stört. In Deutschland ist sogar der Verfassungsschutz auf dem rechten Auge blind. Das ist allerdings auch kein Wunder.<<
>>Was glauben Sie, wie ich dem Hintergrund dieser Gesellschaft auf die Spur kommen kann?<< erkundigte sich Rory.
>>Na, Sie scheinen wohl schon auf der richtigen Spur zu sein. Ich kann Ihnen ein paar Mailadressen von Naziorganisationen geben. Mailen Sie die doch einfach an, geben sich als Sympathisant aus und fragen, ob sie wüssten, wie Sie die International Transfer Corporation erreichen können, Sie müssten sie dringend sprechen.<<
>>Aber ich bin Brite. Die werden mir doch nicht mal eine Antwort schicken.<<
>>Auch in UK gibt es solche Naziorganisationen. Kennen Sie >Blood and Honor<? Ich schreib` Ihnen mal ein paar auf. Versuchen Sie es einfach. Mehr kann ich Ihnen auch nicht raten.<<
Dr. Hazlewood notierte einige Adressen auf einem Bierdeckel.
Rory setzte sich noch am selben Tag an den PC und schrieb die Organisationen an. Sarah war mit der Vor-

bereitung des dinner für den Abend beschäftigt. Rory wunderte sich, dass sich seine Tochter als eine so gute Köchin entpuppte.
>>Tja, ich verfüge über ungeahnte Fähigkeiten, dad. Bei mom kamen die nicht so zum Zuge, sie hat das alleinige Regiment über ihre Küche.<<
>>Der Mann, der Dich mal heiratet, den beneide ich jetzt schon<<, versuchte Rory ihr mit vollem Mund klarzumachen. Beinahe hätte er sich an ihrem heißen jamaikanischen chicken verschluckt.
>>Danke dad! Mir schmeckts auch. Das will schon was heißen.<<
>>Und<<, hakte Rory vollmundig nach, >>wie steht es an der Beziehungsfront? Wie ist er denn nun so, Dein heißgeliebter neuer Freund?<<
>>Dad, warum machst Du Dich immer über uns lustig? Wir sind beide vernünftige Menschen. Wie Du Dir das vorstellst, so läuft es bei uns nicht ab. Derek ist zurückhaltend und noch etwas schüchtern. Und ich bin es auch.<<
>>Nein, das sehe ich aber anders, Kleines. Ich halte Dich nicht mehr für schüchtern.<<
Rory grinste breit.
>>Wenn Du den Rat Deines alten, aber weisen Vaters brauchst, nur zu, frage mich. Vielleicht kann ich Euch Hilfestellung geben?<<
>>Du kannst es einfach nicht lassen, dad. Wir brauchen Deinen Rat in Liebesfragen nicht. Vielleicht solltest Du erst einmal bei Dir anfangen... .<<
Rorys Gesicht verdunkelte sich.
>>Entschuldige bitte, dad. War nur so leichtfertig von mir dahingesagt. Ich wollte Dich nicht kränken.<<
Rorys Gesichtszüge entspannten sich zunehmend.
>>Danke für das tolle dinner. War vorzüglich. Ich gehe jetzt mal wieder an meinen PC. Vielleicht habe ich

schon Antwort.<<
Rory stieg die Stufen zu seinem Arbeitszimmer hinauf. Der Schmerz hinsichtlich Majas Tod hatte ihn wieder im Griff. Er musste sich unbedingt ablenken.

Beim check seiner emails fiel ihm eine unbekannte Organisation auf, die ihm tatsächlich geantwortet hatte.
Es handelte sich um eine company, die das Hakenkreuz in der Stirn einer indischen Gottheit trug, das Zeichen für den indischen Sonnengott.
Rory war gespannt. Ein gewisser Charlie Cole schrieb ihm, dass er die Gesellschaft kenne.
>>Bingo!<<
Rory frohlockte. Also sind es doch Nazis.
Doch die Sache hatte einen Haken. Charlie Cole wollte zuerst von Rory wissen, warum er die Gesellschaft so dringend kontaktieren wolle.
Rory war ratlos. Was sollte er diesem Charlie zur Antwort geben? Der war wohl wegen Rorys mail hellhörig und mißtraute ihm offensichtlich.
Aber andererseits, warum sollte er diesem Cole antworten? Er hatte doch jetzt die Verbindung, die er gesucht hatte. William hatte ihn gewarnt. Dass es da ein unheimliches Konglomerat aus verschiedenen Interessengruppen gäbe, die die dritte Macht zu installieren suche.
Aber dennoch wüsste er gerne, warum es ausgerechnet Maja und ihn getroffen hatte? Ob es da nicht vielleicht doch auch persönliche Gründe bestimmter Leute gab, die mit ihm eine Rechnung offen hätten? Zum Beispiel Eddy Hyde.
Wer war dieser Typ? Hatte er Verbindung zur Naziszene? Gab es da jemanden, der ihm persönlich schaden wollte?
Sollte er sich doch noch eine Antwort für Charlie Cole

zurechtlegen?
Dass es Nazis waren, die hinter >International Transfer Corporation< standen, war ihm einfach zu wenig. Beantwortete auch nicht seine dringliche Frage, inwieweit Majas Tod auf einen Anschlag zurückzuführen war oder nur auf sich ein sich zufällig ereignetes, aber dennoch schreckliches Unglück?
Die Antwort an Charlie Cole kam ihm spontan aus der Hand. Er schrieb ihm, dass es sich um einen dringenden Waffendeal handle, den er nur allein mit der International Transfer Corporation aushandeln könne. Er solle ihm doch schnell die einschlägige Faxadresse zumailen, die er leider verlegt hätte. >Mit verbindlichsten und vaterländischen Grüßen< schloss er die mail ab, setzte aber einen anderen Namen darunter. Er hatte seine neutrale mail - Adresse ausgewählt, die seine Identität nicht preisgab.
Dann wartete er gespannt, ob er Antwort erhalten würde. Den ganzen Abend lang vergeblich, denn zunächst tat sich nichts.
Am nächsten Morgen, als er aus der Dusche hervorkam und sich mit nassen Haaren an den computer setzte, hatte er endlich Post. Charlie Cole hatte tatsächlich einen Namen und eine Faxadresse genannt. Wie gut, dass er die neutrale Mailadresse gewählt hatte, denn als Rory den Namen las, zuckte er zusammen. Ihn hätte er am wenigten in dieser Corporation vermutet. Sogleich machte er sich auf den Weg, um den MI 6 zu informieren.

Die graue Maus im Anzug empfing ihn sogleich.
>>Setzen Sie sich, bitte. Gut, dass Sie zu uns gefunden haben. Was kann ich für Sie tun?<<
Rory erläuterte das Geschehen ausführlich, aber der Regierungsbeamte unterbrach ihn laufend.

>>Haben wir mitbekommen. Wir haben Sie abgehört. Rate Ihnen nur, lassen Sie sich mit denen nicht ein. Sonst bekommen Sie mit uns Ärger. Keine Waffengeschäfte, haben wir uns verstanden?<<
>>Wie kommen Sie denn da drauf?<<
Rory protestierte wütend.
>>Ich will lediglich herausfinden, wer sich hinter dieser ominösen Gesellschaft >International Transfer Corporation< verbirgt, wer meinen Rausschmiss zu verantworten hat und ob die was mit Majas Unfall zu tun haben.<<
Der Beamte musterte ihn misstrauisch.
>>Na gut. Habe Sie nur gewarnt. Was ihren Bekannten angeht, der Ihnen geschrieben hat, so kann ich dazu nur sagen, dass wir ihn schon länger im Visier haben. Eigentlich ist er mehr ein Fall für Scotland Yard und die internationale Drogenbehörde, denn was diese Firma so treibt, ist im kriminellen Umfeld angesiedelt. Sehr viel Drogengeldwäsche, Waffenschiebereien an verbotene Regime und so weiter.
Zu al Quaida und anderen Terrororganisationen haben wir keine direkten Kontakte feststellen können, aber das sagt nichts darüber aus, dass sie nicht über verschiedene Briefkastenfirmen untereinander verbunden sein könnten. Ihr Bekannter weiß sich ausgezeichnet zu tarnen.
Die NSA hat uns im Wege der Amtshilfe so einiges an Material über ihn zukommen lassen. Ich sage Ihnen, das ganze Geschwätz der Linken hier, keine Abhörmaßnahmen gegen Zivilisten zu betreiben, würde unweigerlich den Terrorismus und seine schmutzigen Kreise in der Mafia auf den Plan rufen. Wir hätten hier dann nur noch Bürgerkrieg.
Okay. Abschließend rate ich Ihnen, sprechen Sie weiterhin normal mit ihm. Lassen Sie sich nichts anmer-

ken. Er darf nicht wissen, dass er aufgeflogen ist. Das würde Sie und Ihre Familie in unnötige Gefahr bringen. Haben Sie keine Angst. Wir hören Tag und Nacht mit. Sie genießen also eine gewisse Sicherheit, wenn Sie sich an diese Regel halten. Haben wir uns verstanden?<<
Rory nickte, und der Beamte entließ ihn. Er brauchte erst einmal einen starken Kaffee, um die Neuigkeit zu verdauen. Dass sein Bekannter ein kriminelles Doppelleben führte, hätte er am Allerwenigsten vermutet. Er war sein jahrelanger Freund, und er hatte nicht im Entferntesten mitbekommen, dass er kriminelle Energie entfaltete.
Ganz im Gegenteil, er hatte ihm vertraut. Aber selbst der MI 6 schien bei ihm noch weitere Verstrickungen in terroristische Machenschaften zu vermuten. Bei al Quaida und ähnlichen Organisationen. Darum war er nun gezwungen, vorsichtig vorzugehen. Seine Hände ballten sich zu Fäusten. Trug er etwa auch eine Mitschuld an Majas Tod und an ihrer Entführung? Er konnte sich bisher noch keinen Reim darauf machen. Wenn ja, dann würde der sich auf was gefasst machen. Das schwor er sich hasserfüllt.
Rory hätte ihn am liebsten erschlagen, so wütend war er. Aber eine innerliche Stimme hielt ihn massiv von seinem brutalen Ansinnen zurück. Er steuerte erst einmal starbucks an. Draußen entlud sich mittlerweile ein schweres Gewitter. Der Regen prasselte auf das Pflaster und setzte binnen Sekunden die Straße unter Wasser.
Rory schlürfte an seinem Kaffee und starrte zum Fenster hinaus. Er musste sich erst einmal eine Strategie zurechtlegen, wie er weiter vorgehen wolle. Natürlich würde er ihn kontaktieren müssen. Er überlegte nur, wann und wie. Sogleich, oder sollte er noch ein paar

Tage warten? Unschlüssig verließ er das Kaffeehaus und kehrte zu seinem Wagen zurück. Als er sich in den stockenden Verkehr in der London City einreihte, bemerkte er im Rückspiegel, dass ihm ein Wagen folgte. Der MI 6 überwachte ihn. Sogleich beruhigte er sich wieder.

Allen Harris saß an seinem Schreibtisch, als Rory bei ihm unangemeldet auftauchte. Allen zeigte ihm seine weißen Jacketkronen in einem aufgesetzten Lächeln. Rory ließ es unerwidert, setzte sich ungefragt auf den nächstbesten Stuhl und kam gleich zur Sache.
>>Nun Allen? Wann kann ich in die band zurück?<<
Allen wippte in seinem Sessel, tippte mit seinem Kugelschreiber auf die Schreibunterlage.
>>Tja, Rory, Ian Bellmore wird leider vom Publikum nicht angenommen. Hatte es anders erwartet, aber finanziell kann ich mir ein Abrutschen der band nicht leisten. Da alle nach Dir schreien, weil Du ja quasi ein Überlebensheld für die Fans bist, denke ich, bist Du wieder aufgenommen. Brauchen wir eigentlich nur noch vertraglich festzuhalten... .<<
Rory packte Allen am Schlawittchen.
>>Jetzt hör` mal gut zu, Du Arschgeige. Schlimm genug, dass Du hinter meinem Rücken Intrigen gesponnen und mich aus der band gedrängt hast. Aber sollte ich dahinterkommen, dass Du irgendetwas mit meiner Entführung zu tun hast oder womöglich mit Majas Tod, dann schwöre ich Dir, wird es Dir schlecht ergehen. Hast Du das verstanden, ja oder nein?<<
Allen würgte. Rory ließ locker.
>>Wie kommst Du darauf, dass ich Dich hintergehe? Wir sind doch immer Freunde gewesen!<<
>>Gewesen, Du sagst es. Also nimm Dich in vor mir in acht!<<

Rory richtete sich kerzengerade auf und verließ das Arbeitszimmer von Allen. Und knallte die Türe hinter sich zu.

Draußen frohlockte er. Er hatte eine Möglichkeit gefunden, ihm die Wurzel zu schrubben, ohne preiszugeben, dass er von Allens Verbindung zu der International Transfer Corporation wusste. Dennoch blieb ein schales Gefühl zurück. War Maja nun an einem Unfall gestorben, der sich Tag für Tag irgendwo in der Welt ereignete? Oder war sie ermordet worden?

Als er seine Haustüre aufschloss, rief Sarah aus der Küche, dass er Post in seiner mailbox habe. Rory setzte sich gleich an seinen PC und schaute hinein. Es war das FBI, das ihm eine Codenummer und ein Passwort gegeben hatte. Sie teilten ihm den Abschluss ihrer Untersuchungen hinsichtlich Majas Unfall mit. Sie hatten die Identität des Unfallfahrers nach langem Befragen von Zeugen feststellen können. Es handelte sich um Abdullah Fahrir, der unter Terrorverdacht in der Kartei des FBI geführt wurde.

Rory traf der Schlag. Al Quaida! Hatten sie sie doch erwischt.

Er dachte an die Drohung, die al Quaida Maja gegenüber in seinem Haus ausgesprochen hatte. Nun war ihm klar, dass er und seine Familie in großer Gefahr schwebten. Er lief die Treppe zur Küche im Laufschritt herunter und warnte Sarah, das Haus zu verlassen.

Er wolle zum MI 6, sie bräuchten dringend Personenschutz. Eventuell müsse er ins Zeugenschutzprogramm des FBI aufgenommen werden, wenn sie diesen Abdullah in den USA schnappten. Sarah war nicht nicht gerade begeistert, in ihres Vaters Haus allein zurückbleiben zu müssen. Rory erzählte ihr in allen Einzelheiten, weshalb. Sarah erschrak zutiefst.

>>Soll` ich nicht mitkommen, dad?<< fragte sie. >>Al-

lein habe ich hier Angst!<<
>>Na gut, steig` ein<<, sagte Rory.
Und mit durchdrehenden Rädern startete er den Landrover in Richtung MI 6.

Der graue Beamte hatte zum Glück gerade Zeit für sie. Ihm lag die FBI - Akte schon vor.
>>Wir überwachen Sie bereits Tag und Nacht. Außerdem dürften Sie den Wagen bemerkt haben, der Ihnen, so weit es geht, unauffällig folgt. Mehr können wir hier für Sie eigentlich nicht tun. Vielleicht sollten Sie bis auf Weiteres das Land verlassen. Wir kennen da eine Möglichkeit, wo Sie erst einmal untertauchen können. London ist voller Terrorverdächtiger. Wir haben alle Hände voll zu tun, derer lückenlos habhaft zu werden. Solch einen Anschlag wie in 2005 möchten wir nicht noch einmal erleben müssen. Ziemliche Blamage für meinen Dienst<<, fügte er selbstkritisch hinzu.
>>Also, was sagen Sie zu meinem Vorschlag?<<
Rory und Sarah waren einverstanden.
>>Wir prüfen auch, ob Allen Harris etwas mit dem Auftragsmord zu tun hat. Lassen Sie besser die Finger von ihren Amateurermittlungen. Das ist zu gefährlich. Die sind Ihnen haushoch überlegen. Wahrscheinlich wollten sie Sie mit der Ermordung Majas einschüchtern, mit der Ermittlung aufzuhören. Anscheinend soll niemand erfahren, dass man Sie im Sudan festgehalten hat. Die fürchten einen Drohnenangriff der Amerikaner. Vielleicht soll ihr Unterschlupf noch weiteren Aktionen dienen. Aber keine Angst. Der Militärgeheimdienst der USA ist schon informiert. Die kartieren schon sorgsam ihre Aussage. Besonders Maja Hesterkamp hat zur Aufklärung beigetragen. Deshalb mußte sie wohl auch sterben. Aber keine Angst, bald wird dieses Rattenloch ausradiert.<<

Rory erstarrte. Maja hatte das ihm gegenüber mit keinem Sterbenswörtchen erwähnt. Wieso hatte sie ihm ihre Erkenntnis nicht anvertraut? Rory hörte nur durch einen Schleier seiner Gedanken, was der Beamte ihm noch mitteilte.
>>Denken Sie immer daran, wenn sie irgendetwas über die Terroristen verraten, dann kriegen Sie mächtig Druck von deren Seite zu spüren.<<
>>Das habe ich bemerkt<<, gab Rory bitter zurück.
>>Darum sollten Sie jetzt schleunigst ihre Koffer packen. Ein Wagen wird vor ihrem Haus auf Sie warten. Wir bringen Sie außer Landes. Packen Sie genügend ein, es könnte zu einem längeren Aufenthalt werden. Und noch eins. Kein Wort über handy, mail oder ähnliche Medien, haben wir uns verstanden?<<
Rory nickte zustimmend. Die graue Maus wies ihn in Richtung Türe. Draußen am Eingang wartete schon Sarah ungeduldig auf ihn.
In Windeseile waren die vollen Koffer im Wagen verstaut, und der Fahrer nahm Kurs auf Biggin Hill Airport London. Dort stand eine vollgetankte hawker für Rory und Sarah bereit, die sofort zur Startbahn rollte, als die Türe hinter ihnen von dem Kabinenpersonal geschlossen worden war.
Die Maschine schraubte sich in den Himmel. Mit unbekanntem Ziel.

Am nächsten Morgen gegen sechs Uhr wurde bei Allen Harris lautstark geklopft. Allen Harris war noch im Schlaf, als die Türe durchgetreten wurde und eine vermummte Spezialeinheit mit Maschinengewehren geschmeidig und lautlos die Treppe zum Schlafzimmer raufeilte, die Türe zu Allens Schlafzimmer aufstieß. Überrascht riss er die Hände hoch und ließ sich die Handschellen anlegen, nachdem man ihm stakkato-

haft den Verhaftungsgrund vorgetragen hatte.
Wegen des Verdachts der Anstiftung zum Mord an Maja Hesterkamp wurde er nun abgeführt. Ebenso wegen Anstiftung zur Entführung durch seine Mitwirkung bei al Quaida und seiner Mitgliedschaft in einer terroristischen Vereinigung. Scotland Yard durchsuchte anschließend sein Haus. Die NSA hatte seinen email - Verkehr abgehört und an das FBI weitergegeben. Die informierten umgehend Scotland Yard. Verbunden mit dem Antrag auf Auslieferung an die United States.

Rory wurde Allens Verhaftung ebenfalls mitgeteilt.
Er befand sich mit mittlerweile mit Sarah auf einer Insel im Pazifik. Beide hatten nicht einmal Elaine und Peter informieren dürfen, da auch sie überprüft wurden, eventuell Verbindungen zur al Quaida und der Naziorganisation zu haben.
Bis sich das Gegenteil herausstellen würde, war der Funkverkehr verboten. Sarah nutzte die Gelegenheit, sich am Strand in die Sonne zu legen. Sie fand das Abenteuer ziemlich cool. Rory verfiel wieder seinen Depressionen, kam tagelang nicht aus seinem Bett heraus. Außerdem machte ihm das heiße Klima zu schaffen.
Internet stand ihm zur Verfügung, aber sein email - Programm durfte er nicht nutzen. Der Geheimdienst ihrer Majestät hatte andere Möglichkeiten, mit ihm in Kontakt zu treten, wenn es nötig war, und er tat es von Zeit zu Zeit.
Darum blieb Rory nichts anderes übrig, als tagsüber zu schlafen und gegen Abend im internet nach Hinweisen zu suchen.
Er nahm die Terrorgruppe um diesen Abdullah Fahrir genauer unter die Lupe. Die waren anscheinend über die Küste in die USA gekommen und in Texas unterge-

taucht. Sie schienen in den USA zu Rechtsextremen ebenso Kontakt zu haben wie in Europa. Rory staunte. Al Quaida konnte sich weltweit auf ein Netzwerk stützen.
Schwierig, ihnen insgesamt das Handwerk zu legen. Der Krieg gegen den Terror, so fand er heraus, war kein schwarz - weißer mit klaren Fronten. Er tobte unerkannt in der Nachbarschaft, war schwierig auszumachen. Wie ein schlummernder Vulkan, der plötzlich an der Oberfläche ausbricht. Eigentlich war er mit Maja nirgendwo sicher gewesen. William traf keinerlei Schuld. Er hatte es nur gut mit ihnen gemeint, konnte ihren Tod nicht vorhersehen.
\>>Wie würde es weitergehen?<< fragte er sich.
\>>Würden Sarah und er immer in Lebensgefahr schweben?<<
Er stellte die Frage dem Geheimdienstler, der sich sporadisch nach ihm und Sarah erkundigte.
\>>Nein<< meinte er. >>Wenn das Rattenloch ausgemerzt ist und die Terrorgruppe in Texas verhaftet, dann könne er getrost sein vorheriges Leben wieder aufnehmen.<<
Wieder auf tour gehen, neue Alben herausbringen?
Rory gefiel der Gedanke angesichts seiner Trauer nicht. Er fühlte sich ohne Maja nur noch verloren und einsam. Sie war ein Stück seiner selbst geworden, und ein normales Leben ohne sie konnte er sich nicht mehr vorstellen. Aber er musste da durch. Sie würde nie wieder zu ihm zurückkehren. Sie lag in Oberhausen auf dem Friedhof.
Tobias, so hatte er gehört, hatte einen Selbstmordversuch unternommen. Auch er konnte nicht mehr mit seinem tiefen Schmerz leben. Machte sich unentwegt bittere Vorwürfe. Kam auch nicht mehr allein aus der Spirale seiner Trauer heraus.

Johannes Maro kümmerte sich jetzt intensiv um ihn. Die Mitglieder der Galerie Dingsda standen immer noch unter Schockstarre. Die geplante neue Ausstellung fiel ins Wasser. Jeder leckte auf seine Art seine seelischen Wunden.
Rory spürte weitere Verbindungen der al Quaida auf. Er ging Williams Hinweis nach, dass diese von der Drogenmafia finanziert sein könnte.
Er fragte sich, mit Hilfe welcher Staaten das möglich war. Deutschland schien ein Drehpunkt für Drogen und Geldwäsche zu sein.
In manchen Kleinstädten standen Spielhöllen, Friseurläden und Banken in Verdacht, Geldwäsche im großen Stil zu betreiben. Der Iran galt als größter Heroinverkäufer der Welt. Und in dem benachbarten Afghanistan bauten die Bauern auf ihren Feldern das Opium an.
Die paar tausend US - Soldaten waren gar nicht in der Lage, die vielen Felder in diesem unzugänglichen, großen Land abzubrennen. Anschließend erfolgte der erneute Anbau. Die Bekämpfung schien eine Sisyphosarbeit zu sein.
Die Taliban standen nun unter Verdacht, die Drogenbauern mittlerweile in ihrem Anbau zu unterstützen, entgegen ihrer früheren Auffassung, gegen Drogen eingestellt zu sein.
Al Quaida - Terroristen standen jedenfalls bei ihren Einsätzen unter Drogen. Und die Taliban hatten dieser Terrororganisation ihre Ausbildungslager in Pakistan und Afghanistan überlassen. Zudem sickerten diese Kämpfer immer häufiger in Pakistan ein, bedrohten dort die Bevölkerung.
Fatal, dass die Bushregierung das equipment für die al Quaida - Bekämpfung 2003 in den Irak verlegt hatte. So war der Krieg gegen den Terror und die Dro-

gen zum Erliegen gekommen und al Quaida und die Taliban konnten erstarken. Mit verheerenden Folgen. Seither starben viele US - Soldaten und Kämpfer der ISAF in Afghanistan, besonders viele im Jahre 2010.

ISIS, der rechte Arm der al Quaida, schwang sich durch den Syrienkrieg zu ungeahnter Größe auf. Und bedrohte nun als nicht anerkannter Islamischer Staat die gesamte Nahostregion. Die Geister, die sie gerufen hatten, wurden sie nicht nun nicht mehr los.

Rory fragte bei seinem nächsten Anruf Frank, den Geheimdienstler, ob er Kontakt zu Susan Forrester in Camebridge, Massachusetts, aufnehmen könne, die eine ausgewiesene Expertin für die Drogenmafia hinsichtlich der Finanzierung von Terrorbanden darstellte. Frank gab nur zögernd seine Erlaubnis, bestand aber darauf, die Leitung selbst zu ihr legen zu wollen, um Rorys Spur zu verwischen.

>>It `s roaming around<<, wies ihn Frank darauf hin.

Die NSA überwachte Studenten in aller Welt, die an Programmen zur Verwischung von Spuren im internet arbeiteten, denn al Quaida und andere Kriminelle machten sich diese Technik ebenfalls zunutze. Schwierig, sie dann noch aufzuspüren. Und Studenten waren meistens knapp bei Kasse. Für ein entsprechendes Salär verkauften sie das System nichtsahnend an eine dubiose Firma oder wurden auch direkt von den Unterstützern der al Quaida ausgespäht. Es hieß auch, laut des Geheimdienstchefs des MI 6, dass Edward Snowdon mit seinen Enthüllungen über die NSA den Terrorbanden nachhaltig geholfen habe, sich zu tarnen.

Rory war gespannt. Vielleicht könne Susan ihm weiterhelfen, Licht in das Dunkel der Verbindungen zu al Quaida zu bringen.

Am anderen Ende meldete sich eine sympathische

Frauenstimme. Rory hatte mit einer eher strengen, älteren Lehrerin gerechnet, die ihm emotionslos einen belehrenden Vortrag halten würde, aber nichts von alledem strahlte Susan auf ihn aus.
Ganz im Gegenteil. Sie weckte in ihm sofort den Wunsch, sie mal persönlich kennenlernen zu dürfen. Sie hatte einen Anschlag der al Quaida in Ägypten überlebt und sich beruflich mit den Hintermännern auseinandergesetzt. Jetzt stellte sie ihre Erkenntnisse in Büchern vor. Und die westlichen Geheimdienste verwerteten einige ihre Analysen in ihrem Antiterrorkampf.
>>Susan, wie muss ich mir das vorstellen?
Ich wurde am Gilf Kebir mit meiner Partnerin entführt, in den Sudan verschleppt, musste dort, wochenlang gefesselt, in einem Verschlag ausharren und wurde dann von der ägyptischen Armee befreit, als die Terroristen uns in einem Laster Richtung Grenze Ägyptens schaukelten. Nun habe ich mehrere Verbindungen von der und zu der al Quaida ausfindig machen können, aber inwiefern könnte denn die Drogenmafia eine Rolle hinsichtlich des Motivs meiner Entführung gespielt haben?
Ich bin ein weltbekannter Rockmusiker. Auf gigs stets von der security abgeschottet.
Nun ist meine Partnerin in Texas von einem Wagen überrollt worden. Mit tödlichem Ausgang. Der Fahrer war ein Adullah Fahrir, der der Terrorszene zuzuordnen ist. Mein drummer und meine Exfrau werden zur Zeit noch auf Herz und Nieren geprüft. Wer sollte denn da von der Drogenmafia eventuell seine Hände im Spiel haben, können Sie mir dazu etwas sagen?<<
>>Erwarten Sie erst einmal eine allgemeine Antwort oder eine speziell auf Sie zugeschnittene?<<unterbrach ihn Susan.

Rory war verblüfft.

\>\>Beleuchten Sie ruhig erst einmal den allgemeinen Hintergrund, den ich nicht kenne.<<

\>\>Nun, die Drogenmafia der Türkei hängt mit den grauen Wölfen zusammen, die im faschistischen Spektrum angesiedelt sind.

Nazis und Drogenhandel stehen in Verbindung, falls Sie das ansprechen wollten. Außerdem hat jedes eher rechtsgerichtete Regime dort seine Finger im Spiel. Es geht um sehr viel Geld und infolgedessen um Macht.

Die al Quaida wird unter anderem aus Drogengeldern finanziert, sogenannten Kurierdiensten. Zudem erwirtschaften sie Millionen durch Lösegeldzahlungen, die ihnen die Europäer geben. Die Vereinigten Staaten und UK weigern sich, Lösegeld zu zahlen. Die ISIS entführt auch ständig Westler und bringt sie um, wenn nicht gezahlt wird. Außerdem stehen Geschäftsleute aus Saudi - Arabien, Katar und den Golfstaaten unter Verdacht, sie über Wohlfahrtsorganisationen stark gemacht zu haben, wie Sie wahrscheinlich schon wissen.

Die ISIS hat sich aber nach der Erbeutung einer großen Kriegskasse ziemlich schnell finanziell unabhängig machen können. Außerdem versuchen sie mit Erfolg, sich die Ölfelder unter den Nagel zu reißen, um das Öl auf dem Schwarzmarkt zu verkaufen, das dann wiederum in Europa landet.

Die brauchen aber weiteres leichtes Kriegsgerät und Waffen, die ihnen ja jemand verkaufen muss. Exporteure des Todes aus aller Welt sind ihnen dabei behilflich. Da geht es nur ums Geschäft. Nationen oder Moral spielen da überhaupt keine Rolle.

Das macht diese Terrorbanden so gefährlich, und darum kann man sie auch so schlecht bekämpfen. Das Problem zu beseitigen ist schwierig, da sich ihre

Kämpfer meist aus armen perspektivlosen Außenseitern der Gesellschaften rekrutieren, die Integration ja weitestgehend gescheitert ist oder erst gar nicht von den europäischen Staaten angestrebt worden. Aber auch Bürgerliche aus normalen Mittelstandsfamilien findet man unter ihnen, die zum extremistischen Islam übergetreten sind.
Die andere Gruppe sind Kriminelle, deren Heimatländer froh waren, sie loszuwerden, und die kommen nicht allein aus den arabischen Staaten.
Konvertiten aus ganz Europa und von überall her lassen sich anheuern und werden entsprechend gedrillt. In sogenannten Ausbildungslagern, die von den USA mit Drohnen und Bombardierungen ausradiert werden. So im Jemen und in Pakistan.
Dabei muss natürlich auch auf die internationalen Gesetze Rücksicht genommen werden. So einfach einen fremden Staat ohne Kriegserklärung zu bombardieren, ist schwierig. Zu schnell wird das Völkerrecht geltend gemacht und die Aktionen zum Angriffskrieg gegen die Zivilbevölkerung hochstilisiert, da sich die Terroristen am liebsten zwischen Zivilisten, bevorzugt Frauen und Kindern, verbergen.
Im Falle der Bombardierung kann man Stimmung dagegen machen, wenn dabei insbesondere Kinder zu Tode kommen. Aber es gibt zu viele Dschihadisten. 43.000 sollen es in aller Welt sein. Da wächst eine sehr große Bedrohung für uns alle heran.<<
>>Ja, aber weshalb hat es mich ereilt? War es reiner Zufall, oder hatte es irgendwer auf uns abgesehen? Die Frage treibt mich um.<<
>>Haben Sie irgendwelche Konkurrenten, die Sie loswerden wollen? Solche, die Drogen schlucken? In Ihrem Metier soll es doch so viele Musiker geben, die drogenabhängig sind<<, hakte sie nach.

>>Für meinen Teil, ich nehme keine und habe nie welche genommen. Aber es stimmt, viele Kollegen schwören darauf.<<

>>So, dann überlegen Sie sich doch erst einmal, wer Ihrer Kollegen einen Vorteil gehabt hat, dass sie aus der band verschwinden mussten.<<

>>Allen Harris, aber der ist bereits verhaftet, gehörte einer dubiosen Naziorganisation an, die unsere Musikgesellschaft, die danyrecords, aufgekauft hat. Die bestanden auf meine Entfernung und wollten anstelle meiner Wenigkeit diesen Frischling Ian Bellmore als Leadsänger der Misfires aufbauen.<<

>>Ist dieser Bellmore auch ein Mitglied dieser Naziorganisation?<<

>>Das weiß ich nicht zu beantworten, tut mir leid.<<

>>Schluckt er vielleicht Drogen oder bewegt er sich auffällig in Drogenkreisen? Vielleicht finden wir ja da den Anhaltspunkt.<<

>>Soviel ich weiß, hat er mal deswegen Schwierigkeiten mit der Polizei gehabt. Kann sein, dass er abhängig ist, um sich aufzuputschen. Manche Rockmusiker gehen stoned auf die Bühne, um im Rausch bessere Leistungen zu bringen und mehrere Stunden durchzuhalten.

Die Bühnenshows sind extrem anstrengend, fordern viel Kraft und Durchhaltevermögen. Nicht jeder bringt das ohne Aufputschmittel zustande. Ich habe das nie nötig gehabt. Meine Sinne zu vernebeln führt nur dazu, dass ich gar nicht mehr in der Lage bin, zu singen und gleichzeitig meine e - Gitarre zu spielen. Das stellt für mich ein Ding der Unmöglichkeit dar.<<

>>Sind Sie denn mal von Drogendealern angesprochen oder eventuell genötigt worden, ihnen Drogen abzukaufen?<<

>>Nein, deshalb haben wir ja auch die Leute von der

security, die uns vor solchen Gestalten abschirmen.<<
>>Nimmt jemand aus Ihrer band Drogen?<<
>>Soviel ich weiß, nicht. Aber meine Hand möchte ich dafür nicht ins Feuer legen. In Allen Harris, meinem langjährigen Freund, habe ich mich auch völlig getäuscht.<<
Rorys Stimme klang verlegen, als er ihr sein Missgeschick beichtete.
>>Nun, fassen wir mal zusammen<<, meinte Susan. >>Ein persönliches Motiv für einen Rachefeldzug gegen Sie muss noch erst ergründet werden. Wen hätten Sie denn sonst noch in Verdacht? Mal ganz allgemein gesprochen?<<
>>Eddy Hyde, den Tourenveranstalter und Expeditionsleiter. Der hat sich mir in London stark aufgedrängt, ich sollte die Reise unbedingt antreten.
Aber auch mein drummer und Allen waren mit von der Partie. Eddy hat sich merkwürdig verhalten, als ich ihm vor unserer Entführung mitteilte, dass ich von einem Felsen aus einen Laster mit Terroristen erspäht habe. Er hat das vor Ort heruntergespielt. Mir kam er nicht ganz kosher vor. Kann aber nichts Konkretes gegen ihn zu Felde führen.<<
>>Nun, es ist möglich, dass er wegen seiner Verbindungen zur Drogenmafia in der Sache drin hängt, denn auch Reisebüros wie Hotelanlagen werden oft über Geldwäsche finanziert. Sie müssten da noch Konkreteres über ihn in Erfahrung bringen.<<
>>Ja, aber er ist durch die Entführung fast pleite. Die Touristen meiden jetzt den Gilf Kebir. Die Außenministerien raten dringend von Reisen dorthin ab. Wir haben auch rausbekommen, warum. Dort werden riesige Erdölvorkommen vermutet, und immer da trifft man auf islamistische Banden, was kein Zufall ist. Die wollen sich das Öl unter den Nagel reißen, mit Hilfe

einer Macht, die es dann ausbeutet. Die USA sind es jedenfalls nicht.<<
>>Aha, so ist das also. Hat er denn nur Afrikatouren im Angebot oder auch noch Reisen in andere Gegenden?<<
>>Soviel ich weiß, ist er auch im Chinageschäft tätig.<<
>>Dann kann er doch unmöglich pleite sein!<< wendete Susan ein. >>Da würde ich an Ihrer Stelle noch mal nachhaken. Vielleicht hat er ein persönliches Interesse gehabt, Ihnen zu schaden. Versuchen Sie, mehr über ihn rauszukriegen. Wenden Sie sich an seine Konkurrenten und befragen Sie die mal. Vielleicht erfahren Sie das eine oder andere. Im Großen und Ganzen scheint ja auch ein persönliches Motiv vorzuliegen, Sie aus der band zu drängen.
Wobei es sicherlich um Millionen gehen dürfte, da >The Misfires< zu den international tourenden bands gehören, die seit den Achtzigern ununterbrochen auf der Bühne stehen. Denke mir, dass es da um das ganz große Geschäft geht.<<
>>Aber wieso traf es dann auch meine Partnerin, Maja Hesterkamp, die eine große Künstlerin war? Sie hat doch mit meiner band nichts zu tun gehabt. Wir waren doch auch erst kurz zusammen.<<
>>Die haben nur ein Exempel an ihr statuiert. Als Warnung an Sie, mit den Ermittlungen aufzuhören und dem MI 6 nichts mitzuteilen.<<
>>Das hat mir der Geheimdienst auch schon mitgeteilt.<<
>>Na also, da haben Sie es doch. Die wussten, wie Sie Ihnen wehtun können. Darum, erst einmal vorsichtig bei Ian Bellmore und Eddy Hyde nachforschen. Dann sehen wir gemeinsam weiter, einverstanden?<<
Rory war einverstanden. Er hätte ihr gerne eine Ein-

ladung zum Abendessen ausgesprochen, aber er saß ja auf dieser Insel im Zeugenschutzprogramm fest. Er wusste sich keinen Rat.
>>Wenn ich mich wieder in der Öffentlichkeit zeigen kann, dann würde ich gerne beim Bier mit Ihnen näher darüber sprechen. Darf ich Sie dazu auf unbestimmte Zeit einladen?<<
Es entstand eine Pause am anderen Ende der Leitung.
>>Wenn Sie sich die Mühe geben wollen, nach Cambridge zu kommen?<< gab Susan etwas zögerlich zu Bedenken.
>>Gut, das werde ich. Ich melde mich aber vorher telefonisch bei Ihnen. Vielleicht kann ich dann schon mit Antworten aufwarten<<, versuchte er sie zu locken.
>>Die eventuell ein weiteres, konkretes Licht auf Ihr Spezialgebiet werfen könnten.<<
Rory klang in seinem letzten Satz nicht so überzeugend und lauschte gespannt in den Telefonhörer. Aber Susan legte sogleich nach.
>>Sicher, die Möglichkeit besteht. Also, bis demnächst!<<
Und legte auf.

Um mit den Konkurrenten von Eddy Hyde in Kontakt zu treten, sah sich Rory gezwungen, erst einmal eine Genehmigung vom Geheimdienst einzuholen.
Frank war mittlerweile mit seiner Angelegenheit so vertraut, dass er ihm das selbst vorschlug. Binnen zwei Stunden war die Verbindung gesichert, und Rory telefonierte sich durch einen Dschungel von Reiseagenturen, die die gleichen Angebote im Programm wie Eddy hatten und wie er in Notting Hill saßen. Nach drei Fehlschlägen meldete sich ein alter Kumpel und ehemaliger Mitarbeiter am anderen Ende der Leitung.
>>Hi Rory, na, wenn das mal keine Überraschung ist.

Der Rockstar persönlich meldet sich bei mir. Eure Musik ist echt groovy. Habe von Ihrer Entführung gehört. Leider keine gute PR für unser Geschäft. Was kann ich für Sie tun? Möchten Sie verreisen?<<
>>Nein Brian, schönen Dank. Aber eine andere Frage hätte ich schon. Sie wissen ja, dass Eddy unser Expeditionsleiter war. Er hat sich so merkwürdig verhalten. Haben Sie etwas über ihn gehört?<<
>>Ach Eddy, ja klar. Der war schon immer merkwürdig, war einmal sein Mitarbeiter. Haben uns aber wegen nicht auszuräumender Differenzen getrennt. Klingt nach `ner Ehescheidung. Hatt `sich auch so ähnlich abgespielt. Nun, ich habe ehrlich gesagt, kein Vertrauen zu ihm. Eddy hatte auch schon damals etwas eigenartige Kontakte. Konnte das nie so recht nachvollziehen.
Was Ihre Entführung angeht, habe ich übrigens ein Gespräch mit seinem Agenturmitarbeiter geführt. Der wunderte sich, dass sein Chef die Nachricht von dem Laster mit den Terroristen, den Sie erspäht hatten, so cool rüberbrachte, als sei da keine Gefahr vorhanden. Normalerweise hätte er das zum Anlass nehmen müssen, sich auch mit der ägyptischen Agentur in Verbindung zu setzen. Die hätte dann das Innenministerium informiert. Und die wiederum hätten entschieden, dass er die Expedition aus Sicherheitsgründen sofort abzubrechen hat, was er schier unterlassen hat. Wir haben uns darüber sehr gewundert. Das war totaler Leichtsinn.
Wahrscheinlich muss er sich jetzt für die Entführung und den Tod des einen Expeditionsmitglieds vor Gericht verantworten. Ich möchte nicht in seiner Haut stecken. Verstehe ihn, ehrlich gesagt, nicht.<<
>>Hatte er irgendwelche Kontakte zu dubiosen Gesellschaften? Gehörte er zur rechten Szene oder hatte

er Kontakt zu Drogendealern?<< legte Rory nach.
>>Nein, mit der rechten Szene hatte er meines Erachtens nichts zu tun. Aber so genau kann ich das nicht sagen. Drogen kommen vielleicht schon eher in Betracht, obwohl ich dazu eher im Dunkeln tappe. Er trieb sich immer mit Türken und Arabern herum. In unserem Beruf eigentlich unerläßlich, aber die sahen nicht nach seriösen Reisebürovertretern aus. Wer weiß, wer die waren.
Nach dem Anschlag in London 2005 wurde mir die Angelegenheit zu mulmig, und ich habe mein eigenes Reisebüro aufgemacht. Auf anständige Weise. Man kann zwar niemanden mehr dazu raten, denn wenn du sauber bist, schwebt über dir laufend der Pleitegeier.
Der Geschäftseinbruch macht der Branche, dank der vielen Terroranschläge in aller Welt, schwer zu schaffen. Nach 9/11 war es besonders schlimm. Da wollte kaum noch jemand verreisen.
Eigenartigerweise hat das Eddy nie geschadet. Er verfügte komischerweise immer über Geld, konnte sich einen aufwendigen Lebensstil leisten. Wie gesagt, ist mir nicht bekannt, aus welcher Quelle es bei ihm so reichlich zu sprudeln scheint.<<
Rory war mit seinen Auskünften bisher zufrieden. Eddy schien hinsichtlich ihrer Entführung Dreck am Stecken zu haben.
Beim nächsten Gespäch mit Frank fragte er nach eventuellen Ermittlungen gegen Eddy Hyde. Frank durfte ihm keine Auskunft erteilen, hörte aber aus seiner Stimme heraus, dass der Geheimdienst wohl über genügend Informationen hinsichtlich seiner verborgenen Aktivitäten und Kontakte verfüge. Er fragte auch, ob Ermittlungsbehörden in seiner Sache tätig wären. Frank bejahte das ohne Umschweife.
>>Also doch<<, so sagte sich Rory, >>anscheinend

habe er den richtigen Riecher gehabt.<<
Eddy war für ihn von Anfang nicht koscher.
Nun war da noch die Frage nach Ian Bellmore. Eigentlich ein eher unauffälliger, sympathisch zu nennender Typ, befand Rory. Wieso er in die Sache verstrickt sein sollte, konnte er sich nicht vorstellen. Ian galt als menschenfreundlich, sei teamfähig und verfüge auch über keinerlei Neidgefühle. Sein Verhalten zeige eher Sozialkompetenz.
Aufsteigen will im Musikgeschäft ja jeder. Aber Ian war durch unsaubere Methoden bisher nicht aufgefallen. Und Drogen nahmen viele in dem Geschäft. Das musste nichts weiter bedeuten. Er hätte jetzt auch nicht gewusst, an wen er sich wenden sollte, um mehr über Ian zu erfahren.
Im Grunde blieben alle Erkenntnisse immer noch unter einem Schleier des nicht Fassbaren verborgen.
Wie sollte er als Privatperson herausbekommen, ob sie tatsächlich über so viel Macht verfügten, die al Quaida gegen ihn in Gang zu setzen? Und ob es nur ein privates Motiv gegeben hatte?
Denn wieso hatte zur gleichen Zeit ein Terroranschlag der al Quaida in Khartoum gegen Geschäftsleute stattgefunden? Irgendwie waren diese Ereignisse doch in einem größeren Rahmen, aus einem politischen Kontext heraus, geschehen. Inwiefern spielte er da noch für die Entführer eine Rolle? Auch darauf konnte er sich keinen Reim machen.

Nach weiteren zwei Wochen vergeblichen Nachforschens und Wartens informierte ihn Frank, dass Sarah und er in die USA geflogen würden, wo er unter Polizeischutz auf Martha`s Vineyard eine Weile leben dürfe.
Rory überwältigte die Aussicht auf einen Ortswechsel,

da er sich auf der Pazifikinsel ziemlich abgeschoben vorkam.
Das FBI wolle ihn noch zur Entführung vernehmen, um in der Sache eventuell weitere Hinweise zu bekommen. Jedes noch so kleine Detail könne sie auf die Spur weiterer Islamisten führen.
Die Geheimdienste der USA und UK hatten bereits ihre abschließenden Berichte, aufgrund der Aussagen von Rory, Maja und anderer Expeditionsteilnehmer. Sie wollten Rory bis auf weiteres nicht mehr befragen.
Er hätte natürlich gerne von Frank erfahren, ob die Operation gegen das Versteck der Islamisten im Sudan gelaufen war, aber der Geheimdienstler durfte dazu keine Stellungnahme abgeben.
Seiner heiteren Laune zufolge und der zuvor erteilten Entwarnung hinsichtlich ihrer lebensbedrohlichen Situation, entnahm Rory, dass sie das Rattenloch wohl erfolgreich ausradiert und das Umfeld von Abdullah Fahrir ebenfalls erfolgreich durchgecheckt hatten. Vielleicht war es sogar bereits zu Verhaftungen gekommen. Zumindest aber zur Observierung seines gesamten Umfelds, inklusive seiner Kontakte. Die Gefahrenstufe war herabgesetzt, das klang in seinen Ohren jedenfalls ermutigend.
In Boston wartete ein Polizeikonvoi auf sie. Die Fahrt zur Fähre nach Martha`s Vineyard fuhren sie in Kolonne. Rory empfand diesen Aufwand als zu auffällig. Der leitende detective versprach ihm eine private security auf der Insel, als üblichen Schutz für Prominente. Was Rory und Sarah ungemein beruhigte.
Beide wurden zu dem hoch gesicherten Anwesen eines befreundeten Rockmusiker chauffiert.
Jack McLoughlin, der frontman der >Wise Men< erwartete sie schon ungeduldig, war gespannt auf Rorys Schilderungen seiner Entführung.

Im Gegenzug wurde Rory die Möglichkeit eingeräumt, Telefonate nach außen auf einer sicheren Leitung zu führen.

Der Geheimdienst hatte sich vorher von Jack versichern lassen, dass er kein Sterbenswort über die Anwesenheit von Rory McKenzie und seiner Tochter in seinem gesicherten Anwesen zu irgendjemanden verlautbaren lassen würde. Jack war viel zu sehr Abenteurer, als dass er sich diese Gelegenheit durch die Finger hätte gehen lassen.

Er hatte zwar eine Aversion gegen Geheimdienste, und wegen seines Drogenkonsums stand er nicht gerade im besten Verhältnis zu den Drogenbehörden. Aber da er Rory schon einige Monate nicht mehr persönlich gesehen hatte, stimmte er der Forderung des Geheimdienstes ohne Widerspruch zu. Die Entwicklung der band war für ihn ebenfalls von brennendem Interesse. Die Gerüchteküche hatte ihm die Schwierigkeiten Rorys in seiner band zugetragen. Deshalb nun Näheres von ihm persönlich erfahren zu können, sah er in Rorys Anwesenheit auf seinem Feriensitz als die einmalige Gelegenheit an.

Rory vertraute Jack die gesamte Angelegenheit in allen Details an. Jack lauschte gebannt seinen Ausführungen. Das war ja spannend! Mit Ausnahme der Tragödie um Maja. Er schluckte, als er von Rory erfuhr, wieviel sie ihm bedeute.

>>Das ist ja echt hart, Mann!<< versuchte er ihn ein wenig aufzurichten.

>>Hätte das so ohne weiteres nicht verkraftet, Alter. Ich bewundere Dich. Beziehungen sind meine Achillesferse. Da würde ich nur noch Rotz und Wasser heulen und das monatelang. Kannst Du mir glauben.<<

Er hielt ihm einen joint hin. Rory bedankte sich abwehrend. Er offenbarte ihm nicht, dass er genau auf diese

Art unter ihrem Tod leide.
>>Hör` mal zu, Jack<<, versuchte er das Thema zu wechseln.
>>Weißt Du Näheres über Ian Bellmore?<<
>>Was genau willst Du denn wissen?<< hakte Jack nach, während er es sich in seinem ausladenden Sessel bequem machte.
>>Ob er Verbindungen zur Drogenmafia hat, oder Obskurem anhängt, zum Beispiel der rechten Szene.<<
Jack konnte damit nichts anfangen.
>>Obskure Szene? Meinst Du Gothic?<<
>>Nicht unbedingt. Aber vielleicht die Neonazis.<<
Jack pfiff durch seine Zähne.
>>Das kann ich mir nicht vorstellen. Der kifft zwar, aber viele tun das, ich unter anderen auch. Heißt noch lange nicht, dass wir irgendwelchen Verschwörern anheimfallen. Und rechts ist mir absolut suspekt. Ich bin solch` eine linke Sau, Du kannst Dir nicht vorstellen, wie. Trotz meines Geldes, trotz der Erfolge mit der band. Ich bleibe, was ich bin, woher ich komme. Aus einer Arbeitersiedlung im Süden Londons. Schottische Arbeiter. Wir haben das Herz auf dem rechten Fleck. Ich hab` nichts am Hut mit rechten Dumpfbacken. Sieht so aus, als habe Dein Ian Bellmore mit Deiner chose überhaupt nix zu tun. Der ist wahrscheinlich nur Verschiebemasse.<<
>>Mag sein<<, gab Rory zu. >>Bin zu ihm überhaupt nicht fündig geworden.<<
>>Um ihn geht es doch auch gar nicht<<, wendete Jack ein.
>>Dich wollen die kirre machen. Wer dann Deinen Platz einnimmt, war doch für die von zweitrangigem Interesse. Frag` Dich eher, wer von Deinem Abgang noch profitiert. Vielleicht will Dich irgendeine andere

Gesellschaft für die band, die sie promoten. Schon mal darüber nachgedacht?<<
Rory stutzte. William hatte mal angedeutet, für ihn eine neue band zu gründen, die seine Firma promoten würde, nachdem sie in die danyrecords kein Geld mehr investieren konnten. Die International Transfer Corporation hatte ihnen den deal weggeschnappt.
Und William hatte seinen Vorschlag erst angebracht, nachdem er von dem Börsendeal bezüglich der danyrecords erfahren hatte. Insofern kamen seine Firma und er erst recht nicht in Verdacht. Ganz im Gegenteil. William und Nelly bombardierten ihn ständig mit ihrem Mitleid und ihren Hilfeangeboten.
Eine neue band aufzubauen, damit sie das Publikum annahm, dürfte erheblich lange Zeit in Anspruch nehmen. Das sah auch William ein. Der Erfolg war jedenfalls in diesem Geschäft nicht vorprogrammiert. Er konnte sich das überhaupt nicht vorstellen. Diese angebliche Spur war gar keine. Das machte er jetzt Jack klar.
So saßen sie noch ein paar Stunden schweigend bei einem drink und lauschten den Geräuschen draußen. Der Wind trug den salzigen Duft des Meeres heran.
Rory überlegte, ob er nicht gleich morgen Susan Forrester kontaktieren solle. Bei dem Gedanken stieg in ihm ein elektrisierendes Gefühl von Vorfreude auf. Auf ihre erste Begegnung war er furchtbar gespannt.

Für Susan kam der Anruf überraschend.
Sie hatte nicht so schnell mit Rorys Abreise von der pazifischen Insel gerechnet. Denn er befand sich, ihren letzten Informationen zufolge, noch in der höchsten Gefahrenstufe.
Der Krieg gegen den Terrorismus zog sich manchmal extrem schleppend hin. Denn die Fronten befanden

sich weltweit inmitten vieler Gesellschaften und waren eben nicht eindeutig auszumachen. Nur über ein weltweites Abhörprogramm war eine lückenlose Ermittlung möglich. Aber nicht nur die staatliche NSA, sondern tausende, illegale Hacker waren gleichzeitig in der Lage, sich überall einzuklicken.

Das Geschrei über den Schutz empfindlicher Daten betraf nur die staatliche NSA. Dennoch hatte sie offensichtlich ihre Befugnisse weitestgehend überschritten. Der Unmut vieler Bürger in den USA und Europa, bis zu den Prominenten, war nachzuvollziehen.

Über die illegalen Abhörer regte sich aber niemand auf. Sollte die Abhörung zum Erliegen kommen, so war das zum Nutzen derer, für die diese Hacker arbeiteten, und das waren nicht selten Drogenmafia und Terroristen. Was würden die Kritiker der NSA dann unternehmen?

Nahmen sie überhaupt diese Gefahr wahr? Wahrscheinlich nicht.

Würden sie die NSA erfolgreich bekämpfen, dann würde die Gegenseite davon profitieren. Die Gefahr, dass es dann irgandwann zu spät sein könnte und erneut heimlich eine Diktatur installiert würde, erschien ihr groß. Ein ziemliches Dilemma, diese ganze Situation.

Die Mühlen der Geheimdienste und Behörden mahlten wiederum sehr langsam. Es bedurfte eben umfangreicher Ermittlungen, die halt auch ein Zeitproblem darstellten. Deshalb hielt sie diese plötzliche Entwarnung ein wenig für suspekt.

>>Aber, na ja<<, so sagte sie sich. >>Die Verantwortlichen müssen es ja wissen. Anscheinend hatten sie schnelle Erfolge aufzuweisen.<<

Sie verabredeten sich in einem kleinen, guten Restaurant in Camebridge, in der Nähe des Campus. Rory würde mit dem Landrover von Jack im Abstand zu einem Fahrzeug der security zur Fähre fahren. Die beiden bodyguards würden bei dem Treffen dabeisein. Das war unerlässlich. Susan war daran schon gewöhnt.

Sarah amüsierte sich derweil mit der Tochter von Jack am Strand, ebenso überwacht von einer Anzahl Männer der Sicherheit. Sie ließen sich die Sonne auf ihre Haut scheinen und tauschten sich intensiv über ihre ersten Liebeserfahrungen aus.

Die Fahrt nach Cambridge verlief ohne Zwischenfälle. Rory betrat voller Spannung das Lokal. Susan war noch nicht eingetroffen. Deshalb bestellte er sich an der Bar erst einmal einen drink, um sich Mut anzutrinken. Susans Stimme hatte in ihm einige Aufregung ausgelöst. Er musste sich erst einmal entspannen.

Plötzlich hörte er ihre magische Stimme hinter sich.

>>Hi Rory. Sie sind doch Rory?<<

Er drehte sich auf seinem Absatz um. Und war geblendet von ihrer Ausstrahlung. Sie trug ihr langes brünettes Haar offen.

Ebenmäßige elfenbeinfarbige Züge in ihrem Gesicht offenbarten sich ihm. Darin tiefliegende dunkelblaue Augen, die ihn lächelnd fixierten. Ein sinnlicher Mund mit vollen Lippen, der ihn anlächelte. Insgesamt verfügte sie über eine imposante schlanke Erscheinung, die seine Erwartungen übertraf. Sie trug ein chickes, betont schlichtes Kleid und eine Kette. Mehr war nicht nötig, um Aufsehen zu erregen.

Er war baff, brachte zunächst kein Wort heraus. Schweigend reichte er ihr seine Hand. Sie zeigte in Richtung des Tisches, den sie vorbestellt hatten.

>>Ist es Ihnen recht, dass wir uns setzen?<< ging sie auf sein Zögern ein. >>Ich bin nämlich ganz fertig von meinem Einkauf. War heute ein harter Tag für mich<<, verriet sie ihm leise.

Rory folgte ihr gehorsam, mit offen stehendem Mund. Sie schenkte ihm erneut ein Lächeln, als sie sich setzten.
>>Sie sind jetzt Gast auf Martha`s Vineyard?<< versuchte Susan eine Konversation in Gang zu bringen, denn Rory starrte sie unentwegt an, dass sie fast peinlich berührt auf ihrem Stuhl hin und herrutschte.
>>Jaja<<, pflichtete er ihr schnell bei.
>>Bei Jack McLoughlin. Wir haben uns schon länger nicht mehr gesehen. Eigentlich ist er ein alter Kumpel aus meinen wilden Londoner Jahren in den Achtzigern.<<
Susan hörte interessiert zu. Die Welt des Rocks bedeutete ihr etwas, war aber bisher noch nie persönlich einem ihrer Vertreter begegnet. Rory schien ihr im Gespräch ein ganz normaler Mensch zu sein, im Vergleich zu seinen manchmal exzessiven Bühnenshows. Aber das war es halt. Eine Show. Er kam ihr sehr nachdenklich vor. Gemessen an der Tatsache, dass er ein Terroropfer war, benahm er sich doch recht cool.
Eine gewisse Nervosität lag in seinen Zügen, hatte aber wohl eher mit ihrer Anwesenheit zu tun.
Ihr war nicht entgangen, dass er eine Schwäche für sie entwickelt hatte. Denn eigentlich hätten sie sich auch weiterhin am Telefon austauschen können. Dennoch gefiel es Susan, ihn näher in Augenschein nehmen zu dürfen. Gänzlich unsympathisch war er ihr nicht. Ganz im Gegenteil. Auch sie hing an seinen Lippen, als er ihr detailliert von seiner Entführung und Majas Tod berichtete.
>>Und? Was haben Sie herausgefunden?<< fragte sie ihn anschließend. Das bestellte dinner war mittlerweile aufgetragen worden, und Susan argumentierte mit der Gabel in ihrer Hand.
>>Sind Eddy Hyde und Ian Bellmore nun in die Sache

verwickelt oder eher nicht?<<
>>Nun, ich habe mit einem ehemaligen Mitarbeiter von Eddy gesprochen, der sich anschließend selbständig gemacht hat.
Eddy scheint Kontakte zu ominösen Arabern und Türken gehabt zu haben. Brian hatte sich nach dem Anschlag von 2005 in London von Eddy getrennt. Er traut ihm nicht mehr über den Weg. Er hält es für möglich, dass Eddy Verbindung zur al Quaida hat. Eddy hätte auch immer über Geld verfügt. Auch, als die meisten Reisebüros nach dem 9/11 pleite gingen und praktisch niemand mehr verreisen wollte.
Außerdem unterließ er es, die ägyptische Agentur zu benachrichtigen, als ich die Terroristen auf dem Laster erspäht hatte. Die hätte sich dann ans ägyptische Innenministerium gewandt und uns die Weiterfahrt verboten. Warum er das unterlassen hat, frage ich mich. Das erscheint mir im Nachhinein nicht sein bloßer Leichtsinn gewesen zu sein, sondern irgendeine Absicht muss seinem Verhalten zugrunde gelegen haben, diese Söldner auf unsere Spur zu bringen.
Aber warum? Das verstehe ich bisher überhaupt nicht.<<
>>Sein Motiv könnte vielleicht aus einer privaten Rivalität oder einem Revanchegedanken herrühren.<<
Susan schaute ihn unvermittelt an.
>>Tja<<, verhielt sich Rory zu dieser These. >>Das entzieht sich meiner Kenntnis.<<
>>Dann wird es schwierig, das herauszufinden. Aber es könnte der alleinige Grund sein. Vielleicht haben die ihm irgendetwas für seine Dienste versprochen? Was könnte das sein? Vielleicht Geld? Oder die Erweiterung seiner Geschäftskontakte? Beruflichen Erfolg? Er muss aber aus irgendeinem Grund eine Aversion gegen Sie haben<<, setzte Susan hinzu. >>Überlegen

Sie mal, was das sein könnte.<<
>>Da ich ihn erst seit der Reise kenne, weiß ich das natürlich nicht zu beantworten<<, gab Rory zu bedenken.
Nachdenklich betrachtete er ihre Hände. Susan hob den Blick. Er schaute ihr in die Augen, streichelte ihre Hände. Sie ließ es geschehen, genoss die intime Berührung. Beide lächelten sich an. Es entstand eine Pause voller zärtlicher Blicke und bedeutungsvoller Gesten.
>>Sollen wir gehen?<< flüsterte sie.
>>Wenn Du willst<<, erwiderte er sanft. Er holte ihren Mantel, und sie fuhren zu ihr.
Die beiden bodyguards bemerkten erst im letzten Moment, dass sie ihnen zu folgen hatten.
Mit fliegenden Fahnen rannten sie nach der hastigen Begleichung ihrer Rechnung zu ihren parkenden Wagen. Im Abstand folgten sie Rorys landrover, der aus Sicherheitsgründen nach mehreren Umwegen endlich in die kleine Straße einbog, in der Susan ein kleines Haus bewohnte. Eines dieser typischen weißgestrichenen, amerikanischen Holzhäuser.
Susan und Rory betraten Hand in Hand den Eingang ihres Domizils. Zeichen für das Überwachungsteam, es sich fünfzig Meter entfernt, in ihrem Wagen mit Kaffee und burger bequem zu machen. Bis Rory das Haus verlassen würde, konnte es lange dauern. Sie rechneten mit dem kommenden Morgen.
Rory hatte auf jeder Stufe, die er zu ihrem Schlafzimmer nahm, Susan nach und nach ein Kleidungsstück ausgezogen. Als sie das Bett erreichten, ließ er sich auf sie fallen. Sie küssten sich, als sei es das letzte Mal, bevor die Titanic unterging, so leidenschaftlich und voller Schmerz und Lust aufeinander. Sie zelebrierten ihren Höhepunkt, bis Rory sich atemlos zur

Seite rollte. Susan verharrte noch lange schweigend in seinem Arm, den Moment danach voll auskostend. Er spielte zärtlich mit ihrem Handgelenk. Küsste die Innenseite ihrer Hand. Ihre Lippen, ihre Augen. Seine zarten Liebkosungen erwiderte sie mit einem beseelten Lächeln.

Es hatte einfach passieren müssen. Ihre Biographien sprachen wortlos zueinander. Sie waren durch Resonanz miteinander verbunden.

Klang irgendwie verrückt, aber der Terror schweißt weltweit all` diejenigen zusammen, die sich im >Global war on terrorism< befinden.

Opfer ebenso wie Bekämpfer. Sie fühlen sich als eine zusammengehörige internationale Familie. Touristen, Zivilisten, Militärs, Politiker, Buchautoren und viele andere, die damit in unmittelbare Berührung kommen. Amerikaner, Briten, Italiener, Deutsche, Schweizer, Ägypter und Israelis und und und... . Sie suchen sich, und sie finden sich irgendwann.

Er fühlte nicht nur ihre Nähe. Er fühlte sich durch ihr persönliches Überleben eines Anschlages im tiefsten Inneren seines Wesens verstanden. Bis in die kleinste Falte seiner verletzten Gefühle. Susan korrespondierte mit ähnlichen Anwandlungen.

Es kam ihnen so vor, als gestalteten sie ihre gestauten negativen Erfahrungen zu einem tief empfundenen Miteinander um, bauten sich darin gegenseitig auf, gaben sich Schutz und Halt und viel viel Liebe.

Das Schlimmste an einem erlittenen Anschlag ist die absolute, traumatisch erfahrene Negation der Liebe.

Es ist ein Krieg mit Feindberührung. Wenn Dir jemand Dein Leben nehmen will, in der Blüte Deiner Jahre, dann wird man ungefragt zum Opfer gemacht, in die Ohnmacht gestoßen, ohne mögliche Gegenwehr, mit seinen Gefühlen der auflehnenden Wut und Trauer al-

leingelassen, wie ein Ausgestoßener.
Man fühlt sich beschädigt, ungeliebt, wenn man nach Hause kommt, von den anderen, ohne diesen Erfahrungshorizont, nicht mehr verstanden.
Es handelt sich um die gleichen psychischen Verletzungen, die Soldaten in einem brutalen Krieg an der Front erleiden. Man kämpft vor Ort tapfer gegen das Geschehen an, aber danach will der Adrenalinausstoß nicht aufhören. Überschwemmt den Körper, setzt ihn unter Schock. Und bleibt. Das ist das Fatale.
Darum heiraten anschließend so viele überlebende Opfer, die ihren Partner beim Terroranschlag verloren haben oder Alleinstehende sind.
Nur die unmittelbar erfahrene Liebe heilt das Trauma. Die Körperlichkeit zurückzugewinnen, seinen Körper wieder zu spüren, wieder Kontrolle über ihn zu gewinnen und die einhergehenden positiven enthusiastischen Gefühle des Verliebtseins verscheuchen unangenehme Symptome wie Blockaden, Platz - und Höhenangst, Schlaflosigkeit, Albträume, wiederkehrende Essattacken und Unruhezustände.
Die Liebe gibt dem Leben endlich den Sinn, dessen man sich in der Todesgefahr gewiss wird, was das Leben allein lebenswert macht. Nicht materieller Überfluss, sondern die tiefergehende Beziehung zu einem Partner. Dass das Ich ein Du so unbedingt braucht.
Susan knackte noch schwer an den Bildern der Särge der Terroropfer, die in ihre Heimat ausgeflogen worden waren. Auch sie hätte darin liegen können. Ihre Freundin hatte es nicht überlebt. Ihr Tod überschattete Susans Leben. Einfach nur weitermachen, das gelang ihr in den ersten Jahren nach dem Anschlag nicht.
Susan zog sich zurück, beschäftigte sich intensiv mit der Aufklärung der Hintergründe. Aber ihre unermessliche Wut und Trauer kamen ihr bei so täglichen

Dingen wie Bus - oder Fahren mit der subway in die Quere. Füllte sich der Bus, war die Sicht zum Ausgang nicht frei, überkam Susan Panik. Bevor sich die Tür schloss, war sie im letzten Moment nach draußen gesprungen, suchte ihr Heil in der Flucht. Sie brauchte Weite um sich. Sie stieg in keinen Aufzug mehr, lief mehrere Stockwerke lieber zu Fuß die Treppen hoch und blieb dann oben keuchend auf den Stufen sitzen.
Rory lag noch auf ihr, aber das Gefühl von Enge und Bedrängung war wie weggewischt. Sie hatte keine Platzangst mehr. Musste ihn nicht von sich stoßen.
>>Ich bin verliebt in Dich, seit ich zum ersten Mal Deine Stimme hörte<<, öffnete er sich ihr. Zu seiner eigenen Überraschung.
>>Ich auch in Dich<<, stimmte sie ihm freudig zu.
>>Irgendwie werde ich das Gefühl nicht los, dass Du meine Erfüllung wirst. Alles, was ich so sehr vermisst habe. Hätte das nicht erwartet. Mein Trauma scheint wie weggeblasen. Das erstaunt mich am meisten<<, setzte sie ein wenig verlegen hinzu.
Rory nickte. Auch ihm brachte die Nacht mit Susan Erleichterung hinsichtlich seiner eigenen Verletzungen.
>>Das ist wohl die Stunde der gegenseitigen Offenbarungen<<, neckte er sie zärtlich.
>>Scheint so<<, flüsterte sie. >>Ich hab` Dein Foto im Fernsehen gesehen, nach Deiner Entführung. Hat mich nicht mehr losgelassen. Ich glaube behaupten zu können, dass da schon mehr entstanden ist, als bloße Empathie für Dein Schicksal.<<
Rory reagierte überrascht.
>>Erzähl` das bloß niemanden, die erklären uns alle für verrückt!<<
>>Werd` ich nicht<<, versprach sie und rekelte sich entspannt in seinen Armen.

Rory wusste nicht, wo er noch ansetzen sollte.
Der Geheimdienst informierte ihn keinesfalls über seine Erkenntnisse bezüglich Eddy Hyde. Seine Amateurermittlungen waren alles andere als zufriedenstellend verlaufen. Seine kreisenden Gedanken führten ihn zu keinerlei Ergebnis.
Also fragte er sich, warum Eddy noch nicht verhaftet war und ein Auslieferungsantrag der USA ebenfalls noch nicht im Raume stand.
Sollte Eddy da mit drin hängen, dann könnte man ihm den Mord an Maja zur Last legen. Allerdings konnte es auch sein, dass er auf diese Entscheidung keinen Einfluss gehabt hatte. Er hoffte, dass der anstehende Prozess gegen Alan Harris erhellendes Licht auf Eddie Hydes Rolle werfen würde, aber so lange wollte er nicht warten.
Susan hatte Verständnis für seine Ungeduld. Auch sie hatte nicht warten können, die Hintermänner aus zu machen. Letztendlich war auch ihr das nicht geglückt. Es schien ein Schleier über das terroristische Geschehen in aller Welt zu liegen. Sie fragte sich oft, warum.
Warum es so schwierig blieb, herauszufinden, was der Grund war. Aber vielleicht interpretierte sie dort auch zuviel hinein. Vielleicht war es wirklich nur die Entscheidung der al Quaida gewesen, sie alle umzubringen, um politischen Druck in der Region zu erzeugen und ein paar Staaten um Lösegeld zu erpressen, deren Bürger sie als Touristen getötet hatten.
Wahrscheinlich musste sie weniger in Staatenstrukturen denken als auch in wechselnden Strategien von mittelständischen Geschäftsleuten der Waffenindustrie, Drogenmafia und desperados. Dennoch schien langfristig eine gemeinsame Absicht aller kämpfenden Islamisten dahinter zu stehen. Da sie an allen Ölfeldern auftauchten und Einfluss auf die Politik dieser

Staaten zu nehmen versuchten. Wirtschaftliche Macht zog immer zwangsläufig auch politische Macht nach sich.
Auch Susan war wie William aufgefallen, dass die Terroristen jenen Seevölkern zu ähneln schienen, die die alten antiken Reiche bedroht hatten. Abkömmlinge der an Übervölkerung darbender Reiche, deren Lebensdauer überkommen war und die sich an einem Scheideweg befanden.
Pharao Ramses III. kämpfte tapfer gegen diese erstarkenden Seevölkerverbände an. In seinem Totentempel von Medinet Habu ist auf der Außenwand des Tempelbezirks die Schlacht zu sehen. Ein bunt gemischtes Völkchen, das waren diese Seevölker. Nur, dass sie keine Religion einte, wie die heutigen Terroristen.
Mit Speck fängt man Mäuse, und der radikale Islam gibt als Überbau und Bindeglied Versprengten Halt, damit sie zum Terror bereit sind.
Auch Europäern, die sich als Außenseiter fühlen und von der Gesellschaft ausgeschlossen sind. Erschwerend waren auch die vielen Netzwerke, die sich um diese Terrorbanden gebildet hatten. Sie waren Teil der europäischen und amerikanischen Gesellschaft. Mit welchen wirksamen Mitteln wollte man sie aushebeln?
Wie sollte man mittelständische Unternehmen davon abhalten, alle Bestandteile für Waffenfabriken gefährlichen Potentaten oder Gruppierungen zu liefern und deren Zahlungsmittel Drogen gegen Waffen auszuschalten?
Wie die weltweiten financiers, die sich aus Geschäftsleuten internationaler couleur zusammensetzen, von ihrem schrecklichem Tun abhalten? Was, wenn Geschäftsleute aus gefährlichen Staaten sich in diese Firmen einkauften und vor Ort an erheblichen politischen Einfluss gewannen, wie es bereits der Fall war?

Und damit die Staaten aufweichten?
Staatliches Machtmonopol scheint überall abzulaufen, an seine Stelle tritt nun das dezentrale Chaos. Erinnerte sie zunehmend an die Entwicklung der Zwischenreiche im Alten Ägypten mit seinen warlords.
Wie sollte man noch wirksam den >Global war on terrorism< mit traditionellen Armeen bekämpfen können?
Beide befanden, dass es schwierig werden würde, Eddys Rolle in diesem furchtbaren Spiel ausfindig zu machen. Susan überlegte, wen sie in diesem Zusammenhang noch kontaktieren könne.
Sie verfügte über gute Kontakte zu gemäßigten Arabern, die auf eigene Faust vorsichtig in der radikalen Szene ermittelten. Sie dachte dabei an Mohammed el Helmy. Fragte Rory, ob er bereit wäre, sich mit ihr zu ihm zu begeben. Rory zögerte wegen seiner Sicherheit. Er musste den Geheimdienst fragen, ob sie diesem Treffen zustimmen würden.
Er rief Frank an, und der versprach ihm, so schnell wie möglich eine Genehmigung einzuholen.
Die beiden bodyguards warteten noch immer draußen in ihrem Wagen. Frank ordnete an, dass sie durch frische Männer abzulösen seien.
Er befahl Rory, er solle aber binnen 24 Stunden wieder in die sichere Hochburg von Jack McLoughlin zurückzukehren, zurück zu seiner Tochter. Der Geheimdienst könne sonst nicht mehr für seine Sicherheit garantieren. Rory versprach es.
Susan hatte indes Mohammed an die Strippe bekommen. Sie vereinbarten über einen geschützten Anschluss, sich am Strand zu treffen. Mohammed musste aufpassen, dass die Radikalen nicht Wind von seinem Kontakt mit Susan bekamen. So machten sie eine Uhrzeit aus, wann sie sich dort treffen würden.
Dass Rory sie begleiten würde, erwähnte Susan nicht.

Sarah rief aufgeregt bei Susan an, weshalb ihr dad noch nicht zurück sei. Sarah wollte Susan ebenfalls aufsuchen, aber sie riet ihr davon dringend im ermahnenden Ton ab. Sie würde sie wahrscheinlich nicht antreffen, da sie was unternehmen wollten.
Sarah fühlte sich von Susans Antwort zurückgestoßen. In ihr gärte es. Sie überlegte, wie sie heimlich einen der Wagen von Jack McLoughlin nehmen könne. Dann fiel ihr sein, seine Tochter Vanessa zu fragen, ob sie nicht beide einen Ausflug aufs Festland machen sollten, nach Camebridge.
>>Au ja<<, stimmte Vanessa freudig hinzu. >>Dad muss es ja nicht erfahren. Lass` uns am besten gleich losfahren!<<
Gesagt, getan. Sie schlichen sich in die große Garage des Anwesens, bedeuteten dem Hausmeister, Jack nichts zu sagen. Sie wollten nur den nächsten Ort ansteuern, um ein Eis zu essen. Security sei nicht nötig.
Frank gab Rory nach fünf Stunden die Erlaubnis des Geheimdienstes, an Mohammeds Gespräch teilzunehmen. Die NSA würde im großen Stil das Treffen überwachen.
Susan setzte sich sogleich in ihren Golf und Rory sich zu den ausgetauschten bodyguards in den Wagen des Geheimdienstes. Die Fahrt ging über ein paar Stunden mit einkalkulierten Umwegen zum Strand.
Über der Bucht hingen bedeutungsschwere Regenwolken. Rory hatte angesichts des Wetters, das ihm aufs Gemüt schlug, kein gutes Gefühl.
Susan bog nun in einen Weg ein, der zum Strand führte. Sie parkte den Wagen unter Bäumen. Ihre Bewacher blieben ungefähr fünfzig Meter hinter ihnen stehen. Die letzten Meter nahmen sie zu Fuß. In der Ferne sahen sie die Silhouette eines dunkelhaarigen Mannes, der sie zu erwarten schien. Susan steuerte

unverwandt auf ihn zu. Er war allein und blickte sich ab und zu sichernd um.
>>Hi Mohammed!<< rief Susan ihm zu. Mohammed starrte auf Rory.
>>War aber nicht abgemacht, dass jemand Dich begleitet, Susan<<, erwiderte Mohammed ihren Gruß mit shakehands. Aber als er Rory erkannte, pfiff er durch die Zähne.
>>Das ist ja Rory McKenzie von den Misfires!<<
Anerkennend schüttelte er Rory ebenfalls die Hände.
>>Hi Rory! Freut mich, war eben nicht gegen Sie gerichtet.<<
Rory nickte verstehend.
>>Nun gut<<, unterbrach Susan die Höflichkeiten.
>>Lasst uns jetzt mal bitte zur Sache kommen. Rory hat da ein paar Fragen. Vielleicht kannst Du sie ja zufällig beantworten.<<
Mohammed nickte.
>>Wenn es in meiner Macht steht, gerne.<<
Sie setzten sich auf die Klappstühle, die er mitgebracht hatte. Zur Tarnung gab es alkoholfreies Bier und ein paar sandwiches aus einem Picknickkorb. Die drei wirkten, als unternähmen sie einen Ausflug. Nur der aufkommende steife Wind und die dunklen Wolken wollten nicht so recht zu einer Strandpartie passen. Abgesehen davon, dass außer ihnen sonst niemand am Strand zu sehen war.
Rory fragte Mohammed nach Eddy Hyde. Mohammed kannte das Gesicht von Eddy aus dem Fernsehen. Sie hatten alle Entführungsopfer gezeigt.
>>Ja, er kenne ihn<<, bestätigte er.
>>Der ist mir hier in den USA schon einmal über den Weg gelaufen.
2001, nach 9/11. Traf sich mit dubiosen Leuten, gehörten wahrscheinlich zum Sympathieumfeld von Ter-

roristen. Hab` mich gewundert, dass ein Mann wie er dort in der Szene verkehrte. Ich wusste nicht, dass er Expeditionen in die Wüste ausrichtet. Ich hatte eher den Eindruck, dass er ein financier von was auch immer war.
So kann man sich täuschen. Aber vielleicht hat er ja viele Gesichter. Hab` dann einen Kumpel gefragt, ob er Näheres über ihn weiß. Er sagte, Eddy wäre auch Pilot, er würde Leute nach Afrika und in den Nahen Osten fliegen. Das klang sehr verdächtig. Wahrscheinlich brachte er damals Dschihadkämpfer in die Ausbildungslager im Jemen, wer weiß. Auf jeden Fall soll er von der CIA beschattet worden sein. Die haben ihn aber nie eingebuchtet. Er wurde nur observiert. Merkwürdig kam mir das schon vor. Und dass er jetzt ausgerechnet ein Entführungsopfer sein soll, das hat mich zutiefst erstaunt.<<
>>Wo verkehrte er denn hier in den Staaten?<< unterbrach ihn Rory interessiert.
>>In so dusteren Spelunken in der Bronx, New York. War schon merkwürdig, dass so einer dort verkehrte. Aber wahrscheinlich wurden ihm da die Typen vorgestellt, die er ausfliegen sollte. Wahrscheinlich von England aus. Ich weiß es aber nicht so genau. Kann auch sein, dass er die in Deutschland von irgendeiner kleinen Piste abholte. Genaueres konnte ich über ihn nicht erfahren. Fest steht nur, der gehört zur Terrorszene.
Vielleicht war ja Ihre Entführung Teil eines abgekaterten Spiels. Die hatten es wohl aus irgendeinem Grund auf Sie abgesehen.<<
Rory nickte.
>>Die wollten mich aus der band haben. Und als Promi diente ich noch als staffage zur eindeutigen Warnung, besser nicht den Gilf Kebir aufzusuchen. In dem

Gebiet sollen wertvolle Ölvorkommen liegen. Und die wollen sich die Terroristen und ihre Hintermänner sichern. So weit sind wir schon gekommen.<<
Mohammed nickte.
>>Das könnte das Motiv sein, ja, absolut.<<
>>Dann hat er mich mit Absicht damals in London angesprochen, an seiner Expedition teilzunehmen. Sieht so aus, als habe er für andere gehandelt.<<
>>Davon kann man ausgehen<<, bestätigte ihn Mohammed.
>>Würde gerne wissen, wer außer Eddy Hyde und Alan Harris noch in die Sache verwickelt ist.
Mein drummer Peter Dorsey hat mir Eddy wärmstens empfohlen. Peter übernahm nicht nur meine band, sondern auch noch meine Frau. Hinter meinem Rücken, als ich entführt in Afrika saß.
Welche Rolle er dabei spielte, oder ob alles nur ein Zufall war, das vermag ich jetzt noch nicht zu beantworten<<, bemerkte Rory mit düsterem Blick auf die Wetterlage an der Küste. Ein Gewittersturm schien aufzuziehen, und Susan drängte zur Heimkehr.
Mohammed war mit seinen Schilderungen soweit fertig und verabschiedete sich von ihnen mit dem Versprechen, sich umzuhören und noch Näheres über Eddy herauszubekommen. Rory und Susan eilten schleunigst zu ihrem fahrbaren Untersatz, denn ein heftiger Platzregen hatte eingesetzt.
Rorys handy gab einen Misfireswelthit von sich. Jack war am Apparat.
>>Sag` mal Rory, sind Deine und meine Tochter bei Dir?<<
>>Nein, warum?<< horchte Rory alarmiert auf.
>>Hab` sie seit Stunden nicht mehr gesehen. Einer meiner Wagen ist aus der Garage verschwunden. Der Hausmeister sagte, sie wollten nur zum Eisessen in

die nächste Ortschaft fahren. Bisher sind sie noch nicht zurückgekehrt. Ich bin ihnen nachgefahren, aber sie sind in der Eisdiele nie angekommen. Mache mir langsam Sorgen um sie. Dachte, sie wollten zu Dir aufs Festland.<<
>>Wie bitte? Davon war nie die Rede!<<
Rory war außer sich.
>>Susan hat Sarah verboten, zu mir zu fahren. Das ist zu gefährlich. Wo waren denn die bodyguards? Die hätten sie doch begleiten müssen!<<
>>Sieht so aus, als habe sie Deine Tochter erfolgreich abgehängt. Die waschen ihre Hände in Unschuld.<<
Rory war baff. Sein ungutes Gefühl überfiel ihn wieder. Hoffentlich war ihr nichts passiert. Susan schaute Rory besorgt an. Er schilderte ihr, was Jack ihm gerade über Susan und Vanessa mitgeteilt hatte.
>>Großer Gott, wie können die so leichtsinnig handeln!<< kam es Susan über die Lippen.
>>Kann man diese Teenies heute nicht mal eine Minute alleine lassen?<<
Sie war sichtlich verärgert. Aus Sorge. Auch ihr schwante nichts gutes.
Kurz entschlossen kehrten sie nicht zu Susans Haus zurück, sondern steuerten gleich die Fähre in Richtung Martha`s Vineyard an. Als sie nach Stunden den Landsitz von Jack McLoughlin erreichten, war die Polizei schon auf dem Grundstück. Rory stürmte aufgewühlt ins Haus. Jack und die Beamten empfingen sie mit ernsten Gesichtern.
>>Was ist geschehen?<< schrie er fassungslos.
Jack blickte zu Boden.
>>Sie wurden entführt!<<

Rory brach weinend zusammen. Susan legte ihre Arme um ihn, versuchte die Beamten zu bewegen, ihr

Näheres mitzuteilen.
Die beiden Mädchen waren das letzte Mal gesehen worden, als sie die Fähre nahmen. Danach verlor sich ihre Spur. Eine Stunde später ging ein anonymer Anruf beim FBI ein. Es meldete sich ein unbekannter Mann im Namen des Kommandos einer Terrorgruppe, die sich zu der Entführung der Beiden bekannte. Er kündigte an, in zwei Tagen ihre Forderungen zu verkünden. Bis dahin solle jede Suche nach ihnen unterbleiben. Würde keine dementsprechende Weisung erteilt werden, so müßten die Mädchen sterben. Das FBI stände laufend unter Beobachtung ihrer Hacker.
Susan war geschockt. Was wollten diese Terroristen? Wieso wurde Rory dermaßen verfolgt?
Jack war außer sich vor Schmerz.
>>Wenn ich das vorher gewusst hätte, hätte ich Euch nicht meine Gastfreundschaft angeboten. Was hat denn meine Tochter mit Deinen Problemen zu tun?<< schrie er Rory an.
Susan versuchte zu vermitteln, aber Rory winkte ab.
>>Lass` ihn nur, wir stehen alle neben uns. Ich nehme Dir das nicht krumm<<, sagte er leise zu ihm.
Jack weinte bitterlich. Vanessa war sein Halt, die Kleine sein ganzer Stolz.
Es blieb ihnen nichts anderes übrig, als zu warten.
Rory sprach mit Frank über die gesicherte Leitung.
Die NSA hatte die Entführung mitbekommen, blieben am Ball, beobachteten, wohin man die beiden Mädchen verschleppt hatte.
Frank teilte dies aber Rory nicht mit. Stattdessen versuchte er, ihn ein wenig zu trösten, sie hätten die Lage unter Kontrolle. Er solle sich ruhig verhalten und die nächsten zwei Tage nichts unternehmen und erst mal die Forderungen der Entführer abwarten.
Rory rief Elaine an, sie hatte von der Entführung bei-

der Mädchen bereits Kenntnis erlangt. Sie schrie ins Telefon, wieso er jetzt da auch noch ihre Tochter mit hinein gezogen habe. Sie würde ihm das nie verzeihen, wenn dem Kind etwas Schlimmes zustoßen würde. Rory ließ ihren Gefühlsausbruch über sich ergehen. Er wusste nicht, wie er sie trösten sollte, er selbst war untröstlich. Elaine weinte bitterlich.
Er litt unter starken Gewissensbissen, dass er mit Susan die Nacht verbracht hatte und stur seiner Ermittlung nachgegangen war. Bisher hatten seine Ermittlungen Maja das Leben gekostet, und seine Tochter war entführt worden. Er litt unter starken Angstattacken. Konnte deshalb auch nicht mehr klar denken. Zum Glück blieb Susan in dieser schweren Stunde an seiner Seite. Ohne sie hätte er das nicht durchgestanden. So wie er ohne Maja auch seine Entführung nicht überlebt hätte.
>>Mein Gott, was müssen Sarah und Vanessa jetzt durchstehen?<<
Er raufte sich die Haare. Eigentlich hätte er sich mal wieder bei seiner band melden müssen, aber den Gedanken daran schob er weit weg.
Am übernächsten Tag ging erneut ein Anruf beim FBI ein.
Die verstellte Männerstimme legte einen Mehrpunkteforderungsplan vor :

1. Rory solle seine Ermittlungen einstellen, sonst würden sie sich an Susan und Elaine rächen.
2. Sie erwarten von Jack und Rory ein Lösegeld in Höhe von 20 Millionen US - Dollars.
3. Jedwede Suche nach ihnen habe zu unterbleiben, andernfalls würden gleichzeitig verschiedene Kommandos in den USA an verschiedenen Stellen weitere Entführungen vornehmen.

4. Anweisungen, wann und wo das Geld zu deponieren sei. Auf jeden Fall solle die Lösesumme im Ausland deponiert werden. Genauer Ort und Zeitpunkt würden noch bekanntgegeben.

Rory und Jack waren geschockt, was die Höhe der Summe anging.
Sie würde sie vollständig ruinieren. Das FBI riet dazu, nicht zu zahlen und abzuwarten. Die Entführer würden sich wieder melden. Es sei in der heutigen Zeit riskant, in der total überwachten USA ein solches Unternehmen zu starten. Die Entführer hätten keinerlei Chance. Sie wären jetzt im focus ihrer Beobachtungen.
Susan beschloss, aus Sicherheitsgründen bei Jack und Rory auf Martha`s Vineyard zu bleiben. Sie schlugen gemeinsam die Stunden mit Nichtstun tot. Jack hielt sich an seinem Whisky fest, Susan versuchte an ihrem Buch weiter zu schreiben, was ihr nicht gelang. Der Adrenalinspiegel in ihrem Blut war zu hoch.
Nach zwei Tagen erfolgte seitens der Entführer erneut ein Anruf. Sie gaben nun Ort und Zeit an, um das Geld zu deponieren. Dann erfolgten weitere Drohungen im Falle der Nichteinhaltung ihrer Forderungen.
Das FBI gab Rory den Hinweis, wie er sich zu verhalten habe. Auf gar keinen Fall solle er Lösegeld bezahlen, das würde diese Terrorgruppen noch stärken. UK zahle auch keines. Deutschland habe jahrelang die al Quaida duch Lösegeldzahlungen in Millionenhöhe unterstützt. Das käme für sie nicht in Frage.
Rory überlegte, ob er das Geld nicht irgendwo beschaffen könne, nur um Zeit zu gewinnen. Kategorisch die Forderung der Entführer abzulehnen, schien ihm zu riskant. Er fragte den Beamten vom FBI, ob er denen nicht zumindest vorspiegeln könne, er sei zur Zahlung bereit. Man erteilte ihm die Antwort, das sei

seine Sache, aber die Summe dann wirklich zu überbringen, das sollte er tunlichst unterlassen.
>>Was geschieht dann mit ihr? Bringen Sie meine Tochter um?<<
Rory war außer sich vor Sorge und Entsetzen.
Das FBI riet ihm, einen kühlen Kopf zu bewahren. Es würde alles Erdenkliche getan, um die beiden Mädchen vorher unversehrt rauszuholen.
Rory wurde hellhörig.
>>Sie wollen doch nicht etwa die beiden mit einer Antiterroreinheit befreien? Das ist doch zu gefährlich. Beide könnten dabei draufgehen. Bitte unternehmen Sie nichts!<< schrie er los.
>>Überlassen Sie das bitte uns und beruhigen Sie sich<<, entgegnete der Beamte kühl. >>Vertrauen Sie uns und beten Sie. Sind sie gottesfürchtig? Glauben Sie mir, das hilft. Versuchen Sie, sich abzulenken und befolgen Sie unsere Anweisungen. Okay?<<
Rory nickte stumm. Der Beamte entspannte sich.
>>Glauben Sie mir, ich würde nicht anders reagieren, wenn man meine Tochter entführt hätte. Das geht an die Nieren, ich kann Sie verstehen. Aber wir haben mittlerweile große Erfahrungen auf dem Gebiet, und Ihrer Tochter wird sicherlich nichts passieren. Warten Sie nur ab. Sie wird in ein paar Tagen wieder wohlbehalten bei Ihnen sein. Okay? Nun soweit alles wieder gut?<<
Rory konnte sich kaum rühren.
Nur ein eingeschüchtertes okay kam über seine Lippen.

In der Zentrale der NSA liefen fieberhaft die Vorbereitungen für die Befreiungsaktion von Sarah und Vanessa.
Luftbilder wurden gesammelt, jede einzelne Abhörung

der Entführer zusammengestellt. Der Ort wurde von allen Seiten ausgeforscht. Der zuständige Beamte schickte das Material an den Militärgeheimdienst.

Denn Sarah und Vanessa waren sofort außer Landes gebracht worden und befanden sich in einem terrorcamp im Jemen. Dort hielt man sie in einem Loch unter der Erde gefangen.

Unbemannte Drohnen hatten schon seit Wochen das Lager von allen Seiten aufgenommen und mögliche Zugänge kartographiert. Es ging eigentlich nur nebensächlich um die Befreiung zweier Geiseln.

Eine Eliteeinheit der seals hielt sich bereit. Dann erfolgte der Befehl, einzugreifen, nachdem die CIA grünes Licht gegeben hatte. Die Eliteeinheit wurde von Ramstein aus zu ihrem Stützpunkt nach Dschibuti geflogen.

Von Dschibuti aus sollte die Operation in der Nacht erfolgen. Die US - Army schickte eine unbemannte Drohne, die das Lager im Jemen ins Visier nahm. Sie achteten darauf, dass die Terroristen keinen Verdacht schöpften. Sie suchten ihre Aufmerksamkeit von den Entführungsopfern abzulenken. Da sie eine Außenseite des Lagers unter Beschuss nahmen, brach innerhalb schnell hastige Unruhe aus. Die Terroristen ließen Sarah und Vanessa für eine Weile unbeobachtet. In diesem Moment sprang das Elitekommando an der anderen Seite des Lagers mit Fallschirmen ab und stürmte das unterirdische Loch, befreite Sarah und Vanessa, während ihre Kameraden das Feuer am Boden gegen die alarmierten Entführer eröffneten.

Ein Hubschrauber der US - Army kreiste am Rand und setzte kurz zur Landung an, als mehrere Elitesoldaten Sarah und Vanessa dorthin im Eilschritt brachten.

In Sekundenschnelle befanden sich die Mädchen an Bord. Der Hubschrauber stieg und stieg und drehte

Richtung Dschibuti ab. Weitere Hubschrauber landeten, um die Elitesoldaten aufzunehmen, die sich ein Feuergefecht mit den Terroristen lieferten. Einige wurden verletzt, aber zum Glück nicht schwer. Nachdem der letzte Elitesoldat einen Kampfhubschrauber namens Apache bestiegen hatte, drehte der noch eine kurze Runde über das Lager und setzte es anschließend unter Feuer. Binnen weniger Sekunden regte sich dort nichts mehr.

Rory ahnte von der Operation nichts.
Er erging sich noch immer in Selbstmitleid. Adrenalin überschwemmte seinen Körper, als er sich mit der Firma vertraut machte, bei der er das Lösegeld via Diplomatenpost aufgeben sollte. Er kam einfach nicht aus dieser elenden Stressspirale heraus.
Welche Hiobsbotschaften würden ihn in den nächsten Tagen noch erreichen?
Seine Verzweiflung lähmte ihn vollständig. Am liebsten hätte er jetzt seinen Kopf tief in den Sand gesteckt.
Susan machte sich um ihn ernsthafte Sorgen. Wie er abbaute, das war schwindelerregend. Sie konnte das nachfühlen. Versuchte ihn aufzubauen, machte ihm Mut, wo sie nur konnte. Ermunterte ihn, nicht aufzugeben, sich nicht hängen zu lassen. Sagte ihm, dass er sich tapfer halte, dass sie ihn dafür bewundere. Rory lächelte kleinmütig, fühlte sich aber keinen Deut besser. Dennoch taten ihm Susans mitfühlende Worte sehr gut. Ohne sie wäre er wahrscheinlich selbstmordgefährdet.
Jack telefonierte in der weitläufigen Wohnhalle.
Hörte er da richtig? Jack hatte Grund zum Lachen?
Er traute seinen Ohren nicht. Wie konnte er in dieser hoffnungslosen Situation noch lachen? Aber da kam Jack auch schon die Treppe hochgestürmt.

>>Die US - Army hat Sarah und Vanessa im Jemen befreit. Sie sind schon auf dem Heimflug!<<
Jack sprang vor Glück an die Decke, umarmte den überraschten Rory und gab ihm einen schmatzenden Kuss auf die Wange. Rory fühlte sich verarscht. Schaute ihn ungläubig an.
>>Jemen?<< stotterte er.
>>Wie kommen sie in den Jemen?<<
>>Die Terroristen haben sie gleich dorthin verschleppt. Und die Army hatte das Lager schon länger im Visier. Zeit, eine Offensive zu starten. Dabei haben sie so nebenbei im Handumdrehen unsere Töchter befreit. Ich glaube, ich muss da mal `ne Spende locker machen. Für die armen Veteranen in Not. Unsere Jungs in UK haben da nicht mal hingeguckt. Da wird meine Vanessa von einer fremden Armee befreit. Komm, lass` uns darauf einen heben. Wir müssen das jetzt gebührend feiern. Gott, bin ich erleichtert!<<
Rory regte sich nicht. Ihm liefen Tränen der Rührung über seine Wangen. Dieses Wechselbad der Gefühle war nicht zum Aushalten. Susan nahm ihn an die Hand, und beide begaben sich sichtlich erleichtert zu Jack in die Wohnhalle.

Rory war nicht fähig, seine Tochter für ihren Leichtsinn zu bestrafen.
Erleichtert schloss er sie auf dem kleinen Flughafen von Martha`s Vineyard in die Arme. Vanessa und Sarah waren mit einem learjet von der airbase zu ihren Vätern geflogen worden. Die bodyguards scharrten sich sofort um sie. Das FBI nahm sie ebenso im Empfang, wollte sie am nächsten Tag vernehmen. Sarah versprach, ohne Erlaubnis von Rory nicht mehr das Grundstück zu verlassen.
>>Du hast mir einen gehörigen Schrecken einge-

jagt<<, ermahnte er sie streng.
Sarah nickte kleinlaut. Sie und Vanessa standen noch unter Schock, waren froh, dass ihre Entführung ein gutes Ende genommen hatte. Womit sie nach ihrem Flug in den Jemen nicht mehr gerechnet hatten. Nun konnte Sarah ihren Vater verstehen. Was es hieß, Todesängsten ausgesetzt zu sein.
Die Soldaten der US - Army hatten sich liebevoll um sie gekümmert. Sie wurden mit einem Truppentransporter zu einer airbase im Staate New York geflogen. In der Luft hatten die relativ jungen Rekruten sie nach und nach aufgemuntert. Einige schenkten ihnen sogar ein interessiertes Lächeln.
Die Töchter zweier Rockstars. Das war mal was ganz anderes. Außerdem sahen beide noch hübsch aus. Trotz ihres erlittenen Traumas.
Sarah fiel ein junger Soldat mit brünettem Haar und einem sehr sympathischen Gesicht auf. Sie hatte ihn sofort nach seinem Namen gefragt. Steve Fagan. Steve fragte sie, ob er ihr mal schreiben dürfe. Sarah nickte begeistert. Ob er denn auch auf facebook anzutreffen sei?
Schüchtern bejahte er die Frage, und Sarah schlug ihm vor, sie dort zu kontaktieren. Er freute sich.
Ob sie ihm ein Autogramm von den Misfires schicken könne?
>>Aber klar doch<<, meinte sie, und er schien sich noch mehr zu freuen.
Sarah dachte noch immer an Steve, als sie bereits in ihrem Bett in Jacks Haus lag. Ihr Klassenkamerad aus London war vergessen. Steve füllte nun vollends ihr schwärmerisches Herz vollends. Sie war noch nie so einem tollen Mann begegnet. Er war einige Jahre älter als sie, aber das störte sie nicht.
Lächelnd lag sie da, als Rory noch einmal ihr Zimmer

betrat. Er bemerkte das Glück in den Zügen seiner Tochter und wunderte sich.
>>Freust Du Dich so sehr über Deine Befreiung? Nun, da bist Du stärker als ich. Mir macht meine Entführung immer noch zu schaffen. Abgesehen davon, dass meine einzige Tochter meine Sorgen noch mehr vergrößert hat.<<
>>Tut mir leid, dad, das habe ich nicht absichtlich getan. Ich habe im Truppentransporter einen jungen US - Soldaten kennengelernt. Steve Fagan. Er möchte von Dir und Deiner band ein Autogramm haben.<<
>>Ah, so hat er sich also an Dich rangemacht!<<
>>Nein dad, Du verstehst das falsch. Ich fand` ihn sympathisch. Er ist schüchtern und sehr sehr lieb. Ich habe ihn angesprochen.<<
>>Und Du behauptest, Du seist schüchtern. Na, dann will ich nichts gesagt haben. Aber was ist denn nun mit Deinem anderen Freund in London. Ist er jetzt abgemeldet?<<
>>Ich bin mit Steve doch noch gar nicht zusammen. Er will mir erst einmal über facebook schreiben. Dann sehen wir weiter. Außerdem ist er jetzt irgendwo im Mittelwesten stationiert. Wie soll ich ihn denn da wiedersehen?<<
>>Klingt sehr vernünftig, Deine Einstellung. Hättest Du so viel Vorsicht vor Deinem Ausflug walten lassen, wärst Du nicht entführt worden. Das war eine sehr gefährliche Situation für Dich, Sarah. Das hätte ins Auge gehen können. Mom ist außer sich vor Sorge. Ich hoffe, Du hast sie überzeugen können, dass Du jetzt hier bei mir sicher bist.<<
>>Ja dad, habe ich. In London wäre ich jetzt noch mehr gefährdet.<<
>>Gut, dann versuche jetzt ein wenig zu schlafen. Susan hat Dir einen Beruhigungstee gemacht. Ich

bring ihn Dir gleich. Habt Ihr eigentlich auf der airbase von einem Arzt eine Spritze gegen den Traumastress gesetzt bekommen?<<

>>Ja dad, ich fühle mich schon viel besser. Außerdem denke ich an Steve, das hilft mir.<<

>>Na, dann muss ich mir heute Nacht mal keine Sorgen mehr um Dich machen. Schlaf schön Sarah, bis morgen.<<

>>Gute Nacht dad!<<

Sarah lag noch Stunden wach, der Schockzustand ließ sie keine Ruhe finden.

Rory erzählte Susan von Sarahs neuem Schwarm.

>>Jaja, die Army, da begegnet einem so mancher tolle Mann. Wir Frauen sind halt romantisch. Einem in Uniform können wir nicht widerstehen.<<

>>Was soll denn das heißen? Hast Du etwa auch so einen in Reserve?<<

Susan lachte.

>>Mach` Dir keine Sorgen. Ich hab` da so einen im Hintergrund, weißt Du. So einen frontman von einer band, wie hieß sie doch gleich?

Ah, >The Misfires<!

>>Na warte, ich komm` Dir gleich<<, lachte jetzt auch Rory und rannte hinter der vor Vergnügen prustenden Susan her.

Frank rief Rory am nächsten Tag an und untersagte ihm vorläufig weitere Recherchen.

Der Geheimdienst könne für die Sicherheit von Elaine nicht garantieren. Susan sei ja jetzt ebenfalls Gast im Hause von Jack McLoughlin, und sie solle dort erst einmal bleiben. Es seien Morddrohungen bei Elaine eingegangen. Sie habe mit Peter Dorsey das Haus verlassen, und beide seien mit unbekanntem Ziel von London aus aufgebrochen. Die NSA würde sie über-

wachen.
Zu Elaine hätte der britische Geheimdienst nichts Verdächtiges gefunden. Sie sei raus aus der Ermittlung.
>>Und Peter?<< fragte Rory vorsichtig nach.
>>Was ist mit ihm?<<
Frank gab sich einsilbig.
>>Dazu kann ich im Moment noch keine Stellungnahme abgeben. Die Ermittlungen sind noch nicht abgeschlossen.<<
>>Ist er denn verdächtig?<< hakte Rory nach.
>>Auch dazu kann ich zur Zeit nichts verlautbaren lassen.<<
Der Geheimdienst schien irgendetwas zu wissen, Rory konnte nur nicht ergründen, was. Vielleicht wollten sie auch nicht, dass er sich in ihre Ermittlungen einmischte. Hatten wohl die Befürchtung, er könne durch seine Neugier bei Peter Verdacht erregen und ihn somit warnen.
Blieb` ihm nur übrig, William erneut anzurufen. Der hatte schon versucht, Rory zu kontaktieren, was ihm nicht gelungen war. Funksperre.
>>Hi Bill! Hab` wiederum von keinen guten Neuigkeiten zu berichten.<<
Er erzählte ihm von Sarahs und Vanessas Entführung und der geglückten Befreiung beider Mädchen durch die US - Army in einem Ausbildungslager für Terroristen im Jemen.
William pfiff durch die Zähne.
>>Großer Gott, Rory! Dein Leben ist ja zur Zeit eine Achterbahn. Möchte nicht mit Dir tauschen. Das ist ja schrecklich. Wenn Nelly das hört, ich kann ihr das gar nicht zumuten. Sie trauert immer noch um Maja. Hat ein Trauma von Deiner am Boden liegenden blutenden Freundin abbekommen, das sie nicht aus ihrem Hirn verbannen kann. Und jetzt diese Entführung! Aber ich

sage Dir, wir haben eine tolle Army. Einfach klasse, die Jungs. Bin mal wieder mächtig stolz, Amerikaner zu sein.<<
Rory pflichtete ihm bei.
>>Ich bin der Army sehr dankbar, dass sie meine Tochter gerettet hat. Weiß gar nicht, wie ich mich erkenntlich zeigen kann.<<
>>Das lass` mal. Das brauchst Du auch nicht. Bedanke Dich einfach mal öffentlich bei Ihnen. Dann weiß der amerikanische Steuerzahler, wofür er sein Geld ausgibt. Das macht Sinn. Und sorgt für die Rückenstärkung der Army.<<
>>Gut, die Presse wird uns morgen interviewen. Werde das mal erwähnen. Aber weshalb ich auch anrufe, ich habe mit Mohammed el Helmy gesprochen. Er hat Kontakt zur radikalen Szene in New York.
Eddy Hyde soll dort verkehrt haben, mischt also im Terrorgeschehen mit. Dennoch scheint er nur eine unbedeutende Figur in diesem Schachspiel zu sein.
Ich komme immer wieder auf eine zentrale Frage zurück.
Wer finanziert und steuert diese Terroristen? Sind es mächtige Potentaten und warlords und mächtige Geschäftsleute, die zum militärisch - industriellen Komplex gehören? Damit meine ich nicht die offizielle USA mit ihrem Gewaltmonopol. Ich habe eher den Eindruck, dass diese internationalen Terrorzuarbeiter deren Gewaltmonopol brechen wollen.
Sie kaufen die Firmen auf und verstärken ihre Einflussnahmen in aller Welt, auch politisch. Wer sind die, die mich aus meiner band rauskatapultieren wollen? Okay, ein paar Nazis gehören auch dazu, aber auch all` diejenigen, die von dem kalten Krieg profitierten und der kolonialen Vergangenheit.
Aber auch Kriegsgewinnler der letzten Kriege der USA

und Profiteure des massiven Rüstungswahn, dem die Europäer ebenso verfallen waren und noch immer sind. Diese Strukturen sind lebendig und benötigen immer neue Aufträge.
Die Schwellenländer mischen da mit. Iran, Indien und China erstarken. Sie benötigen natürlich zu ihrem Aufstieg das Öl in Nordafrika, im Nahen und Mittleren Osten.
Und in Ländern mit Öl - und Gasvorkommen sitzen die gewaltbereiten Islamisten. An wen diese Rüstungsfirmen verkaufen, ist ihnen völlig gleichgültig. Ihnen winken saftige Renditen. Solange man nur mit illegalen Exporten, mit Drogen und Waffen zu viel Geld kommen kann, wird diese Entwicklung erstarken und unsere Länder immer stärker bedrohen. Und auch unsere Unternehmen, wie in meinem Fall die danyrecords. Darüber kann man dann Einfluss auf Karrieren nehmen. Wie auf die meine.
Zum Glück habe ich seit meiner Entführung so viele Sympathien von Fans erfahren, dass mein Marktwert gestiegen ist. Mich durch Ian Bellmore zu ersetzen, der Versuch ist jämmerlich gescheitert. Mir sind nur zur Zeit die Hände gebunden. Ich kann nicht auftreten. Ich muss noch für einige Wochen bei Jack aushalten. Sonst kann der Geheimdienst nicht mehr für unsere Sicherheit garantieren.<<
William hatte Rorys Worten andächtig gelauscht.
>>Ich halte Deine Einschätzung schon für richtig. Sie ist aber nur der Überbau und sagt nichts zu den konkreten Figuren aus, die Dich persönlich angegangen sind. Einmal geht es wirklich darum, Touristen aus dem Gilf Kebir und Nordafrika zu entfernen, weil sich die Terroristen das Öl sichern wollen. Zum Glück haben wir ja die frecking - Verfahren. Da gibt es mehrere, auch schonendere für die Umwelt.

Du warst als Prominenter, zusammen mit Maja, ein Aushängeschild der Aufmerksamkeit über die Medien, so dass die Drohung, dort wegzubleiben, wirksam geworden ist.
Die Ermordung Majas hat gezeigt, dass sie es ernst meinen. Der Terror ist psychologische Kriegsführung gegen staatliche Strukturen. Das macht ihn so gefährlich. Ich denke mal, dass mit Eurer Entführung Druck auf die Länder ausgeübt wurde, in denen Ihr Euch aufgehalten habt, eben auf Ägypten und den Südsudan. Noch sind unsere Ölfirmen vor Ort.
Aber der Mord an unserem Konsul in Libyen hat doch gezeigt, wie sehr sie uns aus dem Spiel dort rausdrängen wollen.
China profitiert massiv von den Umwälzungen. Hast Du schon mal überlegt, bei denen nach Hinweisen zu suchen? Vielleicht haben sie indirekt ihre Hände im Spiel bei dem Aufkauf der danyrecords gehabt. Vieleicht durch mögliche Verbindungen zu Naziorganisationen?
Denn gerade die Nazis sind Geschäftsleute, die seit Hitler fest im Firmensattel sitzen und zu viel Geld in aller Welt durch ihre unseriösen Geschäftspraktiken gekommen sind. Auch beim Neustart des europäischen Kontinents nach dem Zweiten Weltkrieg die wichtigsten Positionen innehielten, weil sie nicht im Ganzen durch Widerständler ersetzt worden sind. Sie verfügen auch über die entsprechende Skrupellosigkeit.
Und ihre Geschäftsverbindungen zu China sind auffällig, ebenso zu den Golfstaaten.
Der Zirkus zieht immer weiter und genau dorthin, wo etwas im Aufstieg begriffen ist, und das große Geld lockt. Und das sind eben zur Zeit die Schwellenländer. Allen voran China.<<
>>Würde dieser Spur liebend gerne nachgehen, ist

mir aber zur Zeit von Frank verboten worden. Aus Sicherheitsgründen. Deshalb wollte ich Dich fragen, ob Du nicht vorsichtig für mich recherchieren kannst?<< meinte Rory. >>Ist zwar auch ein Risiko, aber Du kannst es ja dosieren. Pass` nur auf, die haben anscheinend so viel Macht, dass sie Dir auch Schaden zufügen können.<<
>>Du sagst es, es wäre besser, ich halte mich bedeckt. Aber dennoch kann ich mal ein wenig meine Verbindungen spielen lassen. Ich melde mich dann wieder bei mir. Über welche Leitung kann ich Dich gefahrlos erreichen?<<
>>Am besten über diesen Kanal, ich geb` Dir die Nummer.<<
Rory teilte sie ihm mit. In der Hoffnung, dass sie von der Gegenseite nicht gehackt würde. Denn dann würde sich auch William zwangsläufig in Gefahr befinden und eine Zielscheibe für diese Verbrecher abgeben.

Die Pressekonferenz fand in einem Nebengebäude von Jacks Anwesen statt.
Unter dem Blitzlichtgewitter der Kameras standen Rory und Jack den bombardierenden Fragen der internationalen Presse Rede und Antwort. Als Rory anhub, sich bei der US - Army für die Befreiung von Sarah und Vanessa zu bedanken, wurde er mit Kritik überschüttet. Wie er es gutheißen könne, dass die USA Einsätze gegen ein Land fliegen würde, das in keinem Krieg mit ihnen stehe. Dies sei eine Verletzung des Völkerrechts.
Rory reagierte konsterniert auf die unerwarteten Vorwürfe.
>>Was schlagen Sie denn vor? Sollten stattdessen Vanessa und Sarah sterben?<<
>>Sie hätten doch mit denen verhandeln können<<,

hieß es aus den Reihen.
>>Sorry, die verhandeln nicht. Die hätten sie umgebracht.<<
Woher er das wissen könne, war die Retourkutsche.
>>Sie haben es uns angedroht. Die USA bezahlen keine Lösegelder und was dann geschieht, demonstriert uns der IS fortlaufend. Die Geiseln bekommen ohne Rücksicht auf Verluste vor laufenden Kameras den Kopf abgeschnitten. Lassen Sie doch mal Ihren gesunden Menschenverstand walten. Was hätte die Army denn sonst tun sollen? Regiert in solchen Fällen immer nur Ihre negative Einstellung gegenüber den USA? Auf alles, was sie versuchen, gegen den Terror einzusetzen? Hier ging es um das nackte Leben unserer Kinder<<, erregte sich Rory.
>>Ich bin jedenfalls der Army zu Dank verpflichtet. Möchte mal sehen, wie Sie reagieren würden, wenn man Ihr Kind entführt hätte<<, fügte er noch hinzu.
>>Ob Sie dann auch noch mit ihren Gesinnungsallgemeinplätzen rüberkämen, oder ob Sie dann nicht alles tun würden, um das Leben Ihres Kindes zu retten.<<
Nun verließ er mit Jack abrupt den Raum. Für weitere Fragen standen sie nicht mehr zur Verfügung.
Am darauffolgenden Tag stand ihre Reaktion in den Medien auf der ersten Seite.
Ihnen wurde vorgeworfen, die völkerrechtswidrigen Angriffe der USA auf fremden Territorium gutzuheißen. Jack und Rory reagierten empört auf die Verzerrung durch die Medien. Sie waren froh, dass Sarah und Vanessa so glimpflich davongekommen waren. Nicht die Terroristen erhielten die Schuld an der Entführung, nein, die USA an dem Ausgang, befanden die Medien, weil sie die jungen Frauen in einer Militäraktion in einem fremden Staat befreit und das Lager zerstört hatten.

Nun galt es, den Schaden von der Medienkampagne gegen sie und gegen die USA abzudämpfen.

Jack fragte sich manchmal, welche Kräfte hinter den Medien standen oder ob die einfach nicht in der Lage waren, die Lage zu erkennen. Jedenfalls hörte sich ihr Kommentar an, als hätten die Entführer den Text entworfen.

Die US - Staatsanwaltschaft ging mit der Nachricht an die Presse, dass sie Anklage wegen Anstiftung zum Mord gegen Allen Harris an Maja Hesterkamp erhoben habe. Gegen den Täter Abdullah Fahrir erfolgte ebenfalls Anklage wegen Mordes.

Allen Harris stände gleichfalls im Verdacht, an der Entführung Majas und Rorys beteiligt zu sein.

Es würde zur Zeit geprüft, inwieweit damit die Entführung der Töchter von Rory MyKenzie und Jack McLoughlin im Zusammenhang ständen und ob Allen Harris auch deswegen strafrechtlich belangt werden könne. Das FBI prüfe zur Zeit noch alle Fakten.

Man beschloss die Pressekonferenz mit der Feststellung, dass die US - Army richtig gehandelt habe, die beiden Mädchen zu befreien, denn Vanessa McLoughlin habe die US - Staatsbürgerschaft, ihre Mutter sei Amerikanerin. Es habe sich also um Gefahr in Verzug für eine US - Bürgerin gehandelt.

Rory und Jack reagierten erleichtert auf diese Stellungnahme der US - Staatsanwaltschaft.

Das Weiße Haus gab ebenfalls eine kurze Erklärung ab. Darin ließ der Präsident verlautbaren, wann immer amerikanische Staatsbürger im Ausland gefährdet seien, die USA sich das Recht vorbehalte, einzugreifen. Der Einsatz sei verhältnismäßig abgelaufen.

Auf dem europäischen Kontinent war es bereits zu Demonstrationen gegen den Einsatz der US - Elite-

soldaten gekommen. In UK blieb es ruhig, aber Rory mutmaßte, dass sein Ruf Schaden genommen hatte. Viele junge Leute waren über den antimainstream gegen die USA aufgebracht. Der Einsatz bot den antiamerikanischen Haltungen neue Nahrung.
Die Anklage gegen die mutmaßlichen Täter kam gerade recht, um die Kritik ad absurdum zu führen. Deshalb freute es ihn, am Mittag in einem Telefongespäch mit danyrecords zu erfahren, dass zu ihrer Überraschung der Umsatz der Misfires - CD`s nach der Befreiung gestiegen war. Anscheinend wussten die Fans doch zu differenzieren und freuten sich mit Rory über die Befreiung seiner Tochter. Tausende von mails, die bei seiner band eingingen, bestätigten diese Annahme.

William rief nach ein paar Tagen über die gesicherte Leitung an. Seine tiefergehenden Nachforschungen zu der >International Transfer Corporation< führten ihn zu einer ominösen Firma in Hongkong. Sein Versuch, in irgendeiner Form Kontakt aufzunehmen, scheiterte. Es schien sich um eine Briefkastenfirma zu handeln. Nun nutzten viele ausländische Firmen Hongkong als Drehscheibe im asiatischen Handel. Das allein sagte nichts über eine Verbindung mit China aus. Andererseits war es im Bereich des denkbar Möglichen. Die Spur des Terrors endete oft in Sackgassen, aufgrund großer Hindernisse.
Rory war enttäuscht, in der Sache nicht weiter voran zu kommen. Er musste nochmal aufs Festland. Nach New York.
Mohammed el Helmys vertrauliche Recherchen waren zu einem Ergebnis gelangt, die er Rory in einer Bar in Brooklyn mitteilen wollte. Sie verabredeten sich für den übernächsten Tag. Rory holte sich von Frank die Erlaubnis, das Anwesen von Jack verlassen zu dürfen.

Mit zwei Wagen starteten er und zwei bodyguards Richtung Fähre. Die Fahrt durch Connecticut verlief ohne Zwischenfälle.
Rorys Laune stieg beträchtlich an. Susan war zurückgeblieben. Er wollte sie nicht unnötig gefährden.
Am späten Nachmittag erreichten sie New York und steuerten das Hotel in downtown an, in dem Rory während seiner Bandauftritte zu nächtigen pflegte. Am frühen Abend gingen sie zu Fuß zum Komplex des World Trade Center, um sich den Ort des grausamen Geschehens und die neuen Glaspaläste anzusehen, die in den Himmel wuchsen.
Während seine bodyguards nach allen Seiten unauffällig Ausschau hielten, betrachtete Rory nachdenklich die zwei wassergefüllten Vertiefungen im Boden, auf denen die ehemaligen Türme gestanden hatten. Eine trübe Stimmung schien auf dem Areal zu lasten und wirkte drückend auf Rorys Unterbewusstsein ein.
Der Terror hatte 2001 seinen Höhepunkt erreicht. Das Ziel, ihn mit zwei Kriegen wirksam einzudämmen, war nicht erreicht worden.
Rory hatte einiges zum Irakkrieg gelesen, den er für falsch hielt.
Hätte damals die US - Army, zusammen mit verbündeten Kräften der ISAF, al Quaida und Taliban zu Ende bekämpft und wäre ihr Kriegsgerät inklusive der Vielzahl an Soldaten nicht vorzeitig von Afghanistan abgezogen worden, hätte die Terrormaschinerie so nicht wieder an Stärke zulegen können. Und wahrscheinlich wären dann Maja und er auch nicht entführt worden.
Nur den Ölinteressen zufolge, war dieses wahnwitzige Kriegsabenteuer angegangen worden. Der erste Präsident George Bush hatte nach dem Golfkrieg davor gewarnt, nach Bagdad zu marschieren, da sie sonst alle Terroristen aus der Umgebung anziehen würden.

Der Abzug der amerikanischen Truppen 2011 aus dem Irak hinterließ ein Machtvakuum. Die ständigen Polarisierungen und Demütigungen des schiitischen Präsidenten Malicki gegenüber den Sunniten im Irak führte zur Radikalisierung und vermehrten bewaffneten Auseinandersetzungen. Schließlich entstand aus all diesen Fehlern das Monster ISIS aus den Resten der al Quaida in Syrien und Irak, mit dem militärischen Arm der Baathpartei Sadam Husseins und radikalisierten Sunniten.
Maja würde vielleicht noch leben. Und seiner Tochter wäre ebenfalls ihre traumatische Erfahrung im Jemen erspart geblieben.
Er seufzte schwer. Ein alter Mann stand in der Nähe und blickte ab und zu ihm hinüber. Nach einer Weile trat er an ihn heran.
>>Entschuldigen sie bitte, dass ich Sie anspreche. Aber sind Sie nicht Rory McKenzie, der Rockstar? Den Terroristen in Afrika verschleppt haben?<< setzte er vorsichtig an.
Rory nickte.
>>Haben Sie einen Grund, sich den Ort des Geschehens anzusehen?<< fragte Rory zurück.
>>Allerdings. Das kann mal wohl sagen<<, gab der Fremde zurück. >>Ich komme jeden Tag hierher. Mein Sohn ist hier im Nordturm gestorben, als er zusammenbrach.<<
Rory schaute ihn mitleidig an.
>>Das muss sehr schmerzlich für Sie sein.<<
>>Das ist es in der Tat. Aber Sie haben ebenfalls Ihre Partnerin durch den Terror verloren. Das tut mir sehr leid für Sie. Hoffentlich werden die Anstifter zur Rechenschaft gezogen. Sie leben ja wohl noch. Ich kann für meinen Sohn nichts mehr tun. Osama bin Laden ist tot. Die Täter ebenfalls. Und jene, die die Gebäude

vielleicht in die Luft gesprengt haben, es steht doch nicht fest, wer sie waren.
Wer die Sprengladungen in den Geschossen angebracht haben, darüber wird heftigst gestritten. Meiner Meinung nach war es die al Quaida und nicht die Regierung. Solch` ein abstruses Zeugs, was da der antimainstream hinsichtlich der Täterschaft behauptet.
Aber nach so vielen Jahren kann man das wohl nicht mehr gesichert feststellen. Mir nützt es auch nicht, denn es macht meinen Sohn nicht mehr lebendig. Aber seiner hier jeden Tag zu gedenken, wo er gestorben ist. Das kann sein alter Vater noch für ihn tun, bis zu seinem letzten Atemzug.<<
Rory nickte mitfühlend, nahm den alten Mann in den Arm und drückte ihn. Tränen standen in seinen Augen. Der alte Mann schluchzte herzzerreißend.
>>Tut mir leid<<, entschuldigte er sich. >>Aber nach all den Jahren lastet der Schmerz immer noch stark auf meiner Seele.<<
>>Sie müssen sich nicht entschuldigen<<, wendete Rory ein.
>>Das ist die Aufgabe derer, die versagt haben, obwohl es vorher genug Memoranden seitens der Army gab, die vor einem Schlag der al Quaida auch bezüglich des World Trade Center warnten. Das Weiße Haus ist also infomiert gewesen und hat es unterlassen, was dagegen zu unternehmen.<<

Die kleine unscheinbare Bar im Stadtteil Brooklyn hatte nur wenige Gäste, als Rory sich an den Tresen setzte und ein Bier bestellte, um auf Mohammed zu warten. Zwei Stunden vergingen, Mohammed ließ sich nicht blicken. Als Rory die beiden bodyguards zum Aufbruch bewegen wollte, wandte sich der Wirt mit seinem handy an ihn.

>>Hier ist ein Anruf für Sie.<<
Rory nahm Mohammeds Gespräch sofort entgegen.
>>Kommen Sie zu folgender Adresse<<, riet er ihm.
>>Da können wir ungestört reden.<<
Rory zeigte den bodyguards die genannte Straße auf der Karte. Er stieg zu ihnen in den Geländewagen, und der Fahrer stellte das Navi ein. Nach einer halbstündigen Fahrt gelangten sie an ein mehrstöckiges Apartmenthaus im gehobenen Stil. Rory stieg aus, während einer der beiden bodyguards prüfend seinen Blick über die nähere Umgebung schweifen ließ. Mohammed wartete in der 6. Etage des Mietshauses. Er öffnete erst Rory, nachdem der - wie verabredet - dreimal geklopft hatte.
Mohammed kam schnell zur Sache. Er warnte Rory vor einem unbekannten jungen Mann, der sich in der Szene brüsten würde, er würde es Rory McKenzie heimzahlen. Er sei kein Araber, sondern ein Konvertit. Ob er Amerikaner sei, wollte Rory wissen.
>>Das festzustellen wäre ja so schwierig<<, gab Mohammed zur Antwort. Er parliere in einem texanischen Dialekt, könne aber ebenso aus Florida stammen, aber irgendwie hätte der noch etwas Britisches an sich. Er könne nicht begründen, warum. Es sei nur so ein Gefühl, gab er kund.
>>Und in Gesellschaft von Eddy Hyde hätte er ihn auch schon gesehen. Beide vermittelten den Eindruck, als seien sie alte Kumpane.<<
Wie sein Name sei, hakte Rory nach.
>>Mohammed al Fasiris.<<
Der Name sagte Rory nichts. Mohammed hatte nachgeforscht, aber es schien ein geheimnisvoller Schleier über dem jungen Mann zu liegen. Er hatte nichts Bedeutendes herausgefunden. Aber seine Identität konnte er nach einer Weile dennoch enthüllen. Einer

aus der Szene verriet ihm unter vorgehaltener Hand seinen richtigen Namen.
Brad Kean.
Auch mit diesem Namen wusste Rory nichts anzufangen.
>>Nehmen Sie sich vor ihm in acht<<, gab Mohammed zu bedenken.
>>Die al Quaida - Kämpfer sind äußerst skrupellose Typen. Ich musste bei meinen Recherchen vorsichtig vorgehen, um nicht aufzufallen. In der Szene, in der jeder jedem misstraut, hat man Angst vor FBI - Spitzeln.<<
Rory nickte. Bedankte sich fast euphorisch bei Mohammed. Endlich war mal ein weiteres konkretes Gesicht fassbar, dass ihrer Sache entschieden näher kam. Er würde den Geheimdienst auf diesen Brad/ Mohammed ansetzen.
Mohammed glaubte, dass dieser ominöse Brad in die Entführungen und den Mord verstrickt sei, könne aber nicht sagen, inwiefern dieser Einfluss auf die al Quaida - Operationen genommen hatte.
Fest stand, dass er über erheblichen Einfluss verfügen müsse, wenn er sie zu den Taten angestiftet hatte. Inwieweit er deswegen schon unter Beobachtung der Behörden stand, das entzog sich allerdings seiner Kenntnis.
Nach circa einer Stunde verließ Rory das Haus. Mohammed hatte zuvor prüfend aus dem Fenster geschaut, und nachdem er die Luft für rein befand, durfte Rory in Windeseile die Treppe hinunterlaufen. Unten nahm ihn einer der beiden bodyguards in Empfang und öffnete ihm sogleich den Schlag des Toyotas.
In diesem Moment trafen einige Salven die geöffnete Türe. Der bodyguard riss den laut aufschreienden Rory sofort zu Boden.

Und feuerte gleichzeitig volles Rohr in die Richtung, aus der die Schüsse gekommen waren. Dann zog er Rory hoch und warf ihn in den Wagen, der mit durchdrehenden Rädern und dem anderen bodyguard am Steuer sofort startete. Im Hintergrund sicherte der zurückbleibende bodyguard seine Position und fingerte verzweifelt an seinem handy, um die Polizei anzurufen.

Rorys Fahrer fuhr mit überhöhter Geschwindigkeit um mehrere Blocks und hatte sofort die Verkehrspolizei auf den Fersen, die den Wagen überholten, zum Halten zwangen, heraussprangen und mit gezückten Waffen Rory anschrien, unverzüglich auszusteigen. Dem kam Rory mit erhobenen Händen nach.

Eine Kugel hatte ihn an der Schulter getroffen. Er blutete stark aus dieser Wunde. Die Polizisten nahmen die Waffen herunter. Der bodyguard zeigte seinen Ausweis und erläuterte kurz die Lage. Binnen weniger Sekunden fuhren mehrere Einsatzwagen mit Blaulicht und Sirenengeheul zum Tatort. Der Befehl war kurz zuvor eingegangen.

Rory wurde schwindlig vor Augen. Ein Beamter hielt ihn aufrecht in Sitzposition, bis der Krankenwagen kam.

Der bodyguard, der Rory so beherzt geschützt hatte, lag unverletzt hinter einer niedrigen Mauer und suchte peinlichst genau die Umgebung ab. Im gesamten Viertel schwärmten die Beamten nach allen Seiten aus, kontrollierten und befragten Passanten.

Doch von dem Schützen fehlte jede Spur.

Rory durfte wieder nach drei Tagen das Krankenhaus in Brooklyn verlassen.

Vor seinem Krankenzimmer hatten beide bodyguards strenge Wache gehalten. Von außerhalb der Station durfte niemand ohne vollständige Leibesvisitation Rory aufsuchen. Eine gewisse Nervosität lag in der Luft. Dieses Mal wollten alle Behörden auf Nummer sicher gehen.

Frank war über den erneuten schlimmen Vorfall außer sich vor Wut und Sorge. Er wurde vom Geheimdienst für seine Erlaubnis, Rory ziehen zu lassen, mächtig in die Mangel genommen. Darum verbot er Rory bis auf weiteres, das Anwesen von Jack McLoughlin zu verlassen. Zu gefährlich in der jetzigen heiklen Situation.

Das FBI startete eine Suchaktion nach Mohammed al Fasiris alias Brad Kean. In den amerikanischen TV - Sendern wurde ein Bild des mutmaßlichen Attentäters gezeigt. Rory kam das Gesicht irgendwie bekannt vor. Dennoch gelang es ihm nicht, die Ähnlichkeit einzuordnen. Stundenlang zerbrach er sich darüber den Kopf.

Widerspruchslos fügte er sich nun den Anordnungen des Geheimdienstes. Ihm reichte es langsam, das ständige Opfer abzugeben.

Ob denn der Geheimdienst nicht mehr Erkenntnisse habe, befragte er Frank, so dass man seine, Susans und Sarahs Sicherheit garantieren könne. Frank entgegnete, dass die Gangster immer raffiniertere Methoden der Verschleierung anwenden würden. Die dafür benötigte Technologie sei mittlerweile vorhanden.

Rory brachte zum Ausdruck, dass das FBI Brad Kean und seinen al Quaida - Terroristen schnell das Handwerk legen müsse.

Dem stimmte Frank zu. Dennoch hätten sie sich an bestehende Gesetze zu halten, was lückenlose Ermittlungen erschweren würde. Die andere Seite wäre da besser dran. Die scherten sich nicht um strafrechtliche oder völkerrechtliche oder sonstige Regeln.

Frank ging mittlerweile auch von einem Racheakt sei-

tens dieses ominösen Brad Kean aus. Es werde alles getan, um seine Identität zu klären.
Rory wunderte sich, dass das nicht bereits erfolgt war. Frank meinte, das könnte daran liegen, dass Brad als Spitzel in der Szene für das FBI geführt werde. Er wisse das aber nicht so genau.
Nur könne das eine von vielen möglichen Erklärungen sein, dass seine Identität geschützt und nicht einzusehen sei.

Rory nutzte die Tage der erzwungenen Häuslichkeit, um sich mal wieder der kreativen Seite seines songwritings zu widmen. Peters songs hatten die Qualität von Ohrwürmern, aber in Rory stauten sich nun massenhafte Inspirationen. Tief in ihm schickte sich ein Vulkan an zu explodieren. Seine Kompositionen sprühten nur so vor rhythmischen Passagen. Er war wieder ganz der Alte. Von wegen ausgebrannt und abgehalftert.
Auf Jacks drumset erprobte er den Takt seiner hard rock songs. Heavy metal ließ ebenfalls grüßen.
Immer härtere drums rockten seine inneren, aufgestauten Emotionen. Als wäre er in den Sog des Deep Purple song >Smoke on the water< geraten. Emotional befand er sich ganz auf dem Trip von >Highway to hell, AC/DC.<
>Rage emotions< hieß sein neuester Kracher. Jack kam darüber ins Studio, trommelte den Takt auf seinen Knieen mit. Anerkennend pfiff er durch die Zähne.
>>Alter, das ist ja groovy. Das hat feeling, das hat drive. Manchmal muss man einfach `ne Pause einlegen. Und nach Deinen einschneidenden Erlebnissen muss es in Dir doch nur so gären. Wie in einem Dampfkessel unter Hochdruck!<<
Rory nickte lächelnd.

Aber auch die sanfte, traurige Gangart wusste er zu bedienen. Daraus entstand ein melancholischer, fast chansonartiger song in Erinnerung an Maja Hesterkamp.
>Deeply in love.<
Als er seine lyrics gefühlvoll ins Mikrofon hauchte, kamen ihm die Tränen. Sein Schmerz war noch zu frisch. Er brach mittendrin ab.
Jack verließ leise den Raum, um Rory nicht zu beschämen.

In den kommenden Tagen arbeitete Rory alle liegengebliebenen Arbeiten bezüglich seiner band auf.
Er ließ Konferenzschaltungen zu seinen Bandmitgliedern legen, um Probenpläne zu erstellen und mit ihrem management künftige gigs in aller Welt abzusprechen und zu planen. Laufend gingen die Bestätigungen von Eventmanagern hochkarätiger Auftrittsorte hinsichtlich ihrer Anfragen ein. Dieses Mal würden sie durch ganz Europa touren und anschließend durch die USA. Asien stand nicht mehr auf dem Programm. Singapur, Honkong, Tokio, Seoul und Taipeh hatten sie bereits im letzten Jahr bespielt.
Rory dachte über einen Zeitplan im kommenden Jahr nach. Die Ereignisse um beide Entführungen, seine Verwundung und Majas Tod elektrisierten die Fans. Mit tausenden von emails bombardierten sie sein management.
>The Misfires< sollten doch so bald wie möglich wieder auftreten. Rorys Popularitätskurve stieg ins Unermessliche.
Um so mehr wurmte es ihn, als ein Gefangener in Jack McLoughlins Hochsicherheitstrakt auf Martha`s Vineyard festsitzen zu müssen.
Die Ablenkung durch seine intensive Arbeit brachte

ihm spürbare Erleichterung. Sein Kreisdenken in Sachen Trauer konnte er so wirkungsvoll eindämmen. Er wusste, dass er nur verdrängte. Aber nur so ließ sich der tiefsitzende Schmerz einigermaßen ertragen. Den vollständigen Zusammenbruch verschob er auf später. Andrew Simms war nun sein unmittelbar Vertrauter. Andrew gab in seinem Auftrag alles an Peter Dorsey weiter, der sich widerspruchslos fügte.
Peter litt unter Gewissensbissen. Er fühlte sich hinsichtlich des Verlaufs der Ereignisse als treibende Kraft, was er nun sehr bedauerte. Er wusste, dass er an Majas Tod und an ihrer Entführung keinerlei Schuld trug.
Elaine blieb trotz alledem bei ihm. Ihre Liebe baute ihn auf. Er konnte nicht mehr von ihr lassen.
Rory schien das egal zu sein. Der toten Maja gehörte sein Herz und ebenso der lebendigen Susan Forrester. Er liebte beide und wollte nicht darüber nachdenken, dass diese Konstellation vielleicht eine gewisse Abstrusität in sich barg. Sie entsprach aber seinem Gemütszustand.
Susan hatte auch nichts dagegen, dass er Majas Bilder aufstellte. Sie verstand ihn. Er vernachlässigte sie ja nicht. Er musste die Sache erst einmal verarbeiten, ihren Tod verwinden. Das brauchte Zeit. Susan fühlte sich ihm mit ihrem ganzen Herzen verbunden.
Beide hatte das Leben zu Terroropfern gemacht. Das wirkte wie Klebstoff, intensivierte ihre Beziehung, ermöglichte ihnen ein ganz besonderes Näheverhältnis. Susan setzte ihre eigene Arbeit bis auf weiteres für Rory und Sarah aus, wollte ihm helfen, wo sie nur konnte.
Die Gefahr war größer denn je, und nun galt es abzuwarten, was der Prozess gegen Allen Harris bringen würde. Ob er mehr Licht auf die Sache werfen würde.

Eddy Hyde war inzwischen in London verhaftet worden. Auch ihm drohte ein Auslieferungsverfahren, da er von US - Seite verdächtigt wurde, an dem Mord an Maja und der Entführung der beiden Mädchen in den Jemen beteiligt gewesen zu sein.
Dennoch blieb das große Fragezeichen, wer die treibende Kraft hinter der al Quaida war, die so verbissen Rory und seinen Lieben nachstellte. Wer konnte einen Vorteil aus all` den Straftaten gegen Rory ziehen?
Peter Dorsey war unschuldig. Die NSA hatte ihn durchsichtig gemacht. Er war anscheinend von Eddy Hyde benutzt worden, also wurde diese Spur jetzt aufgenommen. Peter hatte nur vorübergehend die band leiten dürfen.
Dennoch war Rory nicht so dumm, ihn jetzt völlig aus der Verantwortung zu drängen. Er machte ihm den Vorschlag, weiterhin seine songs einzubringen. Als sein Stellvertreter in seiner Abwesenheit in London mit ihrem management in Notting Hill und seinem musiclabel danyrecords zu kooperieren. Er wolle sich mit ihm versöhnen, ließ Rory durchblicken. Peter zeigte daraufhin offen sein Interesse an einer schnellen Aufklärung der Attentate.
Rory erwähnte das Foto, das im amerikanischen Fernsehen gezeigt worden war.
Von dem ominösen Brad Kean, der als Mohammed al Fasiris verdächtigt wurde, bei der al Quaida als Konvertit untergeschlüpft zu sein. Er käme ihm irgendwie bekannt vor. Peter stutzte.
>>Brad Kean?<<
Er hatte einen unehelichen Sohn mit einer Amerikanerin, dem er großzügige Tantiemen über seine Mutter zuschickte.
Aber der hieß Bradley Kensey. Er hatte ihn gegenüber der band verschwiegen und auch öffentlich nie etwas

über ihn verlauten lassen. Bradley war sehr stolz auf seinen Vater. Ab und zu hatten sie Kontakt, wenn Peter mit der band in den USA tourte. Offiziell hatte Bradley ein Studium an der South Florida University aufgenommen, in Soziologie. Peter war nicht bekannt, ob Bradley seinen bachelor gemacht hatte. Ein merkwürdiges Gefühl überfiel ihn.
Er griff zum Hörer und rief Brads Mutter an. Sie lebte in Illinois.
Am anderen Ende der Leitung meldete sich eine müde Frauenstimme.
>>Ja, hier Kensey?<<
>>Ruth, hier ist Peter, wie geht es Dir? Du klingst so abgespannt!<<
>>Ach Peter, hi. Schön, dass Du Dich wieder mal meldest. Ich mache mir ernsthafte Sorgen um Bradley. Habe schon länger nichts mehr von ihm gehört. Ist er vielleicht bei Dir in UK?<<
>>Nein, ich wollte Dich eigentlich fragen, wie es ihm geht und ob er schon seinen bachelor in der Tasche hat.<<
>>Davon weiß ich nichts. Seine Freunde haben bei mir angerufen. Er ist verschwunden. Sie haben auch nichts mehr von ihm gehört.
Oh Peter, jetzt macht mir die ganze Situation aber Angst. Habe schon überlegt, eine Vermisstenanzeige aufzugeben. Was ist da geschehen?<<
Ruths Stimme am Apparat wurde hysterisch. Peter versuchte sie zu beruhigen. Ihn selbst traf der Schlag. Damit hatte er nicht gerechnet.
Sein Sohn verschwunden? Hoffentlich hatte al Quaida ihn nicht auch noch entführt. Aber dann hätten sie sich sicherlich schon bei ihm mit Lösegeldforderungen gemeldet. Nichts dergleichen war geschehen. Bradley war immer ein lieber, introvertierter Junge gewesen.

Er hatte Angst, dass genau diese Eigenschaften ihn zum Opfer werden ließen.

Sarah begann, sich langsam auf Jacks Anwesen zu langweilen.
Die Tage schleppten sich dahin, und Vanessa und sie hatten so ziemlich alle Themen durch, die junge Frauen bewegen.
Da ging auf ihrem handy ein Anruf ein. Sarah freute sich über ein Lebenszeichen ihres jungen US - Soldaten, aber es war nur der scammer, der die Dreistigkeit besaß, sich wieder bei ihr zu melden.
Auf naive Tour versuchte er, Sarah auszufragen. Sie reagierte ungehalten, beschimpfte ihn, dass er nicht der wäre, für den er sich ausgegeben habe und dass sein genannter Name nicht seinem Wirklichen entspreche. Rory kam darüber ins Zimmer, schnappte sich das handy und hielt dem Burschen eine Standpauke. Anschließend drückte er demonstrativ den roten Knopf. Sarah berichtete, dass er versucht hätte, sie auszufragen.
>>Wird Zeit, dass Du ein neues handy bekommst<<, kommentierte Rory knapp.
>>Aber das ist schon jetzt das dritte, neue handy mit einer anderen Nummer, dass ich mir seit dem scam zugelegt habe<<, erhob Sarah empört Einspruch.
Rory stutzte.
>>Woher hat dieser Betrüger dann Deine anonyme Nummer?<<
>>Das frage ich mich auch schon. Irgendeine Schwachstelle, vielleicht bei meinen Freunden.<<
>>Was, Du telefonierst mit all` Deinen Freunden?<<
Rory reagierte ungehalten.
>>Ich werde Frank bitten, Dir eine sichere Leitung einzurichten. Beschränke Dich bitte auf wenige Leute,

denen Du vertrauen kannst.
Wer weiß, ob der nicht auch zum Terror gehört? Ich drehe langsam durch. Wem kann man hier eigentlich noch trauen? Wann bekommen wir unser Leben wieder in den Griff? Die meisten müssen doch denken, wir leiden unter Verfolgungswahn.<<

Frank informierte Rory über den letzten Stand der Dinge.
NSA, der MI 6 und das FBI würden sich nun auf Brad Kean konzentrieren, deutete er kurz an. Mehr dürfe er ihm nicht mitteilen. Sarah bekam ihre sichere Leitung, mit der Maßgabe, nur wenige Freunde anzurufen. Und keinen Anruf von außen entgegen zu nehmen.
Rory war gespannt, was sie über diesen ominösen Brad Kean in Erfahrung bringen würden. Anscheinend war der nun sein akutes Sicherheitsproblem. Er hoffte, dass sie ihn schnell am Schlawittchen haben würden. Sich vorzustellen, dass Brad Kean Peter Dorseys Sohn sei, missfiel ihm zutiefst, aber ein gutes Gefühl hatte er dabei nicht. So widmete er die Tage des endlos scheinenden Wartens seinem Bandalltag. Zu viele aufgelaufene Pflichten harrten ihrer Ausführung.
In Austin begann der Prozess gegen Alan Harris und den Todesfahrer Abdullah Fahrir.
Zunächst hatte man Beide einzeln vorgeladen und der Richter ihre Prozesstermine verkündet. Für Rorys Lage war das langsame juristische procedere wenig hilfreich. Er schwebte noch immer in Lebensgefahr, solange nicht abschließend geklärt war, wer die Taten anstiftete und wer eventuell noch weitere gegen ihn plante.

Eddy Hyde wurde nach seiner Verhaftung an die USA ausgeliefert. Nach endlosen Verhören durch das FBI

schien er zusammenzubrechen und war endlich gewillt, seine Mittäter ans Messer zu liefern. Sein Anwalt übermittelte ihm das Angebot der Staatsanwaltschaft, die ihm drohende Todesstrafe in eine Haftstrafe von nicht allzu langer Dauer umzuwandeln. Denn man hatte ihn nach Austin, Texas, gebracht.
Eddy Hyde sang.
Wieder fiel der Name Brad Kean alias Mohammed el Fasiris, und die nackte Angst vor der Todesstrafe aktivierte sein Gedächtnis.
\>>Wer genau ist dieser Brad Kean?<< wurde er befragt.
\>>So genau weiß ich das nicht. In der Szene wird über Identitäten Stillschweigen bewahrt. Ist' ne Sicherheitsfrage. Damit keiner den anderen verraten kann.<<
\>>Aber Sie sind sich im klaren, dass Sie nur mit genauen Angaben und lückenloser Zusammenarbeit ihre eigene Strafe mindern können?<< drohte der Beamte.
Eddy zitterte, bat um eine Zigarette. Gierig sog er den Rauch ein.
\>>Na gut, vielleicht ist es das Beste. Ob ich nun hier sterbe, oder mich draußen der Tod ereilt, weil ich gesungen habe, ich bin eh' am Ende. Meine Geschäfte kann ich vergessen.
Also, Brad ist ein ehemaliger Student, der in Florida auf dem campus der South Florida Universität Kontakt zu Salafisten aufnahm. Er soll in einer ziemlichen privaten Krise gesteckt haben, weil eine Studentin seine Annäherungsversuche abgeblockt hat. Auch soll er Schwierigkeiten im Studium gehabt haben.
Sein vermögender Vater schickte ihm regelmäßig Geld. Er gab damit an, dass er Rockstar in England sei, aber die meisten seiner Mitstudenten glaubten ihm nicht. Sie dachten, er gäbe nur eine Naht an, hätte nur eine vermögende Mutter. Da er ja einen anderen

Namen als Peter Dorsey trug.

Brad soll darunter sehr gelitten haben. Wurde in den studentischen Zirkeln nicht für voll genommen.

Dann lernte er eines Tages einen arabischen Kommilitonen kennen, der ihm begeistert von den Salafisten erzählte. Er muss ihn wohl zu mehreren Treffen mitgenommen haben, denn plötzlich war er zum Islam konvertiert und nahm abends an konspirativen Sitzungen teil.

Die Uni begann er zu schwänzen. Dann blieb er eines Tages ganz weg. Es hieß, dass er in einer der Lager in den Jemen oder nach Pakistan gefahren war, wo man ihn zum Dschihadkämpfer ausbildete.

Ob er in Afghanistan für al Quaida gekämpft hat, entzieht sich meiner Kenntnis.

Fakt ist nur, als er wieder in die Vereinigten Staaten zurückkehrte, gehörte er im Untergrund plötzlich zum Führungskader. Vor einem Jahr tauchte er in der Bronx auf. Wirkte ziemlich intellektuell, hatte so gar nichts von einem Gotteskrieger. Einige misstrauten ihm heftig. Hatten Angst, dass er ein FBI - Spitzel sein könnte. Dann gab er wieder an, dass er einen berühmten Vater habe, der Mitglied einer berühmten Rockband sei. Das gilt zwar bei den Islamisten als westliche Dekadenz, aber da er zur Führung gehörte und etwas gegen >The Misfires< plante, ließen sie ihn angeben.

Er drohte, es Rory McKenzie heimzuzahlen, weil der seinen Vater nicht genug würdigte und seine songs ignorierte.

Brad versprach sich was davon, wenn sein Vater die Führung der Misfires übernehmen würde. Er erhoffte sich, dann an der Uni von seinen Kommilitonen für voll genommen zu werden.

Außerdem habe er mittlerweile 20 Frauen entjungfert, gab er an. Dieser Type von Kommilitonin würde er es

heimzahlen. Er war zu einem schnell aufbrausenden Choleriker geworden. Einige zeigten Angst vor ihm, wenn sie seinen Zorn zu spüren bekamen. Wir hatten das Gefühl, dass er unter Drogen stand. Er kannte kein Halten mehr, wenn er einmal verbal loslegte.
Ich habe zu ihm Abstand gesucht. Konnte aber seine Wut gegenüber diesem McKenzie nachvollziehen.
Der scheint doch über allem erhaben, dabei baute der seit ein paar Jahren ab und behandelte die Bandmitglieder, als wären sie seine Untertanen.
Mir ist der ja auch nur blöd gekommen. Wie der mich in Afrika angemozzt hat, mein lieber Johnny, das war überheblich. Hab` ihm die Entführung gegönnt. Nur, dass ich dort auch das Opfer spielen sollte, das war nicht vereinbart gewesen.<<
>>Sie geben also zu, dass die Entführung in Afrika von Ihnen mitgeplant worden war?<<
>>Sie müssen jetzt nicht antworten<<, intervenierte sein Anwalt, der bei dem Verhör endlich dabei sein durfte.
Aufgrund des patriot act war ihm der Zugang zu seinem Mandanten zunächst verwehrt worden. Eddy hatte aber schnell Zusammenarbeit signalisiert. So dass man ihm erlaubte, ausnahmsweise seinen Anwalt zu konsultieren.
>>Hat Brad Kean die Entführung geplant?<< versuchte der Beamte ihn, auf andere Weise, zum Sprechen zu bewegen.
>>Brad nicht allein, aber ich glaube, er war die treibende Kraft hinsichtlich der Entführung. Da sowieso ein Anschlag oder eine Entführung für das Gebiet um den Gilf Kebir geplant war, um die Touristen da rauszuwerfen, bot es sich quasi an, ihn zu entführen. Wegen seiner Prominenz und wegen Brads Rachegedanken. Ich glaube, dass al Quaida gerne mehrere Fliegen mit

einer Klappe schlägt.<<
>>Wieviel haben Sie noch in der Szene mitbekommen? Denken Sie mal an den Tod von Maja Hesterkamp. Wer fing das erste Mal an, darüber laut nachzudenken?<<
>>Das weiß ich nicht zu sagen. Ich war selbst überrascht, dass sie Maja umbracht haben. Von deren Planung habe ich nichts erfahren.<<
>>Na gut. Sieht aber ganz klar nach der Handschrift von diesem Brad Kean aus. Denn al Quaida hat nichts von dieser Tat. Da solllte wohl Rory McKenzie erheblicher Schmerz zugefügt werden.<<
>>Ja, die kriegten aber auch mit, dass der MI 6 zu sehr Rory und Maja hinsichtlich aller Details löcherte. Die wollten das Lager herausfinden, wo man uns festgehalten hatte, um es zu bombardieren. Und Maja muss wohl einiges dazu beigetragen haben, dass sie es fanden. Zumindest kann ich mir vorstellen, dass die al Quaida so gedacht hat.<<
>>Brad Kean alias Mohammed el Fasiris alias Bradley Kensey. Haben Sie diesen Namen schon mal gehört?<<
>>Nein, ich kenne ihn nur als Brad Kean.<<
Der Beamte legte ihm ein Foto von Bradley vor.
Eddy Hyde erschrak.
>>Das ist Brad Kean.<<
>>Na also<<, nickte der Beamte seinem Kollegen zu, der sich schleunigst aus dem Verhörraum entfernte und anschließend eine weltweite Fahndung veranlasste.

Die NSA machte Brad Kean in einem terrorcamp in Pakistan aus, in Wasiristan, an der Grenze zu Afghanistan.
Nicht weit entfernt von Kandahar, wo die US - Army

stationiert war. Zunächst ordnete der für Operationen zuständige General an, nachdem er entsprechende Befehle aus Washington erhalten hatte, Brad bei einem geheimen Waffengang über die Grenze habhaft zu werden, aber das scheiterte. Es kam zu erheblichen Gefechten mit der al Quaida, und die Einheit war gezwungen, sich zurückzuziehen.

Ihn mit einer Drohne zu töten, wäre ein leichtes gewesen, aber man wollte ihn lebend in die USA zurückbringen, um ihm den Prozess machen zu können.

In einer Nacht - und Nebelaktion holten ihn Elitekämpfer der marines heraus zur Basis. Dort wurde er, geknebelt und gefesselt, zunächst zu dem Militärstützpunkt Bagram gebracht. Der ein ähnliches Gefangenenlager in Afghanistan unterhält wie Guantanamo. Neben anderen Kämpfern der al Quaida, die ebenso während dieses Einsatzes gefangengenommen worden waren, wurde er dort wieder und wieder verhört.

Nach drei weiteren Tagen ging es per unbeschriftetes CIA - Flugzeug in die USA nach Austin, Texas. Brad brachte man dort in dem Hochsicherheitstrakt eines Zuchthauses unter.

Peter Dorsey reagierte bestürzt, als man ihn über die Verhaftung seines Sohnes informierte. Er bekam große Angst vor Rory, befürchtete, aus der band geworfen zu werden.

Rory tobte vor Wut und Schmerz, als er erfuhr, dass Bradley Kensey, Peters Sohn, nun wegen des erheblichen Verdachts der Anstiftung zu den Straftaten gegen ihn, Maja, Sarah und Vanessa, arrestiert, in Texas im Hochsicherheitstrakt saß.

Er hängte sich ans handy, aber Peter war nicht zu erreichen. Susan versuchte vergeblich, Rory zu beruhigen, jetzt einen kühlen Kopf zu bewahren. Sie konnte

seinen übermächtigen Schmerz nachfühlen. Dennoch sah sie, dass es jetzt falsch wäre, durchzudrehen und Peter für seinen missratenen Sohn zu bestrafen. Denn wahrscheinlich hatte Peter von Brads Doppelleben nichts geahnt.
Nachdem Rory mehrere Sachen von seinem Schreibtisch gefegt hatte und nun ansetzte, die Regale umzuwerfen, stürzte sich Susan auf ihn und umklammerte ihn verzweifelt. Rory hielt plötzlich inne und begann heftig zu schluchzen. Susan drückte ihn an ihre Schulter und streichelte ihn mechanisch.
>>Lass` Dich ruhig gehen<<, sagte sie leise.
Rory weinte sich bei ihr aus. Danach war ihm leichter.

Alan Harris` Prozess war nach Abschluss des Verhörs auf Juni festgesetzt worden.
Rory, Sarah und Vanessa mussten noch geschlagene drei Monate auf Jacks Hochsicherheitsanwesen auf Martha`s Vineyard ausharren.
Jede Menge Leute von der security waren rund um die Uhr damit beschäftigt, sie zu schützen. Jack und Rory bezahlten den privaten Dienst aus eigener Tasche, wollten sich nicht auf den amerikanischen Staat verlassen. Außerdem fürchteten sie Schwachstellen.
Rory versuchte indessen, sich mit Susan auf den Prozess vorzubereiten. Sie hatten einen Nebenklägeranwalt engagiert, der mit ihnen die brennenden Fragen durchging, die er Alan im Laufe der Beweisaufnahme stellen sollte.
Nach den Hintermännern der Naziorganisation, der Alan angehörte, der Verquickung mit der Drogenmafia und der al Quaida, den zahlreichen Briefkastenfirmen, der Verbindung nach Hongkong und und und.
Schon einmal hatte es diese Verbindungen in Bolivien gegeben, wo der Schlächter Klaus Barbie an einem

Militärputsch mit Hilfe der Drogenmafia und der damaligen CIA beteiligt gewesen war.
Die Verquickung von Nazitum, Drogenmafia und Terrorismus schien nicht auszusterben. Die Saat schien eher aufzugehen.
Jetzt rächte es sich, dass so viele Geheimdienste auf die Nazis, den Dschihad und die Mafia gesetzt hatten. Der Teig war gegoren und drohte überzulaufen. Die Sauce kam mit aller Macht zurück.
Die US - Medien gingen diesem Thema auf allen Kanälen nach.
In Europa, speziell in Majas Heimatland, war dies kaum eine Zeile wert. Dort kursierten immer größere Antiamerikanismen. Die eigenen hausgemachten Probleme wollte man nicht wahrhaben. Da man der Propaganda dieser gefährlichen Kreise im antimainstream längst auf den Leim gegangen war.
Rory würde als Zeuge während des Prozesses gehört werden. Deshalb musste sein Flug nach Austin sorgfältig vorbereitet werden. Die höchste Sicherheitsstufe war für ihn erneut angesetzt worden. Frank wollte dieses Mal kein Risiko eingehen. Texas war für ihn ein großes Sicherheitsrisiko, da dort einige extrem rechte Kreise agieren. Außerdem sollten sich dort noch weitere al Quaida - Schläferzellen befinden.
An einem schönen Junitag in aller Hergottsfrühe war es dann soweit.
Rory war früh eingeflogen worden. Er wurde völlig abgeschirmt zum Gericht gefahren. Die Geschworenen hatten schon ihren Platz eingenommen. An den Eingangstüren waren die wenigen handverlesenen Zuhörer mehrfach gefilzt geworden. Vor dem Gebäude hatten sich zahlreiche Fans der Misfires eingefunden und skandierten lautstark ihre Solidarität mit Rory.
Es dauerte noch circa eine halbe Stunde, bis der Ge-

fängniswagen mit Alan Harris auf dem Hinterhof einfuhr.
Alan war mit Hand - und Fußfesseln versehen. Er wurde von mehreren Wachmännern durch einen Hintereingang in den Gerichtssaal geführt. Dort nahm man ihm die Handschellen und Fussfesseln ab, und er konnte sich frei neben seinen Anwalt setzen.
Der Richter verlas die Anklageschrift, und dann begann die Beweisaufnahme. Rory wurde von dem Staatsanwalt in den Zeugenstand gebeten und musste seine Entführung und den auf ihn verübten Anschlag, im Detail, noch einmal präzise schildern.
Anschließend versuchte der Anwalt von Alan Harris in seiner Befragung, jeden Verdacht von seinem Mandanten abzulenken und Rory als unwissend hinzustellen, der sich an die Einzelheiten der Tat nicht mehr erinnern könne. Der Angeklagte Harris saß nur unbeweglich da und hörte ungerührt zu.
Nachdem sich Rory wieder aus dem Zeugenstand entfernen durfte und Alan einen kurzen Blick zugeworfen hatte, jenem Mann, den er jahrelang für seinen Freund gehalten und vertraut hatte, entstand eine kurze Unruhe in dem Saal. Im Zuschauerraum rumorte es kräftig.
Der Richter schlug mit dem Hammer auf den Tisch, schrie zweimal hintereinander:
\>\> Ich bitte um Ruhe im Saal!<<
Weiter kam er nicht, denn plötzlich erfolgte eine fürchterliche Detonation, die den gesamten Saal in beißenden Rauch einhüllte.
Schreie erfüllten die Dunkelheit. Als sich der Nebel wieder lichtete, sah man Alan Harris oder besser, was von ihm noch übrig war, auf dem Boden verstreut herumliegen.
Rory hatte die Druckwelle zu Fall gebracht. Er schien aber unverletzt zu sein. Der Anwalt von Alan Harris

war ebenfalls tot, zahlreiche Geschworene waren verletzt worden. Blutige Teile eines Mannes lagen kreuz und quer herum. Den Überlebenden bot sich ein Bild des Grauens.
Ein Selbstmordattentäter hatte die Bombe gezündet. Wie er trotz strengster Kontrollen in den Gerichtssaal gelangt war, blieb ein Rätsel. Die nachfolgenden pathologischen Untersuchungen ließen den Schluss zu, dass es sich um einen Araber gehandelt haben muss.
Rory wurde schnell aus dem Saal herausgeführt und zurück nach Martha`s Vineyard geflogen. Er stand unter großer Schockstarre.
Mehrere Ärzte und Psychologen kümmerten sich intensiv um ihn.
Die Fans, das gesamte Land, schienen nach der Explosion wie gelähmt.
Auf allen Sendern wurde der Frage nachgegangen, warum Alan Harris getötet worden war. Wahrscheinlich, um zu verhindern, dass er die Hintermänner verraten würde.
Ein bleiernes Schweigen hing nun über der Tat. Eines, das nicht geringer war, als die gefürchtete omèrta der italienischen Mafia.

Rory trat in den Folgemonaten mit >The Misfires< wieder auf. Aber anders als bei früheren gigs reiste jedes Mal die Angst mit, das die al Quaida noch nicht besiegt war und ihn nicht vergessen hatte. Er bestand darauf, dass Susan ihn begleitete. Zu jedem gig.
Sie hatten geheiratet, nachdem die Scheidung von Elaine rechtskräftig geworden war.
Peter Dorsey hatte freiwillig seinen Abschied von der band genommen, um seinem Sohn bei seinem voranstehenden Prozess beizustehen. Rory hörte sich die Berichte von Brads Prozess im Fernsehen an.

Er wurde für schuldig befunden, die Entführung mit anderen angestiftet zu haben, sowie den Mord an Maja, die Entführung von Sarah und Vanessa in den Jemen und den Anschlag auf Rory in New York. Inwieweit auch der Selbstmordattentäter in seinem Auftrag gehandelt hatte, ließ sich nicht mehr feststellen.
Rory zuckte zusammen, als er Brads Stimme in einem TV - Ausschnitt vom Prozess hörte. Er hatte sie schon einmal vernommen. Und er wusste jetzt auch genau wo. Im Sudan, als er gefesselt und mit Augenbinde versehen, in jenem Verschlag hatte ausharren müssen.
Kurz vor der Urteilsverkündung fand man Bradley Kensey tot in seiner Zelle auf. Er hatte sich erhängt.
Peter Dorsey brach nach dieser Nachricht vollständig zusammen.

Einige Monate später, nachdem Rory einigermaßen Abstand gewonnen hatte, rief er bei Peter an, der mittlerweile dem Alkohol verfallen war. Elaine wollte sich von ihm trennen, wenn er nicht aufhören würde zu trinken.
Unumwunden fragte Rory ihn, ob er nicht wieder bei den Misfires als drummer tätig sein wolle. Sie fänden keinen Besseren als ihn, er sei doch ein Teil der Legende von >The Misfires.<
Auch habe er nichts dagegen, wenn er seine eigenen songs einbringen würde. Das wäre wohl im Sinne seines verstorbenen Sohnes gewesen. Gerührt und beschämt reagierte Peter auf Rorys Worte. Mehrfach entschuldigte er sich bei ihm. Danach brach er erneut zusammen.
Mit Hilfe von Elaine musste er erst wieder zu Kräften kommen, dann lautete aber seine endgültige Antwort, ja.

Keyboarder Andrew, die Bassgitarre Clive und Rory freuten sich über die Heimkehr ihres verlorenen drummer und begannen sogleich mit intensiven Proben für die anstehenden gigs.
In Anwesenheit von Elaine und Susan versöhnten sich Rory und Peter bei einem anschließenden dinner in einem Londoner Szenerestaurant.
>The Misfires< spielten auf ihren beginnenden Tourneen die songs, die Rory nach Majas Tod für sie geschrieben hatte. Ihr melancholischer Flair rührte die Fans zu Tränen. Allesamt wurden sie zu Welthits.

In Oberhausen stellten Tobias und Johannes in der Galerie Dingsda Majas Retrospektive aus. Die Ausstellung zog Hunderte von Interessenten an und löste dank der Vermittlung durch >The Misfires< und William in London, New York und Austin wahre Begeisterungsstürme aus.
Eddy Hyde verurteilte das Gericht zu lebenslanger Haft. Er hatte zuvor ein umfassendes Geständnis abgelegt.

Der Krieg gegen den Terror in aller Welt ging weiter.
>>Hoffen wir, dass er nicht verloren geht<<, brachte Rory in einem Interview zum Ausdruck. >>Damit all' die Opfer nicht umsonst gestorben sind. Dabei denke ich insbesondere an Maja und Emmanuel.<<
>>Hoffen wir, dass diese Hoffnung nicht zuletzt stirbt<<, fügte Susan noch hinzu.

© Claudia Wädlich, 2014 / edition lichtblick
Herstellung und Verlag: Books on Demand GmbH, Norderstedt
Zweite Auflage 2015
Alle Rechte vorbehalten, insbesondere das der Übersetzung, des öffentlichen Vortrags sowie der Übertragung durch Rundfunk und Fernsehen, auch einzelner Teile. Kein Teil des Werkes darf in irgendeiner Form (durch Fotografie, Mikrofilm oder andere Verfahren) ohne schriftliche Genehmigung des Verlages reproduziert oder unter Verwendung elektronischer Systeme verarbeitet, vervielfältigt oder verbreitet werden.

Umschlaggestaltung: Claudia Wädlich unter Verwendung eines Bildes des Künstlers Rudi Behnke, mit freundlicher Genehmigung des Künstlers,
Layout: Michael Schildmann

Die Deutsche Nationalbibliothek verzeichnet diese Publikation in der Deutschen Nationalbibliografie; detaillierte bibliografische Daten sind im Internet über dnb.d-nb.de abrufbar.
ISBN 9783734743856

Kontakt:
Claudia Wädlich
Virchowstr. 143
46 047 Oberhausen
Fon : 0208/45 147 002
claudia.waedlich@googlemail.com

edition-lichtblick, oldenburg
www.edition-lichtblick.de

Weitere Bücher der edition lichtblick, oldenburg

Das Sonnenschiff
von Claudia Wädlich
Ein atemberaubender Reiseroman über Ägypten um den Anschlag von Luxor, Die fiktiven Teile zeigen eine Kreuzfahrt auf dem Nil in den Neunzigern dreier Protagonistinnen. Auf ihrem spannenden Weg durch die Monumente, Metropolen und den Ägyptern von heute.
Paperback, 336 Seiten, ISBN 978-3-7357-9478-9

Pilgern auf dem Olavsweg durch Schweden
von Michael Schildmann
Mit einem Vorwort der dänischen Pilgerpastorin Elisabeth Lidell.
In diesem dritten Buch über seine Pilgerreisen erzählt Michael Schildmann von den menschlichen Begegnungen auf dem St. Olofsleden und seinem Weg durch die schwedischen und norwegischen Wälder.
Paperback, 172 seiten, ISBN 978-3-7322-8953-0

Pilgern auf dem Olavsweg - ein Tagebuch mit 45 Bildern
von Michael Schildmann
Nidaros, das Jerusalem des Nordens, war über Jahrhunderte ein sehr wichtiges Pilgerziel - bis zur Reformation. Michael Schildmann pilgerte bereits auf dem Jakobsweg vom Somport-Pass nach Santiago de Compostela. Hier beschreibt er seine Erlebnisse auf seinem ersten Olavsweg: 650 km in 35 Tagen. Zahlreiche farbige Abbildungen, Paperback, 204 Seiten, ISBN 978-3-8423-8485-9

Tag für Tag - 45 Tage auf dem Jakobsweg
(Neuauflage 2011) von Michael Schildmann
Ein ‚meditatives' Photobuch, das 70 Fotos enthält und so den Weg des Autors nachzeichnet - vom Somport-Paß über St. Maria de Eunate, Burgos, Leon bis Santiago de Compostela und darüber hinaus nach Muxia am Atlantik. Zahlreiche farbige Abbildungen, Paperback, 118 Seiten, ISBN 978-3-8370-7085-9

„ZART-BITTER"
von Ines Janssen und Michael Schildmann
ZART-BITTER erzählt die Geschichte eines Menschen, der seine eigene Geschichte verloren hatte. Oft zu schmerzhaft, zu kräftezehrend, verloren, um das eigene Überleben zu sichern. Bruchstückhaft kehren diese Geschichten zurück ins Bewusstsein, suchen und finden Ausdruck in kurzen Texten. Fotografien begleiten diesen Weg, spüren diesen Texten nach, erfühlen ihn und gewähren dem Betrachter eine zweite Perspektive.
Paperback, 76 Seiten, ISBN 978-3-8391-2495-6

BIS ZUM HORIZONT
Michael Schildman
Panoramafotografie aus Ostfriesland und dem Rheiderland, "gefunden" von Michael Schildmann.
Broschiert: 28 Seiten ISBN-13: 978-3735791382

Atelierbesuch –
Michael Schildmann begegnet Karl-Ludwig Böke
Der Fotoband zeigt Fotos aus den früher 90ziger Jahren, als der heute in Oldenburg lebende Fotograf Michael Schildmann den Leeraner Künstler Karl-Ludwig Böke in seinem Atelier besuchte und mit der Kamera bei seinem Schaffen begleiten durfte.
Paperback, 44 Seiten, ISBN 978-3-8482-6021-8,

Liebermanns Atelier oder Die Verdoppelung der Bilder
von Nicolaus Bornhorn,
...auf der Terrasse mit Blick auf den Garten und See fand ich jene Perspektive der Birkenallee wieder, die mir schon von Gemälden her bekannt war...
Paperback, 40 Seiten, ISBN 978-3-8482-5418-7

Skizzen zu un-bedeutenden Landschaften -
Esquisses pour des paysages in-signifiants
von Nicolaus Bornhorn
Es ist, genauer betrachtet, der innere Raum, der über das Schicksal des Wahrgenommenen entscheidet. In jenen

kostbaren, im Flug ergriffenen Augenblicken, wenn man plötzlich „sieht", wenn die lange Bemühung des Mantra sich zur Vision gewandelt hat, wird der Same des künftigen Textes gesät.
Paperback, 108 seiten, ISBN 978-3-7322-8977-6

die Realität ist ein Schreibfehler: Gedichte
Roland Herzberg (Autor)
Die heitere Gelassenheit der Alleen
Nicolaus Bornhorn (Autor),
Eine persönlich gehaltenes Buch, eine Widmung für einen verstorbenen Freund. Zwei Freunde begegnen sich zum letzten Mal - zwischen zwei Buchdeckeln. Als Verbindung: das schwarzweiße „roadmovie" einer gemeinsamen Reise durch die Provence.
Taschenbuch, 60 Seiten, mit divers. Fotos, ISBN 978-3735782793

glasklare nacht
von rudi behnke
kryptische lyrik - die triebfeder seiner kraft ist die erotik. ausdruck und persönlichkeit zeigen sich in seinen erotischen miniaturen, die ihn immer wieder inspirieren auch texte zu schreiben. so entstand eine wunderbare symbiose. es ist liebe zur kunst, zur begreiflichkeit des seins. aber auch das unbegreifliche, die sprachlosigkeit, die ohnmacht in einer fiktiven parallel realen welt im fokus der zeit, leben zu lassen.
Paperback, 88 Seiten, ISBN-10: 3735788599

SERAPHIM - Kryptische Lyrik von Rudi Behnke
Neue Lyrik und Bilder
Taschenbuch, 80 Seiten, ISBN: 978-3734743832

Otto Blanck - ein Wilhelmshavener Landschaftsmaler und Ausgrabungszeichner,
von R. und M.Schildmann
Der Künstler Otto Blanck wurde am 4. März 1912 im damaligen Rüstringen, jetzt Wilhelmshaven, als Sohn eines

Schiffszimmermanns geboren. Sein weiterer Lebensweg führte ihn, der u.a. als Ausgrabungszeichner der Provinzialstelle für Marschen- und Wurtenforschung gearbeitet hatte, heraus aus Wilhelmshaven. Als langjähriges Mitglied des bbk starb Otto Blanck in Oldenburg im Jahre 1982.
Paperback, 72 Seiten, zahlreiche farbige Abbildungen, ISBN 978-3-8391-2404-8

AUGENZEUGEN
Lyrik von Gisela Dreher-Richels
„Frau Dreher-Richels sucht als spiritueller Mensch einerseits die Meditation und Mystik, andererseits versprüht sie in ihrer Literatur ein beneidenswert sprudelndes Temperament" Stetten Nachrichten
Gisela Dreher-Richels lebt in Schloß Stetten/Künzelsau. Ihr Arbeitsbereich waren farbige Glasfenster. Seit Mitte der 70er Jahre schreibt sie lyrische Texte.
Paperback 52 Seiten, ISBN 978-3-7347-6298-7

ZEICHNUNGEN - WOLF DIETERICH
Peter Geithe, Michael Schildmann (Herausgeber)
Der Zeichner Wolf Dieterich „Dieser kleine Katalog begleitet eine Ausstellung in der Galerie der Sezession Nordwest e.V. in Wilhelmshaven, die im Juli 2014 eine Werkschau der Arbeiten von Wolf Dieterich ausrichtet.
Paperback, 40 Seiten, ISBN 978-3735737137,

STERBEN, TOD UND TRAUER
eine künstlerische Auseinandersetzung, Renate Schildmann/Michael Schildmann (Herausgeber)
Elf Künstlerinnen und Künstler aus der Region Oldenburg und Ostfriesland, hatten den Mut, sich diesen Themen unter dem biografischen Aspekt zu stellen und mit Malerei, Zeichnung, Collage, Fotografie, Video und Skulptur an dieser dritten Ausstellung (Sommerausstellung) teilzunehmen.
Paperback,32 Seiten, ISBN 978-3735738097